卷三

篁君日记·雨后·长夏

沈从文⊙著

长江出版传媒
长江文艺出版社

图书在版编目（CIP）数据

篁君日记·雨后·长夏/ 沈从文著. -- 武汉 ：长江文艺出版社， 2014.9（2021.10 重印）
（沈从文小说全集·卷三）
ISBN 978-7-5354-7426-1

Ⅰ. ①篁… Ⅱ. ①沈… Ⅲ. ①短篇小说－小说集－中国－现代 Ⅳ. ①I246.7

中国版本图书馆 CIP 数据核字(2014)第 147601 号

策　　划：尹志勇
责任编辑：毛　娟　刘程程　刘兰青　　　　责任校对：毛　娟
封面设计：力志设计·王志强　　　　　　责任印制：邱　莉　王光兴

出版：长江出版传媒　长江文艺出版社
地址：武汉市雄楚大街 268 号　　　邮编：430070
发行：长江文艺出版社
电话：027—87679360
http://www.cjlap.com
印刷：三河市百盛印装有限公司

开本：640 毫米×970 毫米　1/16　　　印张：20.5
版次：2014 年 9 月第 1 版　　　　2021 年 10 月第 3 次印刷
字数：265 千字

定价：58.00 元

目录

篁君日记

《篁君日记》璇若序 3

《篁君日记》自序 4

篁君日记 5

雨后及其他

雨后 55

第一次作男人的那个人 68

有学问的人 79

诱——拒 86

某夫妇 100

山鬼

山鬼 107

长夏

长夏 133

不死日记

献辞 165

不死日记 166
中年 183
善钟里的生活 196

呆官日记

呆官日记 209

男子须知

男子须知 279
除夕 301

十四夜间及其他

或人的家庭 311
十四夜间 317

篁君日记

本文系一个独立中篇。篇中《记五月三日晚上》以前部分，最初分12次连载于1927年7月13日~9月24日《晨报·副刊》。署名璇若。

1928年9月，全文由北平文化学社结集出版。

据北平文化学社初版本编入。

《篁君日记》璇若序

这是我二表哥的一册日记的副本。

二哥因有所苦恼，不能在京呆，就往东北去。这时代，做匪当兵是我们同样用不着迟疑也可以去干的事，故二哥走到东北边方去寻找生活，我不但不劝阻，还怂恿其行。幸而好，得不死，一切便都得救了，即不幸，在那烂朋友队伍里坏了事，也省得家中徒把希望建设到二哥身上。二哥当真就走了。

如今是居然说是有一千四百人马在身边，二哥已不是他日记中的模样，早已身作山寨大王了。大王也罢，喽啰也罢，到如今，居然还不死，总算是可贺的事！

这日记，是二哥临行留下的，要我改，意思是供给我作文章的好材料。我可办不到。我看了，又就我所知的来观察，都觉得改头换面是不必的事。

照二哥原来样式章法我抄了下来，改，不过改一两个字而已，我把它发表了，有二哥在他日记前头一点短文的解释，我不说什么话了。

六月廿四璇若于北京城

《篁君日记》自序

这短文，作为在妻面前的一点忏悔。我不欲在这上头贬损了任何人，也不想从这上面再引出一些事外人的研究的兴趣。妻若是在她事务的暇裕中，见到这忠忠实实的报告，还能保持到她那蕴藉的笑容在脸上，我算是释了一件冥冥中负了多日的重担了。过去的我，自己也在极力设法要把它忘却，虽然结果剩下的怅惘，至少还够下半世浪费。

唉，我仍然无从禁止我去这样的遐想：倘若最近的再度的继续，我将拿什么来兑换我的苦恼？这里只有一个方法，就是妻能来到北京。人民还未死尽房屋还未烧完的河南，兵的争夺与匪的骚扰自然也还不是应当止息的时期，这时的妻还正不知到何方，想起多病的妻引着三岁的儿子逃亡的情形，就恨不得跪在妻面前痛哭一场了。唉，我当读我自己这文字时，觉得本来是人生顶精细的一部分，我却糊涂啃碎咽下了。

我也正如一个小气人一样，对我过去的花费而伤心。虽然是并不比一个用钱可买的恋爱为真实，但从一些性格上的调合与生活中的温柔着想时，我恐怕我还要带这一段缠绵到坟墓里去。

上面的话作为我这失了体裁的文章一点解释和此时一点见解。

民国十五年十二月廿七日
篁君记于北京

篁君日记

记四月初一

没有起床。知道是天晴，窗子上有斜方形太阳，窗外麻雀也叫得热闹，这是一个懊恼的早晨。不知怎样，懊恼竟成了近半月以来像点心样的不可离的东西了。莫名其妙的，略病样的，有些东西在心中燃。不是对欲望的固执，又不像穷，只是懊恼。要做一点小事都不能。譬如打一段短文，那打字机近来就似乎毛病特别多；衙门是可上可不上的一个怪地方，到那里去也只能听到些无聊的谈论，精致的应酬，与上司夸张的傲慢的脸，以及等级不同的谦卑。这全是些增加人头痛的情形。不去既无妨于月底薪水的支取，就索性不去了。像在随意所之的思索些事，就静静睡在小床上。思索些什么？自己也不清楚。总觉得眼前是窄，是平凡，是虚空，但是不是想要宽一点，或免去平凡把生活变得充实一点？不，这又不想到。窄，平凡，虚空，是不可耐的，但仍然还是那么耐下来了。依然活着，是明显的事。身体也不见得比去年更坏。所以有时又如同平凡还反而适宜我一点。

随意遐想的结果，就觉得开一个小小书店，卖点菌子油，或往国民军中去，都会比间一两天到署里去签一回到的差事来得有希望点，伟大点，至少是更合宜于我一点。不过所有这些也只是一个空洞的概念。在平常，属于具体的计划，就万不会从我心中产生，想着，想着就算满足了，这样懦怯的怕去与现实生活接触，青年人中总有着不少吧。

表停了，看针还只指三点一刻，但外面大客厅已响了九下，仍然无起床的意思。玉奎进来，把一封信扔在近床桌子上，出去了。信为妻由河南寄来，看封面便已知道了。薄薄的四页纸，轻描淡写不肯十分显露写信时的沉痛，但抑郁瘦弱苍白的脸儿，如在纸前摇晃。十七天前写此信时，她是如何的含蓄了不幸，强打精神用文字安慰在外的人！一面还说钝崽是怎样的想到他的爹。唉，不幸的孩子！你不出世也罢。爸爸对你简直是造了罪孽了。你娘若是没有你，也不会妨碍她的学业，你一来，你娘却只能放弃一切来照料你了。若不是为你，你娘那能走到那兵匪不分的故乡终日四乡奔走做难民？若不是为你，你爹这时也不会在这儿傍着别人了。牺牲了你爹娘的一切希望来养育你，你要是再爱哭爱病，纵或你爹是坏人，对你不敢要你做孝子，还有你娘，就是为料理你失了她康健的娘……做爸爸的想到你们母子，只有哭了。

为了可怜的异地母子们苦楚的解除，使我发疯。十一点时，跑到东安市场去占卦，只希望是能从那俨然道貌的长老脸上得到一点空虚的安慰。我不能明白我为什么便忽然成了菩萨的信徒。或者，妻之对于《明圣经》之虔敬，久而久之，我也便感化于妻之诚心中了吧。诚诚恳恳的，在一个发须全白了的占卦人面前，拈了香，磕了头，用妻的名义祷告了一阵，到结果，长老开口了。

这使我吃惊。我明明在平常时节看出他是一个老骗子，但这时为他那简单又略像夹了点粗暴的声音里，我全心倾倒于他了。我想，牧师这东西，果然是在祭台上能保持到他的应有的庄严，此外不必苛求于他，他已就尽了他救人的职务了。如像此时的长老样，他用他的严肃音容，抓着我的心，捏着我的感情，使我把当时对他的轻蔑还给他加倍的恭敬。在开口之前他先对我笑，这笑已就使我想跪下去请求他设法。

“这个，”那老神仙说，“这个是你男子的错处。年青人，稳健点，莫把自己掷到漩涡去。卦里明明说是两女争着一男子！”

我笑了。我暗想我的刚才的虔诚的可笑。我看出这骗子的聪明了。故作庄严使我良心的悦服，又把普通一个男子最关心最普遍的惑疑算在我账上。但我仍然是为他那不儿戏的态度所征服。待会儿，柔声问他：

“先生，莫把子儿排错了吧？错处只在‘争’字上，不然就是一男‘占’二女。”

“先生，我是替女人问卦的，不是我！”

我待要把我撇开起，好看这老骗子怎样的来转他的舵。说话间，我是再不能收藏我对他的鄙夷发笑的神气了。

但是他可更进了一步。

“年青人，我告你，你可看这卦。这是小星——讨姨太太的卦。不信么？以后灵验时再来谈谈吧。”

满口的胡说，我可不愿意再听了。

人到无聊时，求神，皈依宗教，是一个顶安全的隐藏地，但经过一番驴头不对马嘴的问答后，显见得求神是不成，还只好跑进人的队伍里求醉麻是可靠了。

下午便到真光去。视官上的盛宴，影戏院中是可以恣肆满足的。不过那老骗子的话总还在心里。这对我是异样滑稽的章法，倘若是真像那等小官僚一样，讨一个姨太太在家里。从老骗子口气上，可以看出姨太太这东西在社会上正在怎样的流行。他方面，朋友中，三十来岁的人，事业地位，是每日站到大学讲座上去教书，又不穷，竟叨不了旧社会的光，又赶不上年青人的队伍，彷徨无所归寄，做单身汉子的又不少。这世界，当这婚姻制度崩溃的时节，真是太多想不到的牺牲！

虽然是滑稽，正因为老骗子一提，自己却粘着在这滑稽事上，妻的方面暂时无形忘记了。在座位面前，大致就有不少的姨太太或准姨太太吧。适如其分的收拾得身儿很香。头则按照老爷的嗜好或剪或留。顾盼中都保留着一点诱惑老爷的章法。嘴唇为让老爷有胡子的嘴去擦的缘故特别抹得红红的。……

接着是想起一个姨太太的生活——

每日陪到穿马甲戴红顶子瓜皮帽留有一小撮胡子的胖子老爷睡到九点十点半才起床。吃了饭便去公园喝茶。夜间不看电影就打点牌。间一两日又到老爷同事或亲戚家玩玩。天气略变就到瑞蚨祥去选老爷欢喜的衣料。……老爷吸大烟。学到打点泡子，替老爷扛枪，是应做的事。吃醋也是一个姨太太应有应会的事情。还有挨老爷的……

还有读过书的姨太太是如何生活？所能猜详的是得多一桩上北京饭店跳舞的事情。但这就得看老爷为人如何了。老爷是旧式的老爷，懂女人是随时都在引诱男子；或随时都有为男子引诱之危险，老爷怕自己用钱买来的宝贝随了别人去，跳舞是必不能许可的。就是半新式的老爷，设若看得出自己姨太太，长得比别的女人更好看，跳舞想来也是以不去为稳健。本来在一个辉辉煌煌灯光如昼的大方客厅中，让自己姨奶奶去陪到别的年青漂亮小伙子搂着抱着，除了自己想从此升官发财，此外便是惧内的老爷吧。

从真光回来，得一点社会的新见解，就是照中国的经济情形看来，姨太太制度是不能废除也不必废除的。一个部中普通办事员，有个姨太太，不也是平常的常见事情么？一些军阀，不是正在采用“大夫妻五十”的制度么？女人方面呢，书，是读的，但知识这东西在男子身上是一个工具，在女人则成了一件装饰，不能与颈串一类物件生出两样用处来。因这样，妾制的保留，就更可以满足有了智识女人奢侈的欲望，是纵不适宜于多数人，但正如同近世的一切制度一个样，至少于女人，于有钱的男子，已能凭了那制度享福叨光了。

记四月初一的晚上

回到住处去，照老例八点半钟才能开夜饭。

在餐桌上，姨太太的事情似乎应该忘记了。

事实可并不如此。同餐桌，就有一个姨太太。虽然这是别人所有的财产，无从来印证市场那老骗子说我的事情。不过，这终是一个姨太太。我为我脑中所萦绕的预言，开始做一些略近于傻子的梦了。一上桌我就用些为平素不曾有的眼光去注意她的举动。而她，是不久，也就有了些感觉，这感觉，神秘的反应回来，我更傻了。

……不过，这人从装饰上行为上身分上都太同我理想到的姨太太生活离远了。这是制止我向傻的方面走去的一个小打击。姨太太人格的综合，我总以为是放浪一点是并不算过分的事。这人却小寡妇样的朴素，沉静又如同一个无风的湖面。若非从她那微长的蛋形脸庞上时常现出些三月间春风样子的和气笑容来，真容易使一个陌生人猜想到她是一个丧了良人的可怜未亡人。

必是天上支配命运之神有意要在我们中间玩弄一点把戏来开心，男女主人全都不在家。饭，便是特意为这几个长久住客开的了。同桌是六人。这年青奶奶正安排在自己的对面。每一度举箸去夹菜，眼睛便一与眼睛相触。记起日间那老骗子的言语，我无从禁止我去端详她那小小白脸儿。用一种非平时的异样注意去搜索对面的人的飘忽的神气，我在她未察觉以前便先感到了。在她脸上，我寻出了些天公打就她时雕凿的痕迹。我发见了些在往常忽略过了的颈部的曲线。我在她那一双白净匀整上面满被覆了绒样纤毛的耳轮上重新估了价值。那双用白玉粉末和奶油调合捏就的手，使我生出惊奇了。其实，这纵是罪过，就算那轻微一点的罪过吧。因我先时所寻觅的意思，还只是不能忘情于老骗子对我所示的预言。这方面，又恰是一个给人去从身体上发挥爱情的姨太太罢了。

——我不算一个皇后，但够得上做一个年青康健的男子的伴侣，身体完美无疵，灵魂亦还如处女清洁……

像谁在我耳边启示，这样一来却坏了。我看她对我长久注意明了后的羞涩了。唉，真是一件坏事！这女人从我注视上，不知生出一些什么足以使她红脸的想头！她将把我对她注意的原故想到使我也红脸的事上去，那是无疑了。一个女人为一个男人去计算，除了到要女人睡下去心跳的事外真已无可做的事。她自己无端的红脸，就是准备一个男子对她扔给的爱情的接受。这我可以向天来证实，赌不拘何等的咒，我的罪，倘若是罪，实在是因了她犯罪，使我瞎猜瞎想，我才敢过去触摸那爱情！我把握着那红脸的印象，便忍了痛苦逃回房中了。

回到房中，我竟忽然发现了许多过去的冤屈似的，无从忍受的伏在床上了。要哭，并无眼泪。而且又觉得是应笑。不是新得了什么，也无失落的东西。我奇异我在过去居然能朦朦胧胧的一个人在此房中安住下来，如今是竟像办不到的事情了。烦恼如同一群蜂子，同时飞扑到心上来。我想把自己痛打一顿，我咬我自己的手臂。我又笑，笑我这时是快要发疯，准备在一条危险石梁上走路的人了。凡是发酒疯的人都得喝大量的酒，我是在此喝一些空空洞洞恋爱的苦酒，过一阵，我就要做疯子的事了。我同时又在嘲弄我自己，因为在醉麻的过程中我只一半是胡涂，另一半，我还保有我的清明，不单是能看人，看自己也还很清楚。

“这是恋爱么？”“是的，”我就回答我自己。我还附加解释，“趁着同是年青，就是互相把爱情完全建筑在对方的身体上，灵魂也会得到幸福的。一个看羊的牧女同到一个砍柴的黑少年就是这么办。我这样行为，我所感到义务的分量比较权利还要多。她是那样年青那样娟好却为一烟鬼所独占。为让她来认识爱情，我就做她一个情人也应当，别的影响我可不必再管了。”

我不知我呆了有许久。

听到里面屋子的笑语声，从不休息。大家于饭后肆无忌惮的说着各样精致的谑语，这正是客人们一个顶好的消遣法，老主人不在家则尤其可以放肆。

我不能做什么。甚至这未来而将要来到的恋爱道路应如何走去，也不能思索，我仍然只呆着。

不久，听到话匣子的一个跳舞曲开始战栗了。几个年青客人大致是也开始在互相搂着在那大厅子里闹起来了吧。我能猜想，她是必为了身分的原故，加以性格的沉静，跳舞于她却无分。在话匣子旁照料的必属她。她虽然不在厅中同别人搭着肩儿打回旋，那双雅致的脚儿，总会活活泼泼的蹈踏。

这也不是没有意思的事情。大家都寻得出许多机会来将另一个人的脸搁到自己肩上来，大家都可以从繁促的曲子中将跳着的心儿去接受同舞的人疲乏后的一度柔媚的斜睇，我为什么不去混到这一群快乐人中去胡闹？

只有将身从床上举起的力量，我是旋又颓然倒在床上了。一个负了罪的人胆子是格外虚。一个有了恋爱的人，羞怯是每每会不自觉的跑到脸上来。我没有敢出去的气概了。

让时间慢其脚步而走去，尽跳舞曲搅扰我灵魂的安宁，我把妻在过去所给我的温柔与目下我能想到的妻的痛苦引到自己心上来，以便抵抗所有的诱惑。我愿意从这中得了救。

唉，用旧的印象防御，让新的诱惑来攻击，妻所给我的力终于消失罄尽了。我用新生的欲望杀死了对妻的爱情了。我把一些因妻而来的苦恼全部隐藏于这新的幸福阴影下头了。我找出了些新的义务和权利，我要在妻以外挖掘一个年青女人身上所秘藏的爱情矿藏了。

我诅咒那给我预言的老骗子早死。如无他的启示，这时我也许还是心境极平和，这将近中年人的心中，也无从重新来燃起这火燎了！但鬼迷了我的心，到临睡以前，使我还想起第二天又去市场，找那五毛钱的敬礼。好找一点先知的帮助。

记四月十四与十五

超过了我预料的顺利接近，苦恼随了希望的进行亦益深。我成了另外一个人，我成了我曾在平日用嘲弄替代同情去与之打趣的那个无爱而苦恼的尊三了。在这里，我并不是爱而不得。我只担心自己最近将来所演的角色。我想扮演得聪明一点老练一点都不能。我一面在模仿一个悲剧的主角，把全体都用爱情的温柔来点缀，一面我又看得出我是卤莽得同一个厨子。是的，我把一个厨子对付一个同事娘姨的方法采用了，我从一些略近冒失的殷勤中把这奶奶征服了。我使她至少在用爱的方面看得出我是一个豪杰。这爱情的桩子，我相信打在她心上的比在我心上的还结实。从一个微笑，一回无语的斜睇，我坚实了我这信心。

也因了这信心，更使我苦恼。我在昨天前天就开始在一种跋涉的途程中寻得了我的懦怯性（我虽喝了无数杯，我并不大醉）。加之几日来主客家庭的过从，使我见出了些在当日未发见的无从脱卸的关系。这之间，我还不愿舍去我在此全个友谊的情分，我又像看得出若果我让事实去进展，在一个不可免的身体的亲洽的结果。别人所负的责任是会有将身体去殉情欲的可能。我终于退后了。从十号以后，我便在一种藏躲中生活下来。但隐约中常像有一只手要抓到了我。又如同这一只不可知的手在一度抓到我以后又复放下，以后虽不捏紧我挣脱却又苦无从似的。挣扎既不能，前进我又怕，我就倒在这细腻的权威下面，成了一动弹不得感情染了瘫痪的病囚犯。

一声隔着幛壁的咳嗽，就使我心跳。细碎轻微的脚步声，在我耳神经上发颤时，也如有锋棱的矛子刺到我心上一样。我不图我用了些粗暴殷勤征服了别人后，又为人用些不当意的举动使我五体投地！

今天十四，算算我跌进深坑的日子已是两礼拜。阴郁的天气，以及夜来的失眠，助长我恋床的习惯。在床上睁开眼睛时，已是十一点钟。我怎么就睡到这样时候？自己也着惊了。但我仍然不起身。在床边，有琦琦昨天所放的一本《小岛》，就顺手取来看。一个人走近窗外，我的书，不知不觉跌落被上了。我没有抬头以前，我就能察出近床大横窗子外面绒布窗帘是在为一只手所移动。我采取了琦琦的行为，把眼睛故意就一闭，在幔子隙罅窥人的人便说话：

"还未醒呢。"

"真是变了，总是有病不愉快了吧？"听一个人在略远处说。

我知道是两人，便不即张目。

"曾叔，曾叔，十二点，快了，还不起么？再不起，开饭那就不候了！"这是琦琦的声音。

我眼略睁开，便见这小孩平贴在玻璃上的小小圆脸儿。这是一个顶小的客人，因孤身，便长住下来了。年纪是八岁。有一头乌青的短发，同一张又圆又白的小脸。一对大的黑眼睛，极其妥帖的布置在细细的眉弯下，证明这逗人怜爱的小孩，虽在小小时节便为上天夺了爹妈去，仍然能得别的许多人疼她，不致失掉她活泼。这孩子，聪明得像一只狗，柔弱得像一只羊，因此大家把她宠爱得同一个宝。"开眼了，开眼了，"琦琦嚷着笑着，便见另一个脸同时也贴近窗子来。

我爬起床了，做了件又聪明又呆的事情。我也把嘴贴到窗上去，竟同琦琦隔着窗子亲了嘴。我没气概就把嘴唇再移过去点，虽然明看到她是并无避开的意思。

“还不快起床，宋妈对于她的菜可又不负责任了。昨天咱们吃的那烂白菜，今天准得又要吃。”说了是笑。

“那得全罚曾叔吃，咱们可不管!”

“可不管！我也不管，谁小一点谁就吃白菜!”

为了躲避琦琦隔着玻璃的巴掌，就把脸故意移偏左一点。显然是站在远一点的琫小姐会知道，故即刻离开窗子走到廊下去。但是，脸红了。呵，这桃色的薄云使我桃色的梦更清朗，我没有再装害怕了，在她脸部所贴过的地方，我把嘴唇努着，为琦琦虚击打了十余下方止。

洗漱完毕，没有刮脸的余裕，便为琦琦催到餐厅去。

吃了饭。院子中丁香全开了，大家都出来看丁香。各人坐在走廊下的小朱红椅子上。

“这花是开了又谢谢了又开的。”

许是有意说的吧，又许是无意。

“的确花是会常开，人却当真一天比一天衰老了。”

“勿要脸孔!”

“勿要脸孔!”琦琦学着说。

“这一班人我不正是比你们都要老一点?”

大家就都大声笑。

“曾叔今天不上衙门去，我们同婶婶到你房去下棋吧。”

所谓“求之不得”者，是此事。

像是有了病，我近来愿意一个人独住，我好思索我这病的根。但下棋却是我的药。我大胆服了。

我净输。输得琦琦高兴到乱跳。

“怎么，净输呀!”

不但是棋，我全输了。但是我看得出我的赢家的神气，就从我输中感到另一事上她输给我了。

我特别找一些俏皮字眼做工具，使她感觉我的嘴是贴在她心上。我又把身子也尽我手足本能去接近她，使她渐习惯于这部分的接触，移去她所怯。终于我们的脚在棋桌下相碰了。碰，白里边出微红的脸，我能看出这女人心的跳跃，在那腮边我能吻一千次。

记四月十九

我用我良心掌自己的嘴。又特意把妻相片取出来，安置在桌上，以便忏悔自己数日来行为的错误。但是这准得什么账？菊子来下棋，输了又搬兵，把她找来帮忙下。轮到我输了，这是一定的。我在有意无意中间都走一些不利于己的子路，好尽她高兴。

“不，你这是故意输给她，对我你就特别狠。”菊子说，说了又看把我杀败的那人。

她只笑。

“我一同她下，子路就不由得我不乱。不拘什么全给打败了。”

“一到了我面前就是粪棋了。”她说了，更大笑。

菊子有意嘲谑的样子：“不知道是什么事，这总有个缘故的。”

“有什么缘故？你说！”

“我不说，这一党人算我棋顶不高明，算你（指她）顶高明，就是了。”菊子或者看出我们情形了。

棋不必下了，菊子同她坐在床上梳头发。

女人就只头发就能使一个男子销魂的。唉，对到这些头发我想些什么？我把一些同头发全无关系的事全记起来了。这些头发，在某一本经上，似乎说过能够系住大象的，这时系了我的心，引我堕到谷里去。

“只有女人头发是最美的东西。”菊子是剪了发的，显然这话与菊子无分。

她听了，故作鄙夷样子扁着嘴，这一来更俏。

菊子又要同我下。有她在此我也认输吧。谁知输得菊子说我是故意，随便动，不应当。

“要我怎么办？我就认输那不行么？”

“那不行。”菊子说。

“那我就小心小心来陪到菊子小姐下这盘！”

她负手在旁边看，菊子有毛病，每一着棋总得悔上三次以上才算数。她像厌烦了，走到窗下去。

“二少爷，这是谁的相片儿？”

“姨太那么客客气气称你做二少爷呢。”菊子说了动一个车，落在我的炮头上。

“不准悔。”我说，“一走就不准悔！”

“不。决不了。”

“决不就将！”

菊子把棋一推说是算输了。

“赢了要发气，输了也发气，小姐奶奶们真不容易招架！”

“怎么无端又把我扯上？难道我也发过你的——”

“你——”我说，且伸指头。隔得远，然而她的脸是涨红了。

似乎《红楼梦》上宝玉就有一段下棋事，然而这有什么关系呢？我不是宝玉，菊子倒像史湘云。这简直是笑话。看菊子模样未必不是有点儿发酸。她还拿着相片看，菊子走过去。

“这是你的什么人？”她搭搭讪讪拿了妻的相片问。

菊子就代答：“是二嫂，他的——（指我，我却同菊作鬼脸）太太。”

“喔，这人多美呀。”

“二哥，我说二嫂她像一个人。”菊子意思所在我明白。

她拿了妻的相片端详着，不即放，又看看菊子：“菊小姐，这像你！”

“像我，才不像我！我说像你，一点不差。”菊子简直坏得不得了，又故意问我，“二哥，你说姨奶不有点像二嫂么？”

“你二嫂那里有她美？”

“你们全是鬼！”说了，就走。

只剩菊子同我在房中。菊子想到什么就好笑。

菊子说：“二哥，我看她是在——”

“莫乱说瞎话。”

“我才不说瞎话！你以为我看不出么？她是在爱（这字说得特别轻）一个人，我敢同谁打赌。不信我就去诈她。”

“谁？”

“还故意说谁！你不明白吗？你要故意如此，我就去告琫小姐。琫小姐就会为你们嚷出来。这事你能瞒我吗？”

菊子说了就要走，我却把她抓住了。

“不要走，你应当帮我的忙才算是好人！”

“我是专帮别人的忙……”

“你又酸。我一见你说出许多话，我就深怕你会使她不愉快。何苦？在别的事上，我能帮你忙时我也帮你的忙吧。”

“我有什么要你帮忙？我又不——”

“你不，你同七弟事，我一本册在心中。你以为我不知……”

菊子不愿意听完，就跑了。

房中余我一个人。妻的相片平置在桌上，捡起仍然藏到箱子去。妻没有能帮助我抵抗外来的爱情的攻袭，反而更给了我朝坏的方面走去。

菊子真是一个不得了的聪明人，不期望她就能看出我们中间的关系！然而菊子同时有菊子私事，我也全知道。大家会意各行各的事，或者，不会有谁来妨碍谁的事情吧。

又来了，悄悄的，幽灵似的，先是出现一只手，一个头……

“菊子？”不即进，先问。

我答应，还是不？问菊子，这全是故意。也许她就明明见到菊子出了我的房，这来是有另外一种意思在。

“进来吧。”我也不说在，也不说不在。

就进来了。怯怯的，异样的，慢步走进来的她，使我气略促。

我望她，她也望我：是用某一次席上吃饭的她那种望法。她很聪明的装成大模大样走到桌边来，用手扶着坐椅背，我们之间是有一张椅子作长城。有保障，她颜色便渐渐转和了。

“请坐呀！”

“我来找菊小姐的。”

我只笑。这明明是瞎说。“找菊子——？有什么事？”

所谓“无语斜睇使人魂销”者，她是灵动的有生命的为这句话加了一次详细的解释。我临时想出我这两臂新的这一刹的义务的所在，在一种粗糙的略使她吃惊的骤然动作中，她便成了我臂里的人。不用说，我这时懂得我的嘴唇应当做的事。

“你这是怎样啦？”

我不答，就用我的嘴唇恣肆的反复的动作为我解释这应答的话。

“人来了。”

她将手来抵制我的头。

“不，谁都不怕！”

我怕谁？这又不是一件坏事情。在别人臂弯中抱着睡了五年六年了，只是这一时，难道就是罪过么？我相信，若果这时菊子或者七弟来，我还仍然是这样，手是不必松。我做的事算是罪过么？我年青，她也年青，一同来亲嘴，庆祝我们生命的存在，互相来恋爱，谁能干涉？

一个人，终于是哭了。我明白，这绝不是因了她不乐意而哭。这眼泪，便是适间热烈的亲嘴的报酬。

她因怕人来，立时又止了，大的眼泪沿到颊上流，我应永远在我扮演这一幕剧充配角成功的纪念回忆上来微笑！我见了别人为我流的泪，我用我的嘴去吮干了。

“你害了我了。”

“不，我爱你，同时也就成全了你！我使你知道爱是怎样一回事，我使你从我身上发见一些年青的真情，我因了你我才这样大胆做。你知道我的意思？”

“我明白。我不是不爱你。我真怕。他们一知道——”

“我将全承认这是我的行为，于你却无分。”

“我只怕菊子。”

“她么？她知道也不要什么紧！以后我还要让她知道。”

不说了，这次是我被人将嘴唇用一件柔软东西贴着了。我用我所有力量这样办，在她颊上我做了些比同妻还热的接触。

“你爱我？”

“是永远。”

“我早就爱你了。”

“……”

琦琦老远喊着姨婶来，我们恢复了椅子的距离。

用眼泪来赔偿我行为中的过失，是此时的事。此时已夜了，房中一个人。我能记起那桌边椅子的位置，若在嘲我似的，椅角在灰色薄暮中返着微弱光。

——我究竟是做了一些什么事情？是梦还是……

我还很惑疑，我在泪光中复独自低笑。我做了一件虽然是坏但无所为用其追悔的事情，我在一些吻中把我的爱更其坚锐的刻在一个年青妇人的印象上面了。我在妻的监视外新的背叛成了不忠实的男子了。我来同我自己的感情开一次玩笑。我疯了。

不能玩，更不能睡。为妻写信，但信中我骗了妻，说是在此日惟念她，担心她的生活，做事也很懒。

“我早就爱你了”这话还在耳边。“早就。”唉。这样的人。还有一个女人早就在心中暗地里爱着，我不知道为这一句话，我还应用多少眼泪来赔偿！

我爱了一个人了，是的，我爱了一个做人姨太太的妇人了，——而她也爱我。

我在这本子上写些什么？真不必。一个微笑，一度斜睇，一句柔的低的颤动的话语，我写一年写十万字也无从描写到恰如其分。我自己的心里的复杂的，既非忧愁又非快乐的感情，我用什么文字可以好好保留到这一本记事册子上来？我不是做维特烦恼的歌德，我没有这种天才。我又不是……

谢谢天！由你手下分派到这世界中女人身上的美质，我今天得用我这作工的手摩抚一道了，我用我洁净的嘴吻过了。再给我一个机会，让我来在你面前，凭了你，做一点更其神虔圣洁的事务吧。我为感谢与祈求来跪在床边，重新又流了一些泪。

我不再躲了。我尽我的力，极力向前走。我要直入那人的心，看看一个被金钱粗暴压瘪了的灵魂。我要看这有病的灵魂在我爱情温暖下逐渐恢复她的活泼同健康。我的行为是救一个人，使她知道应做与所能做的事，她有权利给人以幸福，而自己，也有权享受别人给她的幸福，这不是饰词。

记四月二十二

有三天不来。病了么？又不听到她们说。走去问琫，说是晚上会要来。

喔，晚上要来的。我不再打听琫别的了。但愿意天懂交情赶快就会夜。

我自问：这是恋爱吗？是，无疑的。不怕是我们全把这恋爱维持在两方肉体上面，也仍然是神圣洁白的。就为这身体，为这美丽的精致的躯壳之拥抱，我失了我生活的均衡。倘若是，我能按照我的希望去在她身上做一些更勇敢的事，我全生活会更有意义。这一部宝藏，中间藏有全人的美质，天地的灵气，与那人间诗同艺术的源泉，以及爱情的肥料。就一时，一刻，一分，一秒，我能拥有这无价躯体，在我生活中，便永远不会穷乏了。

七弟来，邀我到西山去看蜂子，我说不。“有汽车，”他说。有汽车也不去的，我只是不愿意出门。

“我不高兴那些虫。”

“在往日，则高兴。近来另外有了东西，蜂子自然是很可厌的虫了。”

我装作不懂这话语。

“我们许多人都去，”他又说，“琫姐，同菊子，同子明，同她。”

七弟坏，会看人，且会讥诮人，真是近来我才发见的。看颜色，必是菊子就同他说了。

“七弟。你少坏一点。”

“嗯，我坏。”他就不说了，大打着哈哈。

“菊子陪你去，七弟。”

“菊子陪我还有一个人陪你，我们四人一共坐一辆车子，我是以为再好没有了。”

“你说谁？我不懂。”

“你不懂？刚才瑧姐还笑着说是有一个人在她那里去打听一个人!”

七弟说罢就走了。

这事显然瑧小姐也知道了。菊子则是不消说。我只怕七弟，吃饭时节也许故意当成一件笑话说。

七弟在下午，当真同了子明、菊子三人上西山去了。家里剩下琦琦和瑧小姐和我三个人。为了瑧小姐要买衣料子，我们三人到西单去一趟，琦琦买了一块钱糖果，打一个转身，各处绸缎铺子看都不如意，返家时，天已快黑了。

我把我自己身上打扮得年青了许多，这可怜行为，在对镜时又自觉得好笑。在七年以前，与妻还没结婚时，我是为了别人这么注意过衣服同脸。如今却又来给这事开始调排自己的生活，真够他日想起来惭愧！其实我老了，我衰了，青春时代离开我身边已五六年了！我纵极力注意来修饰，在一个女人眼下也会掩不了我的老迈。

正刮脸，琦琦走来了，说是瑧姑让打一个电话，问姨来不来。

“琦琦我来帮你剃胡子。”

“曾叔，你有胡子我没有。”

“你没有，我可帮你画一点。”

“不，我不干。”

“画起胡子多美，你不见到四公公的胡子么？”

琦琦怕上当，不肯拢身来。但是待我取出香水瓶子时，这孩子，却扑到我怀里来，要给她洒头。

打完电话回说即刻来，同琦琦两人到瑧小姐房去等。

“琦琦你头上又有香水味，必定偷倒我的香水了！”

“不，是曾叔给我洒上的。你嗅嗅，这是曾叔叔的紫罗兰，比起你的好多了。”

“琦琦长大以后真是不得了，你看这样年纪就知道爱俏。”

“可不是，同到你们这些姑姑婶婶在一起，以后只有更加爱漂亮的了。”

琦琦不做声。这孩子，怪调皮，听人谈到她美就高兴。你说她爱俏，她承认，一点不分辩。当真若是照这样下去，到四年以后，真是了不得的人，实在说，如今已就学到许多成年女子怪癖味，一点不像一个八九岁女孩了。

“三天不见样子似乎全变了。”瑧小姐见到她进房，就起来握手，牵她到一处去坐。

果真全变了。今天换了衣，全体换，一律白，从上衣到鞋：像朵新开放的百合花一样。躯体圆圆的，在素色衣裳下掩着的肌肤，灯光下映出浅红。头上发蓬蓬的，黑得同二十四五夜间那样黑。动人极了。

“瑧小姐，你瞧姨奶奶真是太美了。”

小姐就笑。我是在瑧小姐笑后才知道我说话过分的。她假作不懂笑的意思，问瑧我说了些什么话。

这是我们在我房中亲嘴以后第一次见到，她竟没红脸。她那若无其事的样子，是我意料以外的。

琦琦倒在她身上，她又察觉琦琦头上的香水味儿了。

“姨，这是曾叔的，香极了。”

“你们男人也作兴用香水，七少爷还偷用过瑧小姐的！”她说了，照例的用笑作尾巴。

“男人难道就不是人么？”

“二哥近来才变，往天似乎不用过。”瑧的话有刺芒。

我若不听到，瑧是没有法。

“为谁？”她却故意问。

我怕再引下去了，转了个方向，说到别一事上去。

“我们今天为姨奶奶买得有蔻蔻糖的。”我说了，琦琦记起糖，离开她身边，到镜台边取糖给姨看。

“瑧姑不吃咱们俩吃。”

“好极了。”

当真琫是不吃蔻蔻糖的。琦琦也只欢喜牛奶糖。这是为谁买的？她当能知道。

记四月二十三

她同菊子才洗过澡坐在菊子房里换袜子，听到脚步声，菊子从脚步轻重分出是我了，大声嚷：

“二哥莫来，别人换衣裳！”

“换衣裳，难道就不准人进来么？亏你到学校去演讲女子的解放！”

另一个人就嘻嘻的笑。

我是停在窗下头，不动了。

“二哥，你以为我怕你么？别人——”

“别人是谁？”我明知，却故意当作不知道的样子开玩笑。

“我知道，别人就是琫小姐，哈，看到你们长大的丫头，倒会装起害羞来了！”

我就进去了。菊子不做声，正在脚上扣那脚带子。她是披着发，赤了个双脚，穿露胸衬衫坐在床边一张矮椅上，见我来，故意把脸掉向墙的。

我还故意装近视：“琫，你不理我了？那下次再莫想要二哥请看电影了。你看你那披发赤脚样子真像活观音。”

她更笑，慢慢转过脸来看了我一眼，脸绯红。

菊子对我做鬼脸。“二哥真会装，你不看清是她么？我不信。”

我所见到的，是些什么？一个夏娃样子的女人，就在我面前，脸儿薄薄的飞了一层霞，这是证明吃了智慧之果以后的羞腼。我痴了，坐在菊子床上尽发呆。

她起身来取袜子，背了菊子对我眉略蹙。这是什么意思？我不解。发了我的气吧？不是的。不愿我进来？也不是的。

“闹了你们不便再谈知心话了吧。”我装成要走。

“哼，”她把嘴略扁，冷笑一声坐下去。菊子鬼极了，假作在理袜子，偷悄悄儿却注意到我们的动作。我才明白她是怕菊子。

我又坐下了。我摇头。我忽然又记起妻来了，这时的妻不知如何在受苦，我却来到这里同一个妇人胡闹。我摇头自惭，但是我可不能离此而他去，我为眼前的奇迹呆了。我不能一个人去空想分担妻在故乡的忧愁。我应对于目下的一切注意。我就先说话。

“菊子，今天听说七弟请你吃冰其淋!”

“请我?”

“他单只请你！他还同我说，前天到西山，到碧云寺时——”

菊子不做声，红了脸。我报了仇了。尤其是，我说的话在语气上我故意要她知道菊子同七弟关系，她去望菊子，菊子抬起头来也望她，菊子笑，是有了把握的微笑，接着就借故走进里面房里去。

菊子进去了，她在穿一只袜子，向我摇头制止我冒失，我不动，仍然坐在床边等。菊子猛从内出来，以为我们或者正抱着亲嘴，正好大大的取笑，谁知失败了，只好搭搭讪讪仍然坐下去理发。

“菊小姐，你是怎么啦?……”

“我要看你们——”

“要看我们。我们难道怕你看么?”我去望她她却笑。

她把袜子穿好，头发随意挽成一个髻，到琫小姐房去了。菊子也要走，我止着。

“把我拉下来，别人却走了，这有什么用处?”

她因了菊子的话却不即走开。

“莫听菊子话，你去吧。我要同菊小姐谈一两句别的话，才不准她走。”

她看看我复看看菊子，用手扶着头，露着肘子同膝弯，出去了。

菊子又同我做个鬼脸，我不理。

“二哥，你扯我下来有什么话可说。”

“有话说的。”

我的话，要说的是太多了，不知说那一句好。我要问菊子，七弟是不是全知道了?我又要问菊子琫小姐怎样。我还有要说的，就是请菊子莫太刻薄人，应当大家通融点。但我先说这样话，我说：

“菊子，你得小心点，大姨知道你同七弟事情你就够受了。”

“我不知道。你们才要小心哪。”

其实两个人都怕，各人做的事，全出不得客，为婶婶知道就全完事了。

“二哥，我只怕子明，设若他一察出我们的鬼事情就坏了。”

“我可不怕子明，子明不会说。”

“子明在极力同姨嫂要好，你不见到么？设若他见她只同你好，一发酸，保不了——”

“子明有毛病，他同四姐也有一手儿，要说时，我们就大家全说。”

“当真吗？”

菊子真不能相信我的话。然而我是的的确确见到他们做了一些比菊子同七弟还大胆的事。子明就因为明白我了解他们的关系，近来对我特别好。我是对子明以为无妨于事的。除了子明我倒有点儿怕瑧。不过瑧方面，若非菊子说，万不会失败。近来，纵常取笑我，但我相信这只是瑧凭她聪明的眼睛看出一部分，绝不会知道我们当真就已怎样怎样的。

“我有点担心七弟的口。”我说，我意思是要菊子莫同他乱说。

“他也不知道，不过听了瑧小姐取笑，故来套你的。”

然而我断定这明是菊子告他。要菊子莫同七弟谈这事，是无法。我说：“你嘱咐他口要紧，就是了。”

“好，”菊子起身了，转身就要走。

“慢一点，菊小姐。”

“怎么啦？”

我告你句话，还有什么可告的话？待着菊子近身来，闪不知，在她耳边吻了一下子。菊子半嗔半恨的把眼睛鼓了一下就走了。

夜里几人不下棋，在客厅跳舞，因为记到菊子的话，我留心子明对于那人的一切。

记四月二十五日里

这日晴，趁到晴，我往市场去，卜我此后的命运。

匀姑来。匀姑因为同子明有了些把戏，给瑧撞见，瑧去告她妈，因此有了两月不敢过这边来了。听到子明昨天有事上天津，一时不会回，就从石虎胡同来看菊子同琫等。

几人一哄进到我房中。

必是菊子同匀说了我的什么话，一进房，几人便都笑。

“二哥房中真是香，怎不把我们一点香水使？”

琫说了，单向匀姑笑。

“咱们自己找吧。”匀姑说到什么就会动手做。

“我是不准野蛮的。”

“准不准，由得你？”

在我床头终于翻出那瓶香水了。匀姑也够坏，故意把香水瓶子下所贴好的价目单子高声念：

“四块八角，好，二哥，可真了不得，也用这种香水！这不是男子用的，给了你的妹子吧。”

匀姑不客气，就当真把那小绿方瓶子捏着不放手。我不再做声。在这一群小姐中间我是做声不得的。这些人，虽说各人都有各人的毛病，但是我同姨的事，在她们心中，终是酸酸的！就中匀姑尤其是不饶人的女人，她并且有她理由。

“二哥，我吓你咧，看你舍得舍不得，谁知脸上颜色也变了。”匀姑说，带了笑，又同琫故意将我来打趣，“你瞧，琫小姐你瞧，二哥本来为别一人预备的东西，见我要拿它，说不出的苦，全给现在脸上！”

“本来是为你买的，知道你是今天要来的。”

话只是平常的一句话，但在语气上，我加了我们在过去曾纠缠过来的回忆，以及暗示，匀又同子明的关系，匀不能再做声了。我能猜出我的话，在匀姑心上一击的分量。

菊子走过来，抢了匀姑手中的瓶子：“匀姑不要让我拿，这几日，我正嫌我的香水不好哪。”

“菊妹妹，难道你要这个么？我听说七弟——”

话不让说完，菊子走开了。

琫小姐同匀，不久也去了。

就中匀姑有一点心事，不是琫同菊所知。

因了匀姑来到此，又把昨天转去的姨从西街接来。

“你来吧。是琫小姐的命令，说，匀姑在此想见你，即刻来。”

“即刻干吗？今天为四老爷吃报母斋的，要来也得晚饭后。”

“你来我还有好事情告你！”

“你的事情我全都知道。嗤……”末后是一笑，电话就挂了。

晚饭后，那还隔多久，如今才止两点呀！因匀是客，琫请看电影，于是我同琦琦因为做陪客，也一同坐汽车去。

琫同菊子在卖票处买票，先同匀姑琦琦三人上楼去，上楼梯时匀姑让琦琦先走。轻轻说：

“二哥，我听人说你近来得意！”

“听人说，是听那一个丫头说的？”

“是琫告我。一个人，是应要爱……”

“姑姑怎么那么走得慢？”琦琦带跳带纵早已到了楼口了。

我望望匀姑，匀也望望我，我们都无言。我们快步走上楼。

回到家来独自一人在房里，想起些旧事。口香糖是我平时几乎可以说是嫌恶的东西，但近来枕头下这类东西的颗粒又可以寻出了。五年六年以前为了匀姑用过有半年，含到口内来哺匀姑也像正同昨日的事一个样。如今匀姑除了头发剪得很短以外，仍然是旧日的匀姑吧，但我们当年的情形这时却无从来再续了。因为匀姑是爱用茉莉花味的香水，这糖在此时嚼来也总像有那种甜媚的感觉。又因为那年是九十月里使用这糖独最多，那时的情景，留有深深的印象在脑中，一嚼起这糖来，就又似乎还有潇潇秋风秋雨的思念。我们的爱，这时究竟到什么地方去了？目下的，纵是到了白热的情恋，不是只要经过三年五年，又会同前事一样无影无踪么？我想：

难道是，但为了三年五年以后相见，追忆起旧情时可以怅惘一阵，我们才来爱？

果真是那么，这时节，也就可以退步了。

若说不，再进，进到两人身体合并在一处，这是可以永久维持下去的事么？

永久是不能，则以后在这事上的怅惘，尽此一生，附骨贴肉，我就来回味我们这恋爱，我受得住么？就是这么办，也可以——

然而在忠厚的妻的拥抱下，我来回味这浪漫的恋爱，我的对妻的负疚处，还好意思要妻饶恕么？

…………

我还想到我应当做的事情，这就是把妻给予我的力量同到匀姑与我过去如今的关系给我一个改过自新的动机。若是这时那人在我面前，我会作出一些与我近半月来截然相反的事情，那不一定的。也许我还能故意找出一点我们可以决裂的小事，来扩张，来延长。也许我……

但我同时又想，我也许一见了她，又能承认我一个人独处时所引起的不是良心乃是魔念啊！

呵，我这一刹那的魔念，能有什么用？

记四月二十五夜

我拈算到时间的步伐，那边家里吃饭应比我们这边早，估计她不久会一人来的。我就含着我那特为了接吻而用的口香糖，捻息了房中灯，坐在大客厅的一个虽当路却黑暗的椅的上面等。

我把守到那出入必经的关口。这里去到瑧小姐卧房，还得经过大餐间，后大餐间过去是一个长廊，再过去是小厅，小厅左边是老主人的卧房，顺到卧房窗下走，转那绿的圆拱门，进另一院子，那里一排三间偏东一间才是的。我预备要做一点别的事，就呆着，张了耳朵去听外面的鞋声。

客厅因无人，大的灯不曾开电门，只有柱上小电灯发光，很冷静。想着：在这样一切安详沉默紫色的银色的薄暮里，淡淡的橘红色的灯光下，咬着耳朵谈话，复搂着颈脖亲嘴，那是如何适宜的一种高尚游戏！

从等候中我才证明时间对于人间的恋恋不舍的样儿——这真使我焦心。

终于，它它它在那大院子角门石地面上有了鞋的后跟触地的声音了。我站起来，但忽然变计又坐下，且把全身隐到灯光所不及处去。我想突如其来在她刚到我面前时猛的立起身，来吓她一下。

“啊！”我轻轻的喊了一声嗨，挺然立起来。

出我意料以外的，是她却只很庄重有礼的对我那一笑。

“我想吓你一下哩。”

“一进这厅子，就望到你了，你以为我不曾见你呆样子么？”

我觉得我有点惭愧了。

她却不即走，停了步。

“你一个人在此干吗？”

“我等你。”

“我要你等我干吗？”

故意那么说，还故意要走。为了解释等她的意思，我拦住了她。

“不准走！”

“又不是郊野，你拦路打抢人么？”

“是，我抢你，我要抢你到我房里去。”

“你癫了！”

真癫了，这抢人的我，当真有要她跟我跟到卧房里去的意思。不过我不敢十分用力。我怕一个听差打从外面来碰见。我也不拉她，就只不准走。

“放了我吧，来一个人就不好看了。”

“我要吃一个点心。”

“我不懂。”

“不懂吗？就是这样——”我把手，揽了她的腰，我的嘴，贴在一个柔软嘴唇上面了。

点心是一个便够么？十个也不成。

一个人，顶容易上瘾的嗜好，怕再也没有比同恋人亲嘴一事为坏了。吸大烟，打吗啡针，喝红茶，以及我中国还没有人试过的吃大麻，都不会如此易于成癖。只要一个妇人的嘴唇，有一次在你粗糙的略有短短青的胡子的嘴边贴了一秒钟，你就永远只会在这一件事上思索那味道。一个年青男子他那不会餍足的事，恐怕也只是对于他的女人做那些略近于麻烦别人的举动！但这能怪男人么？谁教那嘴唇红得诱人？

我秉承了胆大心细的名言，却自动把这女人从怀中释出。

“谁告你这叫点心？”

“这是比亚北的奶油酥还精致美妙不会伤食的东西。”

她禁不住一笑，低着头，快快的向里面就走。我抢身前去，我们是并行，手，本能的，仍然揽着腰。

我们一同行至暗处了。将要走到大餐间的北门边，她慢了脚步。这里比其他地方全要黑，纵有人过此也不会见到。她停了脚步。我们抱成一块在那过道中。借着客厅那小电微弱的光返射到另一处玻璃上，我能看出她脸的轮廓。柔软的硕长的身体，斜躺在我的臂弯里，发挥着异样的肉体温暖香味，我疑心我是抱了百合花的神。

同匀姑亲嘴，站着要低头才行。这人则我还须头略仰。她把头压在我肩上，我们便脸摸擦着脸了。这时是轮到她吃点心了。我的额，我的耳，我的眼睛，我的下巴，每一处被她用嘴亲过的地方都像怪好过。她的长耳环子碰着我的脸上时，我有说不出的一种温柔的灵感。

“让我学你来吃点点心。”我想照样办，要吻她的脸上的各处。

她说不，够数了。

然而我的手是不能放。我为我这臂膊叫过屈，这时若手是稍松，我断定她是要逃。

“还不放我么？”

“不。我愿抱着你，至于永远。”

“莫说呆话吧。我应进去了。放了我，回头我们——”

“回头——？”

她不答回头做什么，乘机掰开我的手，像一只鸟飞跑了。

我尽发呆站在那过道中不移动一步，听到一阵急促脚步从长廊下到小厅，进了小厅后，就听到几个人的笑声。

我随后走到长廊去，暗听她们的话语。

“等你一天哩，”这是匀的声音。

“对不住得很，”这是她的。

“我们去找二哥去，”这是菊子的。

我听到要来找我，着了忙，轻脚毛手走转到房中。

果然不久几人就来了，菊子当先锋，琦琦又当菊子的先锋。

“曾叔，姨来了，”这孩子，怪得凶，会来在我耳边说出这样话。

“姨来也得大惊小怪么？”

“因为糖。”

琦琦不说了。因为糖，又有了新买来的一大包，姨来琦琦可以同姨平均分，所以琦琦同我一样盼她来。

（第一部分完）

记五月初一

有人忽发癫狂，把自身奋力掷火中，不顾一切，这人行为常为世人所注意，众目为癫子。这人又是一英雄，因其能舍身于人所畏惧的事业上：在把身体牺牲到某一主义上的人，其呆劲，我们是无从分析英雄与癫子的不同处来的。但是，除了少数人算例外，那无数的在情欲下殉了生命的人却为世人所忽略过了。把自己的灵魂掷到女人身上去，让恋爱的火焚烧着自己，这类事不是常常有么？如今的我，不也是正就那么处置了我自己么？我想我在“癫子”与“英雄”两种名称上，无论如何我总占有其一种。也许别人在这事上应称为英雄，我则免不了在另一时让我自视为癫子。

这事分明的，便是这恋爱，与其说其建筑基础于两人的灵魂上，倒不如说是得先在身体上来打桩子。然而直到如今除了那色授魂与的人前斜睇与背人时的像一块饧的搂着抱着外，我另外究竟做了一些什么伟大的事？我应做，我唯一应在这小奶奶身上做的事，我可不曾做。至于一些废话，我说了一大堆，一些不拘在菊子，或瑃，或……我都可以干闹的事情，我却也同到她闹了有不少。

“再进来一点，”这是这妇人在每一次为我所拥抱时节所给我的一种无声的命令。我似乎是在进，如所吩咐的。然而我就不曾大胆走那我所应走的道路。且每到这样路上我气似乎就先馁。我把一些利害，一个中年人沾沾于名誉的理智，来作我的保护人，我宁死力掐着我的情欲的滋蔓。老子的“不见可欲而心不乱”的话语，我适得其反。在一个人的生活中，我成了勇士，我成了兽，我没有理智，没有任何种顾忌，我把我自己同她处置到一种白热情境里，我们全是裸体的兽类，任意的各人在生殖意义上尽其性欲的天才。但一见了她，我完了。见了她，在一些撩逗下，我证明我能力的存在，更进，我感到她的需要，再进，我便害怕起来。为了懦，我好好敛藏了我的本能，老实了。每于这种情景下，我所采取的手段是逃。我能逃得很远那当然是好。不幸的是我虽逃走也为她的吸力所引不能走多远。

我不能因此远去。我有原由离开这地方，但我总不能因这事情当真的逃走。我以为于我有益的只是在这诱惑上起一点障碍。或是其他的人妒嫉之类使我们不得不距离得稍远，又不过远。假使近，近又不至于当真走到危险的事情上去，这也好。

我又只能对天祈祷了。我希望神能给我能力以外还给我以莫使陷到不可自拔的阱里的幸运。我承认我是有着绅士的癖好，在感情上也容不下渣滓，虽有情欲的火在心中燃烧，却能用我顾全体面的理智的水浇熄的。然而这两种分量的消长，是不能在固定天平限度上，万一，在一度的亲嘴时，我即或是不改故常的我，但是她，却把她的裸露的身体展览于我面前时，我有什么方法再来拒绝这下阱的必然结果？

我是永远在这事上矛盾互相抵拒着的。明知是不可能，就不燃烧也罢。然而岂止仍然是燃烧么？有一时要爆裂，这是我先就自信终有那一日的。我到那时会丢了我的理智，会无所顾忌的将自身放在一种情欲的恣肆里。

翻翻我的这一月来的日记，我真要奇怪我自己起来了。我记了这样多琐碎的属于各人表面关系的动作，像在写一种供人开心的小说样的闲心，来为这生活作一种记录。我就不能做一点别的事情么？我要陷到这情形中有多长日子呢？我当真要来讨一个姨太太了么？这一月来我把妻安置到脑背后，然而脑背后也是没有妻的影子的。我对我这一月来的行为，真只有嘲弄，只有痛哭，没有一点觉得是可喜的地方。

如今是又有过四天不见了，难道这一场梦就如此平安醒转来了么？难道这就算是完了么？我不能相信我们会这样淡淡的收场。天知道，这个妇人在我身上目下与未来所想到的是些什么事。

我能瞧得很清楚的是我自己理智与情欲的争斗，我不袒护任何一方面。我尽理智保全我，制止我，警告我不向那崎岖道路上冒险，我同时，又并不蔽塞我感情的门。有时我为感情拉到一个顶危险的玩意儿上去，理智却临时出来牵我回到平静方面休息了。就在这样拉拉扯扯上头，我可得到比牺牲我情欲，或牺牲我理智，还要苦恼的苦恼！我简直不能动弹。譬诸用针作毡毯，翻身来去全都是那刺肤的尖针。

天使我再聪明一点，或再傻一点，我相信，我就非常容易把我安置到那合宜于我的事件上去了。

只发我自己的呆气也是无益，就让这感情爬登到绝顶，再从高处跌下就完了。我今天来决心做这件事了，把身子扮得干净点，预备到她家中去。以看她大嫂为名，我要再走进她身边一尺，把我们的心的距离缩短到事实给我们帮助的终点。

心理造的罪孽比我所能真在别一个人身上做的事情总是放大到三倍四倍，想起又自觉可怜。有些人，是不思索，不忖度，就去做的；又有些人，是单单从做梦中便能得到满足的；这两种人都少有许多痛苦。至于我，却把这两种成分糅杂在一起，既不甘于在自己一人心中煎熬这爱情的梦，又无能力去在别一人身上掘挖那宝物。就只在我这一种心情下生活着的人，我把同情永远交给他们，我想人间世，没有比这再会苦恼多少了。

妻来信。附有钝儿一趴伏在床上的相片，是比去年离开北京时长大一倍了。信中有这样一段：

> 钝崽每天念巴巴两字，不明白是念粑粑，还是念爸爸，问他到底要什么，却用手塞进口里去。只要是能在外面暂时好，

混得过，不要挂念到我们吧。钝崽的外祖母寄来了四十块钱，又寄来了一大包荔子，有了荔子吃，小孩却不“巴巴”了。……

做爸爸的真不值得要儿子来念及！爸爸堕落了，爸爸却不责备自己，但抱怨你妈。的确，妻要是泼刺一点，我或者能用妻给我的积威制止到这不当的苦恼。

妻所给我的，在我身上所能生出的效率，只是一种更柔弱更无用的认命人生观，我可以预先在此写。

“妻的好性格，只是给我多向坏的方面找机会罢了。”

为了莫名其妙的内惭，我重新又把菊子说像一个人的那张妻的相片取出来，同到钝儿的相一起平放在桌上。

罪过，我从这相上生些怎样的胡思乱想！我想，我能为妻以外的人也可以生出这样的儿子，这人实在比妻还会快乐些不，一个人的野心的长大与滋蔓，真不是可以用方法铲除或预料得到的，我在妻与钝儿相片的上面，心灵上的建筑高入云霄了。

我为了迁就市场问心处那老骗子的卦爻，把别人的姨太太作为我的姨太太，且，我们在爱的亲洽的结果，成绩同时如像妻样养孩子了出版[①]。我在再一刹中已把我们的生活方法布置妥帖。我且将自己移到一种有了一妾的社会位置上。我便俨乎其然领略所谓士大夫最通俗不过的生活味道。……然而，结果，在“争”字同“占”字上生出了疑团，我不忘第一次那老骗子给我的鬼话，有了两人就有所谓争！即或占，然而妻若到此来，恐怕所能占的仍然也只其中之一！

在我心灵中，争占仍无从成立，让妻的印象据在我心上，我可以出入任何妇人女子队伍里，不怕罪恶的诱惑。若是不，且把眼前的人用心灵搂抱，则妻的方面，我放弃了。

…………

一面在妻的相前负疚内愧，一面我却把妻当成其所以使我在妻前忏悔的罪孽原由的那人。我在妻的相片接吻，第一次是感谢妻能使我有机会忏悔，第二次却是感谢天给我机会得近第二个女子。妻是左手，姨奶是右手；左手打了我的嘴，右手即刻过来摩，不长进的思想不久即侵占了我全部意志，对于左拥右抱的俗事，我没有再来固持反对了。

晚上，子明到我处来谈，觉得这人有点讨厌，这讨厌心情，是在听到菊妹说的话以前不曾有过的。

偏偏子明谈到她四次。

“我想，这人，有点儿……”他说。

“我对这事倒感不到什么兴趣。”回的话，似乎过于硬朗了。

子明到后大约看出我不高兴的地方，仍然保持他那美国式的活泼与蕴藉神态，点着照例的头出去了。

听到墙外空大车拖过的隆隆声，忽然想起马是很可怜的一种动物，骤然涌出无限悯恻情感了。马，在身体劳作上，无抵抗的服务固可悯，但我心灵上的不知休息的奔驰，没有一个人能知，也总不会有人对这漫无意识的只在一个希望上烦恼快乐的人加以哀怜底同情！

记五月初二

关于日子，我怕有一种详明的记忆在心中。不算日子也罢，一天是八十时十八时我全不欲论及。在恋爱中——尤其是在一种半神与人的梦样不可具体分析的恋爱中，没有时间的证明，那更好。不过，关于造成日子观念的机会是那样多，差不多随时随地都可见，像一种不受禁止随地可见的揭帖，在新闻纸上，在衙署发薪人口上，在公文上，在草木的花叶上，在人的身上，在光与声音上，在一切的动作中，莫不给人以时的通知，无聊极了。

有人说，人的生活，所谓现在，是没有，现在的意义，就是能“思索过去估量未来”而成其为意义的。因此人在时间上常更感到那性质的重要。但是，恋爱只是地道的现在的观点，真不必要懂到一个时候分为若干分秒啊！

把生活一半来爱人，生活一半来作人生百年大事业，因为要明白怎样算一半，时间那是不可不明白的。只是这种“一半这样”“一半那样”兼顾并筹的方法，在别的可以，在恋爱，却是不成！真爱一个人，是全部，没有小隙小罅可寻的。心只是一个，要是一上了这顶纠纷紊乱的道路，别的事业只能全放下，饥饿同时应放下，时间自然也同时放下！

我是当真已到把时间放下那种地步了，这样粘贴与胶固，是只有她的魔力能够如此的。

我疑惑我这欲望已从身体的侵袭而为心灵的拌和，这情形，是正因为难于见及而益显呈此倾向。一个童贞女与人初恋所给予男子猛鸷的热力与反应，我却从这妇人身上获得了。她同样给了我不可当的热，有把一颗心浸在那眼波中游泳的趋势，同时我拿了同量的苦恼放在我心上天平的另一端。

我不期望我会为了这欲罢不能欲近还远的情形来在房中，呜咽的低哭！人为什么有这样痴？人为什么定要思量在这类乎灭亡的道路上驰骋？用手掌掴打我的脸，我是这样惩罚我自己，复嘲弄我自己，不过，心中的她的影子，却分明的是在向我妩媚的微笑。

菊子来，见了我，忍不住要把话说到姨的身上去。

“她要五号才能来了。”

“怎么？”

“原故是怕你。”

“为什么说怕我？”

“为什么二哥你要……”

“我不愉快只是为得了你二嫂的来信。我想事情又够无味，拖下来，还不知有多长日子才说到升官发财那四个字上。为了妻的在豫担惊受怕的原故，我真想走了。”

“你既然是想二嫂，那我也没说的了。她，可是为了一个人害了点小病。”

菊子，说话如其人，欲前又却，善于转弯讽人，可要人招架。

那么，我索性请菊子作个好人了。

“菊小姐，不要笑你二哥了，为二哥把她找来吧。”

“告你是初五。”

“难道今天不成么？”

“不成。原因是转到娘家去了。”

从菊丫头处又才知道姨的娘家是个穷旗人，嫁过来时竟一钱不去。一钱不去，这样一个半神半人的东西，本来是不应当用钱可以得到的！这女人，值得有半打年青孩子为她纠缠而发狂！值得人为她牺牲一切尊荣和骄傲！还值得人为她死！

不过从“一钱不去”的一句话上我可生出另外感想了。一钱不去是应当的，因为这种人的心，只有用爱情来泡软的一法。然而把她成了私产的，又是怎样恶浊一个人！我为了这老天奇异的支配，废然了。

“菊子，我有了钱我也要讨姨太太了。”我是当成笑话说出我的愤懑的。菊子可看得出这并不是与我希望相违的表白。

“你们男人全是这个……”

菊子不说了，菊子要走。

“来，我告你！”

菊子记到前一次关于“告她”是怎样意义，狡猾的一笑，怕我的有了硬的胡子的嘴再要闪不知在她脸上生事，快快的走开，到房门外之后回过头来做个鬼脸，滴滴托托跑去了。

菊子对我也不是无意啊。这丫头，有了机会就能勇敢的向前。妻在此时还笑到她以后会同七弟好，妻的聪明万万不会料到这丫头有对她二嫂也不客气之一日！

为什么，在先前半年中菊子却会这么老老实实保守到七弟？让我来找一个可信的解释。

……先前是，见我对妻互相的信托，制止了她向前的勇气，如今是，见到我是一个有懈可击的懦夫，一面由于见我与姨的小妒，我却是在被人轻视以后扩张菊丫头的野心了！我能明白菊子回送秋波的意义。这不算讨厌的累赘。比起姨来虽全然两样，然而不算一件坏的无益事——玩味这不从耕耘中得来的收获，我这柔懦的心第二次又背叛了妻，在菊子身上，我也感生无穷兴趣了。

我又看出时间的分秒脚步了。否认了自己的前说，是为了听到菊子说姨要初五才到。今天才初二，还有七十多个小时才能见到她！每一小时我的心要跳上无数次，从这跳跃中，一秒的过去我也很明白。为了期待初五，我却比小孩子期待过年还诚实，对于一切给我时间的通知，全用无限的感谢心情表示在纯挚接纳，一切入我感觉的，变成新的意义了。

我同时，且又来否认了我恋爱整个的见解，为了菊子非无意的游丝萦绕。

天啊，你的子，缺少力，缺少分析取舍的理智，复缺少决断，但你同时又给了我太多与女人纠缠为缘的机会了！你于你子吝啬与慷慨的地方，我总不大很明白你意思，请从梦里赐给我一点我所缺少的质分，让我应付以后事实略有从容气魄吧！

记五月三日晚上

依然是为着莫名其妙的在心中燃烧着的那恋爱的火煎着熬着，行也不是，坐也不是。永远是自己内心的争战。虽然是人人生活都免不了此，但这互相消长又复俨然能维持理智感情两者的均衡，我所得的苦可多了！明明是有消长，我却仍然站在一条线上不动，这理由，便是竭我的力注入我所能受的苦恼于心腔空处，才保持到这常态。然而照这样支持下来于我又有何种意义？

啊，恋爱，我在往者从那书上知道你的，如今我才明白那是解释得如何简单！尽文字所有的魔力，凭诗人精细的选择，用巧匠似的手艺来处置，所能道的又是怎样有限！在一个害着单相思的诗人，可以用诗一巨册来为他那想在女人唇上接一个吻而无从得到的苦楚下一个注解，然而这注解还算是顶简略的注解呀！

从这看来我这日记是可以停止了。

但仅为了记载“美”的一字，能在我心上翻腾着怎样庞大的狂怒的波澜！我将鼓励我自己，在思索间，在喘息间，匀出那所能匀出的时间，来用文字把这一个浪花散碎的光景，一滴水珠消灭的光景，好好保留到这册子上！美的物质的型，是会有一日失去那动人的线终归一切消灭的；我这心，也将因年龄而为之衰隳。我想这记载，若能留下我的心情的碎屑一握，则这些碎屑，便可以供我异日白发盈颠时再寻这美的旧梦！

我因了欲在一种女性亲洽中提高我向前直进的力量，值瑇派琦琦来作代表，邀我到大厅中去跳舞，我就去。

先陪琦琦作了一次英国总督呆子舞，立起一脚作雀跃。后陪两个女客。再后陪瑇小姐。再后陪菊子。陪菊子，特别久，这小东西只差用她那舌尖舔到我鼻子。

全身像抖着的是菊子裹在绿色巴黎缎旗袍下的小的柔软的腰，同呈露极合度的弧线的臀部，使我心荡。她是乘到这机会大胆的运用着那一双媚人的长眼对我无畏的施以压迫，我降了。这在当我从她眼光里看出她是已感到我成了第二个七弟时，我就借故有事逃走了。

回到房子来时我只沉醉于那温暖的香，这香是菊子身上的。不过一离开菊子，我已移作姨太所有而来玩味了。

有那一日我将使菊子同姨不拘谁一个给我一个机会把这怪好受的汗与粉的混和气味嗅个饱！

我想：市场那老人，真可以当作神仙谨奉供养了！这至少是我前途一个好顾问。我直到这时，才懂得到二女“占”一男或“争”一男的卦爻于我是如何准确。

记五月四日

道德观念是怎样形成，那得一个哲学家给我去解释。我所能见到的是凡反乎自私的一种行为是道德的律例。然而，在我所有的环境中，我所惨澹经营的，是不是违乎道德律例？我成全一个人的爱，成全两个人的爱，把胜利的表面属于恋爱的对方，我是不是应当？让凡是爱我的人全得到她所要的东西，虽然所能给的是如何的少，但我不吝惜的非常慷慨的能恰如其分给与这女人，此应属于反乎自私一种行为？

越想便越糊涂了。

让我去在使我糊涂的本体上找那适当的结果，不想了。

在那廊下找到了菊子，拥着薄绒白色寝衣对了那日晷白石柱出神。

我不即上前。望到这样窄窄的肩背，我在她身上第一次感到春天的力量了。我奇怪我自己，在过去，竟能若瞎子，目中无人似的同到这女人住在一块地方有一年长久。我奇怪这骤然的发现，竟使我忍不住要嘲笑我瞑然无知的过去日子。

爱这东西是永远不会找到适当解释的，这又不是说神秘，只是事实的纠纷不清。同样的一个人，为什么当我没有发现她在对我施以感情侵略，同到她不曾见我要爱女人时，我们却能和和平平过我们的日子？一个人，在另一个人身上，生出了性恋的意味以后，为什么见面便有不受用处？是吸力，所谓吸力的成分，又是怎样配置？

在这当儿，我放下我掘挖女人心中宝藏的锄头，是做得到的。但揭开神秘的幕，看看这富有的矿床中无价珠宝的罗列，也是我所乐于作的一件事！

我唯一的希望是我把菊子估量错了，则在我心中成立的罪孽可以一笔勾销。

“拿起我的锄头来，我用力的挖，也将设法来掩盖……”

走过去的我，轻声说：“菊小姐，有什么心事在此发呆？”

笑，用前晚跳舞时的章法望我作媚笑，且眉微蹙，若告我既知道是发呆，所为的是谁，我就应早明白了。

“一个人少胡思乱想点，她可以少许多苦恼。”我这话，成分是一半讽刺一半劝。

“二哥，你不知道你妹子。”

“我自以为太知道你了。”

女人就是那样，凡事均以眼泪为后盾。用微笑代表不出的，用嗔代表不出的，总得借重那微带盐味的泪。菊子这时虽不哭，眼睛却红了。

我并没有猜错，这是我的账！

先是我还只隐约听到地的震动，逃跑是来得及，如今地已张了大的口在等我的陷入，我除了闭眼跳进这阱中，别的能耐全失了。

“到我房里去，”我说。她不作声便先走。

…………

“我平日真小看你了，菊子。”

“二哥。”声音轻，语句清，这喊法是与平时不同的。

“你不要尽二哥二哥了，二哥那一天总会为你们女人死。”

“死，要人陪吗？要二嫂陪是姨陪？”

“要你们三人都陪到我死，好使七弟在我死后还咒我。”

菊子不做声了，只憨笑。

我能从她脸上看进这小丫头的心里。我相信我能给她的快乐是她在七弟身上难于找到的。她把眼睑下垂像要睡的样子挨在我臂上，我还能感觉到这小小身躯的微颤。

那样大胆无畏的真给我吃惊不小，我不期望这一众中年龄最小的她对于爱的具体表现却如此雄猛。

我想起一些关于论女子的心理学上问题，复想起自己身为男子却秉着女性懦弱保守的性质的事实，先是脸红内愧，旋即转了方向，把这小小身躯抱紧贴到胸上了。

“二哥，你……”

无餍足的接吻使菊子眼饧口涩，我在一生中只有此一时充分表暴了一个年青男子所有的气概。

“我爱你。”这话轻到像一只白蛉在飞去时那嘤的一声，然而在我心上的分量是重到像一块铅。

菊子会向我说这样话，真使我伤心。当五年六年以前还会要二哥抱上车的女孩子，如今已学得爱人，要人在她小的红嘴上接吻，用这人的生活变化作镜子，照我的脸孔，我是去老已就如何近！把这人的生活对照，我实在是应当离开这年青人专有的爱的世界，在事业上早应有所建树了。实际上，我却如此不长进，我不知我这是中的什么毒。

“若这给张扬出去，照中国人的观念批评，才要我好受！比起我内省的苦楚还不知要刻毒多少倍！妻知道以后，从她的内心中影响到我，我那时要怎样的糊涂处置这事情！……”我想到此，手便松懈了。

菊子起身离开我到门边去。

“我走了，”她说，在声音上，颜色上，还不遗忘她那新为我所发现的本领的施展。

摇着无可奈何的头用手复招之使回。回来了。见我不愉快的苦笑，她用脸来擦我的脸。我第二次又把这女人身躯抱持了一阵。

听到内面长廊门开了，伊已进到瑧处去。我一个人独留这房中，感到房子的异常空阔。我不明白我做了一些什么事。我不能在我所作的事上分析一下以后应怎样对付。像酩酊大醉的时候不能睡又不能醒，在这样情形下头最容易引起的是无所为而为的悲哀情绪，于是我哭了。

她，菊子，是天真无惧的，将一颗全热的跃着强的拍子的心掷到这新的恋爱上面，在我身上做着的总只是无涯的乐观的梦，那里会想到这是一生一世用眼泪同内省自挞所赔偿不来的事情？她不会想到一件不当的恋爱落在头上时节，接一次吻的代价是怎样大。更不会知道这里所牺牲的是一个处女无价可得的关于恋爱的幻影的碎灭。一个年青一点刚到发育完成的二十岁的女子，她对于爱的行为虽很蒙昧，却极能成全她感情的一刹那，比之一个近三十岁的女人总能见其格外的大胆。菊子是，不假思索的，在一天两天中，就把我同到她自己举入顶高那一层峰头去了。没有跌过的人，他不会知道跌到地下以后的难过。我这不中用的中年汉子，如今是尽这小表妹子牵引到那悬崖道上去玩，有非陪到她同跌一次不可的趋势了。

我想天要试我担负罪过的能耐与忍受苦恼的能耐，也不应当选这样事来同我开心！一处的账还算不清，怎么载得住在两种买卖上来支配我忧乐？

一个将近三十岁的人，他把处世为人之方法学习得熟练到无往而不宜，因此他却把恋爱的方法全忘了。恋爱只是两个疯子丢弃了世界的一切，单在两人身体上心灵上找寻真谛的一种热中兴奋的游戏，我想在这种事业中保持我的神志的清明，只成立了悲剧的结果而已。

我又似乎得了什么灵感一样，望到辽远的未来，各人在感情崩溃的以后那凄惨情形：

……妻因此抱了我们共有的钝儿，跋涉于兵匪骚扰的乡村乞食。而我，在一种忏悔下自己用绳缢死了自己。而菊子，无助的独自到美国念书去了。而姨，便为她们的主人卖到娼寮里接客。

琦琦来，说姨来了，到了琫姑处，要我去。我醒回来了，背已濡了汗。一个不当的吓人的噩梦，正像是为魔所指使乘我心虚而入到我想象中，实际上，终不会有那一日！

见到姨时，我不能说出我心情之一闪，所感觉的味道是甜还是苦。啊，这当面的人，便是用她的印象痛痛鞭打过我的灵魂的那人，除了跪在那裙边用口去同那一双白足接吻，表明这征服的俘虏之忠顺外，我无可作事情了。

“听菊小姐说你有了一点病，是不是？”

“听菊丫头说，那么，她总很明白我的病了。”

菊子笑，琫也笑，笑的内容是不同。琫姑是笑姨忠厚，是笑我可怜的样子。菊子的笑则我从这笑里可以看出菊子有那胜利自足的神气。

大家谈着闲话，各样的，戏谑的，不离乎这一家的过去的轶事。

琦琦一人坐在床上用七巧板排列一个打鱼人，换来换去总还缺少那个帽。

“孃孃，帮我的忙吧，少帽子咧。”

“天气热，不要戴帽子也得，”琫姑笑着说。

“是一顶遮阳帽，不是风帽。”

“那就把篓的下面一节作帽子。”

“那不成，鱼又没放处。”

设使一个人在隔壁单听到这话，猜一年也不会猜到是玩七巧板。

渔翁的帽子，终于被琦琦找到了，喜得这小孩狂喊。

“一个人的成功全是要勇气。”

菊子听到我说这话，对我望望又对姨望望，口略抿。

我怕起来了。以后我见着七弟将怎样替他可怜！年青的标致的七弟，正为了太年青与标致反失了他的爱，我能用这话来向人自解么？

即如七弟曾同到她亲洽过来，我看七弟就不会给这女人以十分满意。我心想，七弟同我都是太缺乏那男子的气质的人，菊子的勇敢，却超过了我们了。

不一会，衙署电话来，问问今天是不是还去衙门？若不去，就可要人把四月份一点薪水送来了。说不去。那边便说那就在家候候吧。有一刻钟左右，朋友替领的钱就差人送来了。有了钱，琫姑提议拿出五分之一来请客。

“二哥钱有用处的，要……”菊子直到如今还不能饶人。

“对了，”我说，“要我请客那可办不到，我还要拿钱去买一瓶香水为另一个人……”

“曾叔，为谁？”问的是琦琦。

姨误以为这话是落在她头上，脸红了。

我说：“为琦琦那头。”

琦琦不信。琦琦说是愿请客不愿要香水。

“你问菊姑愿不愿？”我扯琦琦到身边，咬了耳朵说，且要她去菊子耳边轻轻问。

琦琦到了菊子的身前，菊子不让她说话，拉着她的手就要走。“曾叔要我问你。”

“我们换衣去，不然就不要你去了。”

于是菊子同琦琦就走到隔壁菊子的房中去了。

偷眼望琫在摆七巧板，只冷笑。然而琫姑笑的只是姨同我，把菊丫头放弃了。

姨说下午还得转西街家中去看看，因为四太孩子放痘出了别的病。

“那不忙，今天是二哥特意请你的，你不去了，他倒不愿意做这人情。”

在这些地方，可以看出姨的老实处来的，琫说的话给姨无从再做声，然而背了琫时，就同我来作目语。

“当真姨不去，我就不请了。”

“那我就不回。”

客是势非一定要请不可了，菊子当真即刻就为琦琦换了一身新衣裳。请到什么地方去玩？适宜于我享福的，只有到北海划船一样事，并且船是现成有，不费钱，于是我先说出去北海。

“我要同菊孃到公园去打球。”琦这话显然是菊子所教。菊子的意思，在打球当儿，琫是没有分，姨将陪到琫，我们就可以在球房避开两人玩。

我说：“公园没有可吃的。”

请客就是请这些小姐们吃东西，漪澜堂的小窝窝头为客的全体所同嗜，想起吃，琦琦却先改口说是“到北海也好”了。

船是让菊子同姨两人划，我同琫姑琦琦三人作坐客。划了三点钟，四点钟，绕着琼岛打了无数圈。到后还是坐客先嚷疲倦要上岸，把船拢到五龙亭东边。

先上了岸。我抱琦琦上了岸，再去用手援菊子。“我不要你的，”菊子说。菊子自己跃上岸。

船中剩姨一个人。

“哈，我可不得上岸了。”

船因了先一个上岸的菊小姐脚一抖，离开码头有两尺。

她站起又复坐下去，拿一匹桨开始划。一众全在岸上笑。船为桨划动，又慢慢的贴了岸。她重复站起，两只手伸出向岸上的人，要一个人拖，她才敢把一只脚离船。

菊子同时手就伸过去：“来吧，来吧。”

“不成，”她可不放心。这样一来也许两人都得全下水。琦琦也伸手。这更不行了。琦琦还是别人抱她上岸的。

“曾叔你援一手吧，”琦琦见到自己不行就建议。

把手伸过去，她的手，就握着我的手了。正像故意一样还不即登岸。船是在脚下微荡。得两只手来。她握我右手，我握她左手，全捏得很紧。我们只敢让眼光互相稍接触一下。我是在这一天以来已为别人用眼波割碎我的心的人了。像带伤的鸟一样，正因带了伤，反而见了用枪打它的人觉着依恋了。

菊子在一切动作中还免不了不自足。话只盘旋在姨的头上，找机会下落。

“你瞧，小姐太太们总是这样的，上岸也得人援引，还是菊丫头成，能自己跳跃。”我是在这些话中，给了菊子一些小小刺，可以刺进她心中。

“我不只能跳上岸，还能仍然跳下船咧。”

菊子的话虽公开的说，别人所听的是话的表面，我能翻出那里子。

“那难道也难么？”姨说时就笑。

当真下船是不难！我说：“下船是你们全能，那我倒得你们中谁来拖拖才成！”

大家笑，琦琦答应拖我，姨更笑。菊子不听，先走了。

我自己觉得机锋所触，竟无往不成其为爱情的禅合子。把公开的秘密话语意义反复成两面，让恋爱当对方独瞧那另一面，这中真有天才的蕴蓄！

平时的菊子，许多地方保留了《红楼梦》上探春的人格，说话则可以同凤姐吵嘴。但从这两天看来，人可老实得近于可怜了。

记五月八日夜

知道是琫同菊子睡东房，琦琦一人睡中间，姨独睡西边。

我用姨同菊子所给我的温柔印象作底稿，来描摹我倘若是能到了姨处，姨所能给我的惊诧与醉麻。

我烦恼起来了。

我说过，我凡事总不能发狂。喝恋爱的酒，尽量喝，是不敢，喝别人所喝的量，则无从有别人那醉后的糊涂。清明于我能有什么用？不过使我勒死我自己的欲望于最好之机会内。清明只能给我向前看观的畏怯，向前探讨的追悔罢了。在这里，我又忘不了我已不是在青年队里驰骋的人物。

一个在心中新起的煎熬着心的诱惑当前时，即急起直追是一个男子所应做的事。我就没有因应做而能去做的事，只有不应当单想而仍不得不想的事。

……一个男子，在爱情的下面低首下心的作俘虏，是必得要在身上完成某一类事才准得数么？将感情，从一些通常接近动作中，用手，用眼，用言语与态度的温情，给慢慢注入对手的心中，比沉溺到一种情欲的表现里为如何？一个女人，在恋爱赋与的意义上，她将以何事为终结？同是女人，就中姨同菊子又有何种分别？

把对姨的心情全建筑在身体一方面，然而这方向我就无勇气认准。并且菊子所需要与姨两样？我也不敢信。

这全是一种大型家庭青年男女的游戏，同用筹码打扑克寻太子那么趣味来玩，也许姨把这恋爱当作如是观，菊子也并不两样。我这样找到我目下恋爱的主张，又像稀微得了一些前进气力了。

在我心中任何一类神，总不能帮助我变更一下持平矛盾的习性。我所找到的结论，只是用“追悔”接续我的“欲望”，其中放下了成为目的的事实。想作这事，这事虽使我应得用上无量过后的痛苦交换，然而当前的欢娱的分量也将给我永远的甜昧，去作就有了。我却不。知与行的距离在我相差真是不能以尺寸去度。思想能把我灵魂拖拉到千军万马中驰骤，我怕开眼见一颗针刺进我的皮肤。

我走回头路，想用各样各式的鼓励与帮助，把我引回对于妻的专一的爱上去，那做不到。既是这样不或就那样，学一个坏到实际上的浪子，也不成。

年龄和智慧的毒中得太深，我没有一种方法可以处置我到安全地方！

在一些片段思想中，我的怨，在自己身上觉得用还有余时，我把余怨平分给姨与菊子。女人是魔鬼是神，我分别不出，在幻想中是神在现实中却是魔。上天造人的巧妙，令人把爱与怕分子糅杂在一起，因此世界上才有笑与泪。佛把这事看得极清楚，才出家。我愿意追随到乔答摩身后同这大神宣战了。

记五月九日

到午时还不起床。一些纠纷，还没有理清。头昏沉如害疟。

菊子同姨来，在窗下，我能朦糊听到姨的细语的声音。

这算是害那普通一般青年男子的相思病么？苦恼如同琦琦所用的玩具。我却是自己用空想造成，用另一空想享受，再又用第三空想为击碎：我在这上面，于是流着我不必流的眼泪，用本来可以在此时发笑的脸来忧愁，用应当歌呼的喉咙来叹气。

概括说来，是我为了女人用心太过，用力太少，身心不调，害着痨症样的疾病了。

不知是谁喊我起吃饭，胡乱的应又胡乱的发了一下气。骂人吵了睡眠。

脾气也越来越坏。出到外面去，见了一切人，各在生活下莫可奈何的作乐与劳动，不是觉可恨便异常悲悯。

头是发了烧。身上也很热。天气又已近初夏，步行到西单牌楼身上像已泡在汗里了。

因为还没吃饭，就到一家点心铺去喝牛奶，总嫌点心太甜腻。是，一个有了老的成分的人，在一切事上，都只能接受那淡淡的礼物了。吃的是，用的是，要恋爱，也只适宜于那轻描淡写的友谊了。这世界，我有许多东西均无分享用了！有好些地方我不应去了！有好些的地方我不能在那里盘桓了！那新的时代，为一些少年所开辟的毛糙的大路，我不能走了！

回家仍是睡。在凄凉中想起妻对于我过去不少好处来。当到晚上这一家所有主人全到我房中来玩时，对菊子，对姨，我差一点要公开的说是我们以后全应醒过来，不必再在这可怕的游戏上面开玩笑。

琫姑同她们去后，装作要问我匀姑所请的医生住址，独自回到我的床边来。

“二哥，你应当要自己保重点，这是不值得的。”

平时对琫所能给我的印象，总以为在待人方面是一个太聪明精细了的人，有时且真不乐于同她谈话。这时琫姑的话不知怎样觉得是忽然同妻一样动听了，于是我把头顾自掉到一边去。她知道我是伤了心，不再说什么，就走了。

琫姑所能明白我的还不到一半。她不过以为我是于姨这方面为那近乎单恋的无望无助所郁闷。姨则更茫然。这中只有菊子知道多一点。不过知道多一点，是不是能使我这病就好？

我拟定在明天要上天津换一换空气，还想不让这几人知道。

记五月十日

大约是一晚睡得还好，早上起来似乎心情平和许多了。在一个病态的心中所起的波涛，总比身心健全的人要可怕得多，从我自己身体上面便找到那证据了。

我似乎忘了我所作的一切事。我忽然又不想走了。我的病，只是过度的疲倦，在一种安静的休息中便可以恢复了我这疲倦的。当精神复了元，又吸了些晚春清晨新鲜空气后，血在筋络里流，有了力气，有了那种找一件麻烦到身上的欲望，我决定的在今天要在我的恋爱上建树一些奇迹了。

在往常，我总是每当早上要比晚上人是乐观一点的。一件平常事情凡是在早上可以一笑置之者，当人精神支持不来时，就会觉到十分的难堪。这时我把一些临我头上的难关看成非常容易解决了。我知道我将怎样走我所走的道路。

我先莫说我的希望。至于姨，她在我身上所需要的，我将全部的送她，无所吝惜。菊子在我身上做的梦，我也只有让它实现之一法。给人以幸福的同时自己也将得到无涯的幸福。假使是，这行为，有非在他日以十倍悲哀作偿不可的趋势，我愿这不幸，全落在我一人的头上，与姨是无关，与菊子也无关。

自杀与自弃的理由，昨日在我心中固定的根基，到此已不必摇撼，即坍了。

我将好好的做人。

倏然的痊愈，使菊子疑心我昨天病是假装。这我没有说明我心情变化的必要。

在早饭时，我周旋于姨与菊子之间，我以为我已年青十年了。

稍稍使我感到不快的，是菊子这人，她近来越注意到姨的行动了，除了自己到我身边时，就不让姨有单独同我在一处机会。然而也正因为菊子明知有姨在，故对我就更见其亲洽，在一种类乎竞争上的买卖。姨却时时还小心防到菊子的知道，谁知菊子则已在那里任意加价了。

让一个善于在文字上装饰他的热情的诗人当此，他将对这一日就不知要采用若干甜蜜字句来记述这事情！我呢，真找不出怎样方法足以称量这幸福的分量。那竟像自然而然的事实的进展，没有传奇的意味，也没有梦的意味，太平常了。这正是，凡是饱浥甘露弄得酩酊大醉的人，他却不曾闻到酒的香味。其不得酒喝的，但能远远嗅着桌上的酒的，反而能细细分析那芬芳气质！“一个拥有了姣艳妻妾的人，他会觉得那记述一个人热情喷溢求恋失恋的诗歌为无聊；一个终日同标致情妇亲嘴的人，他会觉得专描写初恋亲一次嘴以为奇迹的小说为浅薄可笑。”这话是璇若说的，说得对。

我不承认我藏在这幸福暂时的荫影下，是怎样值得我来多在这册子上记录十页八页以为可羡的事的。给一个读者以足以兴奋的描述，这是一个文学作者文字的夸诞，我自己却用不着这类东西。我能把我一些细碎的片段的印象，保留到我记忆中，把我心在某一时间转变的大体，保留到这册子上，到我老去，到我见到这随了年龄人事变换而消灭的恋爱寂寞的结局，我那时，会就能靠到这些可珍的过去，温暖我那成枯木涸池的心胸！

记五月十二日夜

让我把这一晚上的事好好保留到心上吧。

我来说我的惭愧。像一个小贼一样，提了自己的鞋，赤足踱过长廊，从那绿的圆拱门走到姨的窗下去。对着天边凉月，我几次要返身了。记起那“韈袜下香阶，手提金缕鞋”的词句，又不由不自笑自怜。这才是一种男子最高雅的游戏！想到这游戏的最后一幕我要痛哭我这幸福了。一个但能饰演无抵抗的悲剧的丑角，要来作这英雄的事业，我的齿，我的手，我的那血液亢进的心！这可怜的人，他没一块肉一根骨能受意志的支配，居然撞进极西的那间房里了。让我在这事永远保留我那惭愧啊！我几乎要晕了。我几乎喊了。若不是因为别的一间房中有稀微声音使我从恐怕中找回我的自尊心，我不知我进了房中又怎样。

这是赴幽会的。哦，一个初初犯着窃物案件的人，同到一个初初犯了窃人案件的人，他们的惶恐，不知是在什么地方不同一样啊！

似乎并不曾睡好，见到如同一个癫子的我撞进房，这人便轻轻坐起来了。

我不能说明这惊讶神气。

她把眉略蹙。

我走过床边去。我静了。不怕了。不促了。举眼望一切。

房中没有灯，白的月，正从大的窗上映进一大方白光，姨的头，姨的肩，姨的夹被的半截，以及地板上面姨的白鞋袜，全都浴在月光里。

这是一种梦的景致与梦的行为！

人是站在床边了，她把身略移向里边，让我坐。坐下了，没有话。我并不望这维纳斯神，我却望着月。

一种诗人的呆性子在我灵魂里潜伏，我是每每遇到月就痴痴呆呆忘了人我的。

姨的无袖的手臂，从被里伸出，把这臂引我向她，望月光下的脸，更白了。我轻轻叹息。

姨的眉展开，微笑了。

把男的情人比作狮，比作虎，复次比作狗，都有那贪馋饥饿的比喻在。情欲能使一个平素极其老实的人成猛鸷不可当的动物，这也是事实。在先我为我自己设想，也是以为一见到她就应同鹰擒一匹兔模样将伊攫在我怀里，随后是贪馋恣肆的接吻，把我的力，把我的性命，给这妇人以疯狂的麻醉，而我也为了这占有的男性牺牲，冒险的快乐，暂时死去。

我错了，凉月与静夜，把我情欲软化了。我说得美一点，便是我们为月光所诗化了。

我不愿在此复述我们怎样接吻，我的文字的力量，在亲嘴一类事上是失了性质的。

在一种沉默的长期拥抱里，我认识了人间的美了。

那长长的发，披散到肩后，像用黑夜所搓成。那肩，是软玉。那乳，照所罗门歌说法是一对小白鹿。

“你去了吧，我很害怕！”

“我们是，分担着惊怕也分担着欢娱，我才大胆来！”

“我不是不爱你，我怕她们会听到。”

“我因了爱你，才冒这种险来这里的！”

用那柔软像五根嫩葱的手引我的手到她胸边去，心是卜卜跳得如一面敲着的小鼓。但我把手移动了地方，没有畏缩。我的手，从此镀上一层永生柔腻感觉的金了。

姨慢慢的睡下去。

“我的妹子，你身如百合花，在你身上我可以嗅出百合花的香气……”

我轻轻唱着一首所罗门的歌，颂我对神的虔敬。

我从此可以放心了。倘若照僧侣所传，人死将受那最后的审判，到上帝面前去秤量我的善恶，或者游十殿，谒见那各式各样脸相的阎王，我将有话说。凡是我应做的，我已经做了。一个没有得到她分内应得到的爱情的人，我服从了神的意旨，已给了这个人了。神所造的这个女人的灵魂，被恶男子在那上面玷污过有痕迹的，我用我的爱为洗刷过一道了。我为使这女人了解你大神在青年男子身上赋予的气力与热情，我所以去爱她。我让她在我身上觉悟她是配做一个年青人妻子和一个年青人的情人，……

我还愿意给她爱的认识以外再给她以对现世不满的指示，因为你大神既把她雕琢成得如此美丽，却赋予一个如此驯良安分乐生的性格，更处置她永远到一个顶肮脏的人身边，这最苛刻最不公平的待遇，我要她知道你司命运之神的可诅！

---

① 成绩同时如像妻样养孩子了出版，据初版本载，原文如此。

雨后及其他

《雨后及其他》，1928 年 10 月由上海春潮书局初版。

原目：《雨后》、《柏子》、《第一次作男人的那个人》、《有学问的人》、《诱——拒》、《某夫妇》。

《柏子》见第 9 卷，《短篇选》。

其余诸篇据春潮书局初版编入。

雨　后

“我明白你会来，所以我等。”

“当真等我？”

“可不是。我看看天，雨是要落了。谁知道这雨要落多大多久。天又是黑的，我喊了五声，或者七声。我说，四狗，四狗，你是怎么啦！雨快要落了，不怕么？全不曾回声。我以为你回家了。我又算，……雨可真来了。这里树叶子响得怕人，我不怕，可只担心你。我知道你是不会拿斗篷的。雨水可真大。我是躲在那株大楠木下的。就是那株楠木，我们俩……忘记了么？ 你装。我要问你到底

打那儿来。身上也不湿多少，头又是光的，我问你，躲到什么洞里。”

四狗笑。四狗不答。他不说从家中来，她便明白的。

他坐到那人身边去，挤拢去坐，坐的是桐木叶。

这时雨已过前山，太阳复出了，还可以看前山成块成片的云，像追赶野猪，只飞奔。四狗坐处四围是虫声，是树木枝叶上积雨下滴的声音。上是个棚，雨后太阳蒸得山头出热气，四狗头上却阴凉。头上虽凉心却热，四狗的腰被两只手围着了。

“四狗，——”想说什么不及说，便打一声唿哨。

因为对山有同伴，同伴这时正吹着口哨找人。

同伴是在雨止以后又散在山头摘蕨，这时陪四狗坐的也是摘蕨人。

在两人背后有一背笼，是她的。四狗便回头扳那背笼看。

“今天怎么只得这一点？……喔，花倒得了不少。还有莓咧。我正渴，让我吃莓吧。下了一阵雨，莓是洗淡了，这个可是雨前摘的。我喂你一颗。算我今天赔礼，不成吗?”

“要你赔礼？我才……”

她把围着四狗的腰的两只手放松了，去采地上的枯草。

“我告你，我也总有一天要枯的，——一切也要枯，到八月九月。我总比你们枯得更早。”

四狗，莫名其妙。他说道：

“我的天，我听不懂你的话。”

“我也不一定要你懂，你总有一天懂的。”

“让我在这儿便懂，成不成?”

“你要懂，就懂了，载不得我说。”她又想，“聋子耳边响大雷”，就哧的笑了。

四狗不再吃莓了，用手扳并排坐的人头。黑色的皮肤，红红的嘴，大大的眼睛与长长的眉，四狗这时重新来估价。鼻子小，耳朵大，下巴是尖的，这些地方四狗却放过了。他捏她辫子，辫子是在先盘在头上，像一盘乌梢蛇，这时这蛇挂在背后了，四狗不怕蛇咬人，从头捏至尾。

“你少野点。”说了却并不回头。

因为蛇尾在尾脊骨下，四狗的手不得到警告以前，已随随便便到……

四狗渐渐明白自己的过错了。通常便如此，非使人稍稍生气，不会明白的。于是他亲她的嘴——把脸扭着不让这么办，所亲的只是耳下的颈子。四狗为这个情形倒又笑了，他算计得出，这是经验过的，像看戏一样，每戏全有打加官。打加官以后是……末了杂戏热闹之至。

稍停停，不让四狗看见，背了脸，也笑了，四狗不必看也清楚。

四狗说：“莫发我的气好了。”

“怎么还说人发你的气。女人敢惹男子吗？……嘘，七妹子，你莫癫！”

后面的话声音提得极高，为的是应付对山一个女人的唱歌。对山七妹子，知道这一边山草棚下有阿姐与四狗在，就唱歌弄人。

四狗是不常常唱歌的，除非是这时人隔一重山——然而如今隔一层什么？他的手，那只拈吃过特意为他摘来的三月莓的手，已大胆无畏从她胁下伸过去，抓定一只奶了。

但仍然得唱，唱的是：

> 大姐走路笑笑底，一对奶子翘翘底，
> 心想用手摩一摩，心子只是跳跳底。

四狗的心跳，说大话而已。习惯事情不能心跳了，除非是把桐木叶子作她的褥，四狗的身作她的被，那时得使四狗只想学狗打滚。

对山的七妹，像看清四狗唱这歌情形下的一切，便大声的喊：

“四狗！四狗！你又撒野了，我要告！”

“七妹你再发疯你让我捶你！”

作妹的怕姐，经过一阵吓，便顾自规规矩矩扯蕨去了。这里的四狗不久两只手全没了空。

像捉鱼，这鱼是活的，却不挣，是四狗两手的感觉。

四狗不认字，所以当前一切却无诗意。然而听一切大小虫子的叫，听掠干了翅膀的蚱蜢各处飞，听树叶上的雨点向地下的跳跃，听在身边一个人的心跳，全是诗的。

“请你念一句诗给我听。”因为是她读过书，而且如今还能看小说，四狗就这样请。

明白她是读书人，也就容易明白先时同四狗说话的深意了。她从书上知道的事，全不是四狗从实际上所能了解的事。为是要枯了，女人只是一朵花。真要枯。知道枯比其他快，便应当更深的爱。

然而四狗不是深深的爱吗？虽然深深的爱，总还有不够，这是认字的过错。四狗幸好不认字，不然这一对，当更不知道在这样天气下找应当找的乐了。说是请念一句诗，她就想。

念深了又不能懂，浅了又赶不上山歌好，她只念：“落花人独立，微雨燕双飞。”景不洽，但情绪是这样情绪。总还有比这个更好的诗，她不能一一去从心中搜了。

四狗说这诗好，——不是说诗好，他并不懂诗。是说念诗的人与此时情景好罢了。他说不出他的快乐，借诗泄气。

手是更其撒野了，从奶子滑下去，停到裤带边。

“这样天气是不准人放荡的天气，不知道么？”

四狗听到说天气，才像去注意天气一样，望望天。天是蓝分分，还有白的云，白的云若能说是羊，则这羊是在海中走的。四狗没见过海，但是那么大，那么深，那么一望无边，天也可以说是海了。

“我说天气太好了，又凉，又清，又……”

“你要成痨病才快活。”

“我成痨病时，你给我的要好多!”四狗意思是身体强，纵听过人说年青人不注意身体就会害痨病，然而痨病不是一时起的事。

“给你的，——给你的什么？呸!”

到底给什么，四狗也说不出口。于是被呸了也不争这一口气。说出来，难道算聪明么？

到后他想到另外一个事情，要她把舌子让他咬。顽皮的章法，是四狗以外的别一个也想不出，不是四狗她也不会照办。

“四狗你真坏，跟谁学到这个？”

四狗不答。仍然吮。那么馋嘴，那么粘糍，活像狗。

“四狗……你去好了。”

“我去，你一个人在这里呆着成？”

她却笑。望四狗。身子只是那么找不到安置处，想同四狗变成一个人。她去捏四狗在平时不能轻易尽人损害的一样东西，像生气的是附属于四狗的那个它。

她把眼闭了，还是说，“四狗你去了吧。”

四狗要走，可也得呆一会儿。

他看她着急。这是有经验的。他仍然不松不紧的在她面前缠，则结果她将承认四狗在她面前放肆是必要的一件事。四狗坏，至少在这件事上是坏的，然而这是有纵容四狗坏的人在，不应当由四狗一人负责。

“我让你摆布，四狗可是你让我……”

一切照办，四狗到后被问到究竟给了他多少，可胡涂得红脸了。头上是蓝分分海样的天，压下来，然而有席棚挡驾，不怕被天压死。女人说，四狗你把我压死了吧。也像有这样存心，到后可同天一样，作被盖的东西总不是压得人死的。

四狗得了些什么？不能说明。他得了她所给他的快活，然而快活是用升可以量还是用秤可以称的东西呢？他又不知道了。她也得了些，她得的更不是通常四狗解释的快乐两字。四狗给她一些气力，一些强硬，一些温柔，她用这些东西把自己醉，醉到不知人事。

一个年青女人，得到男子的好处，不是言语或文字可以解说的，所以她不作声。仰天望，望得是四狗的大鼻子同一口白牙齿，

然而这是放肆过后的事了。

“四狗，不许到井边吃。那个冷水！”

在草棚的她向下山的四狗遥喊时，四狗已走到竹子林中，被竹子拦了她的眼睛了。

天气还早，不是烧夜火时候。雨是不落了，她还是躺，也不去采蕨。

本篇发表于1929年9月10日《小说月报》第19卷第9号。署名甲辰。

第一次作男人的那个人

这是早晨了。

虽然人正是极其糊涂，且把糊涂的眼看看自己以外的一切，这是作得到的一件事。

他就这样办了。

大致这看觑一切的才能，在他事业上有了互相帮助，所以他能按了一种艺术上显隐的原则，把观察支配得匀称之至。他看见的是，——

一个旧木床（不消说床上是自己同女人）；包裹了自己同女人的是一幅绿花绸面的薄被。被是旧了的。头上的顶棚是白色，白的颜色还带灰，也旧了。壁上是用小圆钉钉固了四张小画片，（这又是上了年纪的古董！）……

墙的东边角上，另外有挂衣家具。他的素色长衫是挂在三件有颜色的花纱女人长袍子中间，显出非常狼狈样子。……

窗前一幅大窗纱，原本似乎是白色，是用过很高价钱换来的东西，这时模样却如故家命妇，风姿的剩余，反而使人看来更觉萧条可怜了。在纱帘下窗台前是一个粉盒，是一把剪。……

一缕红线系在床头墙壁小钉上。……

小小的梳妆台上放得是茶壶，杯，女人的帽，一个小皮钱袋，一些不知用处的小瓶小盒。……

最后于是见到地下了，一些鞋，白色高跟的，黄皮的，黑皮空花的，薄底青缎的……鞋子有五双六双吧。

莫名其妙的，他微笑了。

一个女人就等于这些眼所见的东西，这些东西也等于一个女人。单单说要一个女人，不要鞋子，香水，剪，以及……那恐怕是不行吧。

这发现，超乎常识以上了，他便玩味着，仿佛还考虑着，是永久作一个女人的男子下去好，还是仍然依旧作光身汉子好。

当然是找不出什么结果！

“还是对付眼前吧，”这样想，就把心收回了。他让触觉来支配自己，这时节，身是光身，为一个温暖的肉体所偎依，手是恰恰如旅行者停顿到山水幽僻处模样停顿在女人的腹下。

陌生的身体，每一处，在一夜来已成熟地方了，他为这样便惊异起来。只一夜，就是这样的熟习，那些把身体给了一个男子，一年半载的在一块，这狎玩，这习惯，真不堪设想了！在平时，还奇怪别人的在人面前的放肆亲嘴为不可恕的示威，但想想，假使身前并无他人，这应当是怎样情形呢？

他能从自己的放肆上想出别人的一切。这才真是不可恕的荒唐，假使让这样行为给了一个光身汉子有知道的机会！

年青人，为了一种憧憬的追求，成天苦恼着，心上掀着大的波涛，但所知道真是可怜的少。为一度家常便饭的接吻，便用着战士的牺牲与勇敢向前。为一次不下于家常便饭的搂抱，这想望，也就能毁了自己一切生活上的秩序。但在另外任何一处，这样事真是怎样不足道的平常事啊！一个女人在这事上或在没有发现男子可怜以前只看出男子是可笑东西。是的，男子永远是可笑东西。为了好奇，他追求，不顾一切，但是，发现了这事以后，那看得平常的心情，便把过去的损失从轻视这行为上找到利息与本钱了。这本利是非拿回不可的。

没有一个男子不是这样的，他也是。

此后，没有那所谓惊讶了，也没有神秘，没有醉。放荡一点，或者在情欲上找到一种沉醉吧。但这样，去第一次的幻的美丽更远了。

一个男子在不曾接近女人以前，他的无知识，愚卤，是可怜可笑的。不过，作了一个女人的夫或情人以后，对人生较渊博的这人，再也不能想到当初的美的梦了。他所发现的仍然是很多使他惊奇，但全不是所预料的一切一切。

从这方面说来，所有的损失，是不能在何等支票下兑取本利的。

他想到这些，并没有结论。因为所谓支票者，是在自己身边。数目是在自己填写。他在一晚来已填过一些了，似乎还可以再开一个数目。

他把手移动，这样事，找不到怎样恰当名词。他对于这手的旅行是感到愉快的。他不愿意她醒，因为只有这样可以得到一些反省机会，机会是极难得于平时找到的东西。

这荒唐不经的行为，在将来，将怎样影响到他的生活上来？他并不计到。他同时所觉到的，是在昨夜以前的自己，所作的女人的梦，太胆小，太窄，太泛了，这时的所得只给了一个机会，是从此更能怜悯一切未曾作男子的男子。

读十遍游记，敌不过身亲其地旅行一回。任何详细的游记，说到这地方的转弯抹角，说到溪流同小冈，是常常疏忽到可笑的。到这时，他才觉得作一个女人身上的游记，是无从动笔的。天才或者是例外。但旅行的天才尽有，记述这样旅行的游记是从没有一本较佳的东西。因此想到自己的事业，不过自己能作得好么？这是问题。

女人的味，用眼睛看的所得，是完全与用手或别的什么去接近有两样感觉的吧。眼睛的适宜不一定同样适宜于手或别的东西。用眼睛来选择爱情是很危险的。眼睛看女人是一首有韵的诗，其实则用手来读这诗时才知道女人是散文，是仿佛来不及校对而排印的散文，其中还有错字，虽然错字多数是夹在顶精彩的一句中。

女人的味道是雄辩，到佳处时作者与读者两不知还有自己存在。

情欲是鸦片，单是想象的抽吸，不能醉人。嗅，也不能醉，要大醉只有尽量，到真醉时才能发现鸦片本质的。鸦片能将人身体毁坏灵魂超生，情欲是相反的。

说是鸦片能怎样把人的灵魂超度，那是没有的事吧。不过一种适当分量下的情欲满足，是能使人得着那神清气爽机会的。

它是带着极和悦的催眠歌在一块的，那是应当被人承认的一种事实。

至少他是承认了，他在今年来算是第一次得到安眠，比药剂的饮服还多效验。他尽了量的用了这女人过后，便为睡眠带进另一个梦里去了，醒来虽比女人还早，一种舒畅是在平时所不曾有的。

这合了鸦片能治病的一个故事，没有上瘾，间一次的接近，他的失眠症，是从此居然可以获救了。

觉悟到这些的他，同时手上得的学问是一种文字以上的诗句，是梦中精巧的音乐的节奏，是甜的——但不是蜜枣或玫瑰龙眼。他屏心静气，让手来读完这一幅天生就的杰作。

她是和平的安静的侧身与他并头睡下的。气息的匀称，如同小羊的睡眠。脸色的安详，抵除了过去的无耻，还证明了这人生的罪恶并没有将这人的心也染了污点。

到这时，还有什么理由说这是为钱不是为爱么？就是为钱，在一种习惯的慷慨下，行着一面感到陌生一面感到熟套的事，男子却从此获到生命的欢喜，把这样事当成慈悲模样的举动来评价，女人：不是正作着佛所作的事么？无论如何一个这样女人是比之于卖身于唯一男子的女人是伟大的。用着贞节或别的来装饰男子的体面，是只能证明女人的依傍男子为活，才牺牲热情眷恋名教的。

女人把羞耻完全掷到作娼的头上，于是自己便是完人了。其实这完人，心的罪孽是造得无可计量的。热情杀死在自私手中，这样人还有骄傲，这骄傲其实便是男子给她们的。她们要名教作什么用。不过为活着方便罢了。娼也是活。但因为无节制的公开增加了男子的愤怒，反占有的反抗使专私的男子失了自尊心，因此行着同样为活的本分，却有两样名称而且各赋予权利与义务了。男子是这样在一种自私心情中把女子名分给布置下来的，却要作娼的独感到侮辱，这是名教在中国的势力。据说有思想的女人是这样多，已多到一部分纯然自动的去从军，作军阀战士之一员，另一部分又极力去作姨太太，娼妓的废除也日益喊得有劲，是办得到的事么？

所谓女子思想正确者，在各样意义上说话，不过是更方便在男人生活中讨生活而已。用贞节，或智慧，保护了自己地位，女人仍不免是为男人所有的东西。

使女人活着方便，女人是不妨随了时代作着哄自己的各样事业的。雄辩能掩饰事实，然而事实上的女人永远是男子玩弄。

说到娼，那却正因为职业的人格的失坠，在另外一意义上，是保有了自己，比之于平常女人保有的分量仿佛还较多了。

其一，固然是为了一点儿钱，放荡了，但此外其一，放荡岂不是同样放荡过了么？把娼的罪恶，维持在放荡一事上，是无理由的。

这时的他，便找不出何等理由来责备面前的女子。女人是救了他，使他证实了生活的真与情欲的美。倘若这交易，是应当在德行上负责，那男子的责任是应比女人为重的。可是在过去，我们是还没有听到过男子责任的。于此也就可见男子把责任来给女子，是在怎样一种自私自利不良心情上看重名分了。

女人的身，这时在他手上发现的倒似乎不是诗不是美的散文，却变成一种透明的理知了。

过去的任何一时节，想到了女人，想到了女人于这世界的关系，他是不曾找到如此若干结论的。

她醒了。

先是茫然。凝目望空中。继把眉略皱，昨夜的回忆返照到心上了。且把眸子移身旁，便发现了他。

她似乎在追想过去，让它全部分明，便从这中找出那方法，作目下的对付。

他不作声，不动，脸部的表情是略略带愧。这时原是日光下！

她也仿佛因为在光明下的难为情了，但她说了话。

“是先醒了么？”

“是醒过一点钟了。”

她笑，用手搂了他的腰。这样便成一个人了。她的行为是在习惯与自然两者间，把习惯与自然混合，他是只察觉得热情的滋补的。

“为什么不能再睡一会儿？”

“也够了，”他又想想，把手各处滑去。“你是太美了。”

“真使你欢喜么？我不相信。”

“我那里有权使你相信我？不过你至少是相信我对女人是陌生的，几几乎可以说是——”

“我不懂你，你说话简直是做文章。”

“你不懂么，我爱你，这话懂了么？”

“懂是懂了，可不信。男子是顶会说假话的。”

“你说爱我我倒非常相信，我是从不曾听女人在我耳边说爱我的。”

女人就笑。她倒以为从她们这类人口上说出的话，比男人还不能认真!

她是爱他的。奇怪的爱比其他似乎全不相同。

因为想起他，在此作来一些非常不相称的失了体裁的行为，成为另外一种风格，女人咀嚼这几乎可以说是天真烂漫的爱娇，她不免微笑。她简直是把他当成一个新娘子度过一夜。一种纯无所私的衷情，从他方面出发，她是在这些不合规矩的动作上，完全领受了的。

在他的来此以前，她是在一种纯然无力的工具下被人用，被人吃。这样的陈列在俎上席上，固然有时从其他男子的力上也可以生出一点炫耀，一点倾心，一点醉。但她不知道用情欲以外的心灵去爱一个男子的事。

她先不明白另外一种合一的意义，在情欲的恣肆下以外可以找到。

在往常，义务情绪比权利气质为多，如今是相反的。虽然仍免不了所谓“指导”的义务，可是，“指导别人”与“相公请便”真是怎样不同的两件事呀!

她开始明白男子了。她明白男子也有在领略行为味道以外的嗜好，(一种刻骨的不良的嗜好呵!) 她明白男子自私以外还可以作一些事。她明白男子想从此中得救者，并不比世界上沉沦苦海想在另一事上获救的女人为少。

至于她自己，她明白了是与以前的自己截然相反。爱的憧憬的自觉，是正像什么神特意派他来启发她的。

因此，她把生意中人不应有的腼腆也拿回了，她害羞他的手撒野。

“不要这样了，你身体坏。”

“……”他并不听这忠告。

“太撒野了是不行的，我的人。”

“我以后真不知道要找出许多机会赞美我这只手了，它在平常是只知拿笔的。”

“恐怕以后拿笔手也要打颤，若是太撒野。”

“不，这只有更其灵敏更其活泼，因为这手在你身上镀了金。”

“你只是说瞎话，我也不信。我信你的是你另外一些事，你是诚实人。”

“我以为我是痞子滑头呢。”

“是的，一个想学坏时时只从这生疏中见到可笑可怜的年青人。一个见习痞子吧。”

“如今是已经坏了。”

“差得多!”

他们俩想起昨天的情形来了。他是竭力在学坏的努力中，一语不发，追随了她的身后，在月下，在灯下，默默的走，终于就到了这人家，进了门，进了房，默默的终无一语。

坐下了。先是茫然的，痴立在房的中央，女人也无言语，用眼睄。所谓睄，是固定的，虽暂时固定而又飘动的，媚的，天真而又深情的，同时含着一点儿荡意，于是他就坐下了。坐下了以后，他们第一次交换的是会心的一笑。

我们在平常，是太相信只有口能说话的事实了，其实口所能表白的不过是最笨的一些言词而已。用手，眼，眉，说出的言语，实就全不是口可以来说尽的。所谓顶精彩的文字，究竟能抵得过用眉一聚表白得自己的心情的真？是很可以怀疑的。

他们俩全知口舌只是能作一些平常的唠叨废话，所以友谊的建立，自始至终是不着一文一字的。

不说话，抛弃了笨重的口舌（它的用处自然是另外一事），心却全然融合为一了。

在他不能相信是生活中会来的事，在女人心上何尝不是同样感想：命运的突变，奇巧的遇合，人是不能预约的。

他玩味到这荒唐的一剧，他追想自己当时的心情，他不能不笑。

不说话，是可以达到两心合而为一的。但把话来引逗自己的情绪，接触对方的心，也是可能吧。口是拿来亲嘴的东西，同时也可以用口，说着那使心与心接吻的话。唠叨不能装饰爱情，却能洗刷爱情，使爱情光辉，照澈幽隐。

女人说她是“旧货”，这样说着听的人比说的人还觉伤心。

用旧的家具是不值价了，人也应当一样吧。用旧的人能值多少呢？五块钱，论夜计算，也似乎稍多了吧。行市是这样定下，纵他是怎样外行，也不会在一倍以上吧。

他的行为使她吃惊。

说是这有规矩，就是不说用旧的人吧，五块六块也够了。他不行。

他送她的是四张五元交通银行钞票。是家产一半。昨天从一个书店汇来的稿费四十。他把来两人平分了。

她迟疑了，不知怎么说是好。

告他不要这样多，那不行，从他颜色上她不能再说一句话。至于他呢，觉得平分这仅有的钱，是很公允的一件事。她既然因为钱来陪一个陌生男子，作她所不愿作的事，是除了那单是作生意而来的男子，当不应说照规矩给价的话的。尽自己的力，给人的钱，少也行。多则总不是罪恶。若一定说照规矩给价，那这男子所得于女人的趣味，在离开女人以后，会即刻就全消失了。这样办当然不是他所能作的。

“请你收下好了，这不是买卖，说到买卖是使我为你同我自己伤心的。”

“但没有这样规矩，别人听到是不许的。”

“这事也要别人管吗？别人是这样清闲么？”

“不过话总是要说的，将说我骗了你。”

“骗我么？”他再说，“说你骗我么？”

他不作声了，把钱拿回。他叹了一声气，眼中有了泪。

在过去，就是骗，也没有女子顾及的他，听到这样诚实话，心忽然酸楚起来了。

他是当真愿意给人用痴情假意骗骗，让自己跌在一件爱的纠纷中受着那么有磨难的。仿佛被人骗也缺少资格的他，是怎样的寂寞中过着每一个日子呀！

如今，就把这钱全数给了女子，这样的尽人说是受了骗，自己是无悔无怨的。别人是别人，说着怎样不动听的话，任他们嘴舌的方便好了。说被骗的是呆子，也无妨。若一个人的生活凭了谣言世誉找那所谓基础，真是罔诞极了。

不过这之间，谣言是可怕东西。可怕的是这好管闲事的人的数量之多。社会上，有了这样多把别人的事驰骋于齿牙间的人，甚至于作娼妓的人还畏惧彼等，其余事可想而知。

他哭了。

她更为难了。也不能说“我如今把钱收下，”也不能说“钱不收是有为难处。”她了解他的哭的意义，但不能奉陪。一个作娼的眼泪是流在一些别的折磨上去了，到二十岁左右也流完了。没有悲观也没有乐观，生活在可怕懵懂中，但为一些恶习惯所操纵，成为无耻与放荡，是娼妓的通常人格。天真的保留是生活所不许的一种过失，少滑巧便多磨难。他把她仅有的女性的忠实用热情培养滋长，这就是这时为难的因缘了。若所遇到的是另外一个男人，她是不会以为不应当收下的。她是在一种良好教训下学会了敲诈以及其他取钱方法的一个人，如今却显得又忠实又笨，真真窘着了。

他哭着，思量这连被骗也无从的过去而痛心。加以眼前的人是显得如此体贴，如此富于人的善性，非常伤心。

“我求你，不要这样了，这又是我的过错。”女人说了女人也心中惨。

一切的过失，似乎全应当由女人担负，这是作娼者义务。责任的承当却比如命运所加于其他灾难一样，推摆不脱也似从不推摆。喔，无怪乎平常作小姐太太的女人觉得自己是高出娼妓多远，原来这委屈是只有她们说的婊子之类所有。婊子是卑贱而且肮脏的，我们都得承认。作婊子的也就知道自己算不得人，处处容忍。在这里我们却把婊子的伟大疏忽了，都因为大家以为她是婊子。

他听到女人的自认过错，和顺可怜，更不能制止自己的悲苦。

世界上，一些无用男子是这样被生活压挤，作着可怜的事业，一些无用的女子，却也如此为生活压力变成另一型式，同样在血中泪中活下，要哭真是无穷尽啊！

他想起另外一个方法了，他决心明天来，后天来，后后天又来，钱仍然要女人先收，转给了那仿佛假母的妇人。

“当真来么？”

“当真。”

“我愿意我——”她说不下去了，笑，是苦笑。

“怎么样呢？你不愿意我来么？”

“是这样说也好吧。”

“不这样说又怎样？”

“我愿意嫁你，倘若你要我这旧货的话。”她哭了。“我是婊子，我知道我不配作人的妻，婊子不算是人，他们全这样说！即或婊子也有一颗心，但谁要这心？在一个肮脏身上是不许有一颗干净的心吧。……可是我爱你，我愿意作你的牛马，只要你答应一句话！”

似乎作梦，他能听她说这样话。而且说过这些话的她，也觉得今天的事近于做梦了，她说的话真近于疯话了。

他们都为这话愣着了，她等他说一句话。他没有作声，她到后，就又觉得是不成，仍然哭下来了。

他不知道说什么为好？

他能照她所说，让她随了自己在一块住，过那穷日子的可怜生活么？这样说过的她，是真能一无牵挂，将生活一变么？

是不行吧。

他来细想。想到自己，是很可怜的无用的人，还时时担心到饿死，这岂能是得一个女人作伴的生活。生活的教训，养成了他的自卑自小，说配不配的话，在他一考虑，倒似乎他不配为一个女人作夫了。即说女人是被人认为婊子的人，把她从肮脏生活中拖出，自己也不是使人得到新生的那类男子。

他心想：“我才真不配！”

静静的来想一切，是回到自己住处以后的事。

总之，这样想，那样想，全是觉得可惨。

把自己关在自己的小房中，把心当成一座桥，让一切过去事慢慢爬过这桥，饭也不吃了。他想先看清楚自己，再找第二次机会看清楚别人。他想在过去生活上找一结论，有了结论则以后对这婊子就有把握了。

…………

在上灯出门以前，他在那一本每日非写一页字不可的日记册上，终于写道：

“我是第一次作个一个女子的男人了。”

他的出门是预备明天可以再写这样一行，把第一次的“一”字改成“二”字。

本篇发表于1928年11月10日《小说月报》第19卷第11号。署名甲辰。

有学问的人

这里，把时间说明，是夜间上灯时分。黄昏的景色，各人可以想象得出。

到了夜里，天黑紧，绅士们，不是就得了许多方便说谎话时不会为人从脸色上看出么？有灯，灯光下总不比日光下清楚了，并且何妨把灯捻熄。

是的，灯虽然已明，天福先生随手就把它捻熄了，房子中只远远的路灯光从窗间进来，稀稀的看得清楚同房人的身体轮廓。他把灯捻熄以后，又坐到沙发上来。

与他并排坐的是一个女人，一个年青的，已经不能看出相貌，但从声音上分辨得出这应属于标致有身分的女人。女人见到天福先生把灯捻熄了，心稍稍紧了点，然而仍坐在那里不动。

天福先生把自己的肥身镶到女人身边来，女人让；再进，女人再让；又再进。局面成了新样子，女人是被挤在沙发的一角上去，而天福先生俨然作了太师模样了，于是暂时维持这局面，先是不说话。

天福先生在自己行为上找到发笑的机会，他笑着。

笑是神秘的，同时却又给了女人方面暧昧的摇动。女人不说话，心想起所见到男人的各样丑行为。他料得当前的男子是什么样的一个人，所采取的是什么样的行动，她待着这事实的变化，也不顶害怕，也不想走。

一个经过男子的女人，是对于一些行为感到对付容易，用不着忙迫无所措手足的。在一些手续不完备的地方男子的卤莽成为女人匿笑的方便，因了这个她更不会对男子的压迫生出大的惊讶了。她能看男子的呆处，虽不动心，以为这呆，因而终于尽一个男子在她身体上生一些想头，作一些呆事，她似乎也将尽他了。

“黄昏真美呵!”男子说，仿佛经过一些计算，才有这样精彩合题的话。

“是的，很美。”女人说了女人笑，就是笑男子呆，故意在找方便。

“你笑什么呢?”

“我笑一些可笑的事同可笑的人。”

男子觉得女人的话有刺，忙退了一点，仿佛因为女人的话才觉到自己是失礼，如今是在觉悟中仍然恢复了一个绅士应有的态度了。

他想着，对女人的心情加以估计，找方法，在言语与行为上选择，觉得言语是先锋，行为是后援，所以说：

“虽然人是有年纪了，见了黄昏总是有点惆怅，说不出这原由……哈哈，是可笑呵!”

“是吧……”女人想接下去的是“并不可笑”，但这样一说，把已接近的心就离远了。这是女人的损失，所以她不这样说。她想起在身边的人，野心已在这体面衣服体面仪容下跃跃不定了，她预备进一步看。

女人不是怎样憎着天福先生的，不过自己是经过男子的人，而天福先生的妻又是自己同学，她在分下有制止这危险的必需。她的话，像做诗，推敲了才出口，她说：“只有黄昏是使人恢复年青心情的。”

“可是你如今仍然年青，并不为老。”

“二十五六岁的女人还说年青吗?”

“那我是三十五六了。”

“不过……”

女人不说完，笑了，这笑也同样是神秘，摇动着一点暧昧味道。

他不承认这个。说不承认这个，是他从女人的笑中看出女人对于他这样年龄还不失去胡思乱想的少年勇敢的嘲弄。他以为若说是勇敢，那他已不必支吾，早卤莽的将女人身体抱持不放了。

女人继续说：“人是应当忘记自己年纪来作他所要作的事情

的——不过也应把他所有的知识帮到来认清楚生活。”

“这是哲学上的教训话。”

“是吗？事实是……”

“我有时……”他又坐拢一点了，“我有时还想作呆子的事。”

女人在心上想，“你才真不呆呀！”不过，说不呆，那是呆气已充分早为女人所看清了。女人说，“呆也并不坏。不过看地方来。”

天福先牛听这话，又有两种力量在争持了，一是女人许他呆，一是女人警他呆到此为止：偏前面，则他将再进一点，或即勇敢的露出呆子像达到这玩笑的终点。偏后面，那他是应当知趣。不知趣，再呆下去，不啻将自己行为尽人机会在心上增长鄙视，太不合算了。

他迟疑。他不作声。

女人见到他徘徊，女人心想男子真无用，上了年纪胆子真小了，她看出天福君的迟疑原故了，也不作声。

在言语上显然是惨败，即不算失败，说向前，依赖这言语，大致是无望吧。本来一个教物理学的人，是早应当自知用言语作矛，攻打一个深的高的城堡原是不行的。他想用手去，找那接触的方便。他这时记起毛里哀的话来了，“口是可以攻进女人的心的，但不是靠说话”。

不是靠说话，那么，把这口，放到女人……这敢么？这行么？

女人方面这时也在想到不说话的口的用处了，她想这呆子，话不说，若是另外发明了口的用处，真不是容易对付的事。若是他有这呆气概，猛如豹子擒羊，把手抱了自己，自己除了尽这呆子使足呆性以外，无其他方法免避这冲突。

若果天福先生这样作，用天福先生本行的术语说，物理的公例是……但是他不作，也就不必引用这话了。

他不是爱她，也不是不爱她；若果爱是不必在时间上生影响，责任只在此一刻，他将说他爱她，而且用这说爱她的口吻她的嘴，作为证据，吻以外，要作一点再费气力的事，他也不吝惜这气力。若果爱是较亲洽的友谊，他也愿说他爱她。

可是爱了，就得……到养孩子。他的孩子却已经五岁了。他当然不能再爱妻的女友。

那就不爱好了。然而这时妻却带了孩子出了门，保障离了身，一个新的诱惑俨若有意凑巧而来。且他能看出，面前的女人不是蠢人。

他知道她已看出的年青的顽皮心情，他以为与其说这是可笑，似乎比已经让她看出自己心事而仍怯着的可笑为少。一个男子是常常因为怕人笑他呆而作着更大的呆事的，这事情是有过很多的例了，天福先生也想到了。想到这样，更呆也呆不去，就不免笑起来了。

他笑他自己不济。这之间，不无“人真上了年纪”的自愧，又不无“非呆不可”的自动。

她呢，知道自己一句话可以使全局面变卦，但不说。

并不是故意，却是很自然，她找出一句全不相干的言语，说，“近来密司王怎么样？”

“我们那位太太吗？她有了孩子就丢了我，……作母亲的照例是同儿子一帮，作父亲的却理应成天编讲义上实验室了。”

话中有感慨，是仍然要在话上找出与本题发生关系的。

女人心想这话比一只手放到肩上来的效力差远了，她真愿意他勇敢一点。

她于是又说：“不过你们仍然是好得很！”

“是的，好得很，不像从前几年一个月吵一回的事了。不过我总思若同她仍然像以前的情形，吵是吵，亲热也就真……唉，人老了，真是什么都完了。”

“人并不老！”

“人不老，这爱情已经老了。趣味早完了。我是很多时候想我同她的关系，是应维持在恋爱上，不是维持在家庭上的，可是——”

说到这里的天福先生，感慨真引上心了，他叹气。不过同时他在话上是期待着当成引药，预备点这引药，终于燃到目下两人身上来的。

女人笑。一面觉得这应是当真的事，因为自己生活的变故，离婚的苦也想起来了，笑是开始，结束却是同样叹息的。

那么，一面尽那家庭是家庭，一面来补足这阙陷，从新来恋爱吧。这样一来在女人也是有好处的，天福先生则自然是好。

女人是正愿意这样，所以尽天福先生在此时作呆样子的。她要恋爱。她照到女人通常的性格，虽要攻击是不能，她愿意在征服下投降。虽然心上投了降，表面还总是处处表示反抗，这也是这女人与其他女人并不两样的。

在女人的叹息上，天福先生又找出了一句话，——

“密司周，你是有福气的，因为失恋或者要好中发生变故，这人生味道是领略得多一点。”

“是吧，我就在成天领略咀嚼这味道，也咀嚼别的。”

“是，有别的可咀嚼的就更好。我是……”

“也总有吧。一个人生活，我以为是一些小的，淡的，说不出的更值得玩味。”

“然而也就是小的地方更加见出寂寞，因为其所以小，都是软弱的。”

“也幸好是软弱，才处处有味道。”

女人说到这里就笑了，笑得放肆。意思仿佛是，你若胆子大，就把事实变大吧。

这笑是可以使天福先生精神振作来干一点有作有为的大事的，可是他的头脑塞填了的物理定律起了作用，不准他撒野。这有学问的人，反应定律之类，真害了他一生，看的事是倒的，把结果数起才到开始，他看出结果难于对付，就不呆下去了。

他也笑了，他笑他自己，也像是舍不得这恰到好处的印象，所以停顿不前。

他停顿不前，以为应当的，是这人也并不缺少女人此时的心情，他也要看她的呆处了。

她不放松，见到他停顿，必定就又要向前，向前的人是不知道自己的好笑处糊涂处，却给了“勒马不前”的人以趣味的。

天福先生对女人，这时像是无话可说了，他若是非说话不可，就应当对他自己说，“谁先说话谁就是呆子!”他是自己觉得自己也很呆，但只是对女人无决断处置而生出嘲弄自己的理由的。在等候别人开口或行为中，他心中痒着，有一种不能用他物理学的名词来解释的意境的。

女人想，同天福先生所想相差不远，虽然冒险心比天福先生来得还比较大，只要天福先生一有动作，就准备接受这行为上应有的力的重量。然而要自己把自己挪近天福先生，是合乎谚语上的“码头就船”，是办不到的。

我们以为这局面便永远如此哑场下去，等候这家的女主人回来收场么？这不会，到底是男子的天福先生，男子的耐心终是有限，他要话说！并且他是主人，一个主人待客的方法，这不算一个顶好的顶客气的方法！

且看这个人吧。

他的手，居然下决心取了包围形势，放到女人的背后了。然而还是虚张声势，这只手只到沙发的靠背而止，不能向前。再向前，两人的心会变化，他不怕别的，单是怯于这变化，也不能再前进了。

女人是明白的。虽明白，却不加以惊讶的表示，不心跳，不慌张，一半是年龄与经验，一半自然还是有学问，我们是明白有学问的人能稳重处置一切大事的。这事我们不能不承认是可以变为大事的一个手段啊！

天福先生想不出新计策，就说道：

“密司周，我们适间说的话真是有真理。”

“是的。难道不是么？我是相信生活上的含蓄的。”

“譬如吃东西，——吃酒，吃一杯真好，多了则简直无味，至于不吃，嗅一嗅，那么……”

“那就看人来了，也可以说是好，也可以说不好。”

“我是以为总之是好的，只怕不有酒！”

天福先生打着哈哈，然而并不放肆，他是仍然有绅士的礼貌。

他们是在这里嗅酒的味道的。同样喝过了别的一种酒，嗅的一种却是新鲜的，不曾嗜过的，只有这样觉得是很好。

他们谈着酒，象征着生活，两人都仿佛承认只有嗅嗅酒是顶健全一个方法，所以天福先生那一只准备进攻的手，不久也偃旗息鼓收兵回营了。

黄昏的确是很美丽的，想着黄昏而惆怅，是人人应当有的吧。

过一时，这两人，会又从黄昏上想到可惆怅的过去，像失了什么心觉到很空呵！

黄昏是只一时的，夜来了，黑了，天一黑，人的心也会因此失去光明理知的吧。

女人说："我要走了，大概密司王不会即刻回来的。我明天来。"

说过这话，就站起。站起并不走，是等候天福先生的言语或行为。她即或要走，在出门以前，女人的诱惑决不会失去作用！

天福先生想，乘此一抱什么问题都解决了，他还想象抱了这女人以后，她会即刻坐沙发上来，两人在一块亲嘴，还可以听到女人说"我是也爱你，但不敢"的话。

他所想象是不会错的，如其他事情一样，决不会错。这有学问的上等人，是太能看人类的心了。只是他不做。女人所盼望的言语同行为，他并不照女人希望去作，却呆想。

呆想也只是一分钟以内的事，他即刻走到电灯旁去，把灯明了。

两人因了灯一明，俨然是觉得灯用它的光救了这危难了，互相望到一笑。

灯明不久，门前有人笑着同一个小孩喊着的声音，这家中的女主人回来了。

女主人进了客厅，他们诚恳亲爱的握手，问安，还很诚恳亲爱的坐在一块儿。小孩子走到爹爹边亲嘴，又走到姨这一旁来亲嘴，女人抱了孩子不放，只在这小嘴上不住温柔偎熨。

"福，你同密司周在我来时说些什么话。"

"哈，才说到吃酒。"他笑了，并不失了他的尊严。

"是吗，密司周能喝酒吧？"女主人仿佛不相信。

"不，我若是有人劝，恐怕也免不了喝一口。"

"我也是这样——式芬，（他向妻问）我不是这个脾气吗？"

女人把小主人抱得更紧，只憨笑。

本篇发表于1928年9月12日上海《中央日报·红与黑》第24期。署名沈从文。

诱——拒

怀着“总之来也把我无法”的俨若很有把握的心情，木君迈进了北京城香玉胡同的某某家第一个门限。

人是被引诱来的，一面为了一点好奇，一个不经过女子好处款待的莽男子的好奇。

望到那很苗条很柔软的背影，在心中起了小小的争持，从头到尾已有三个钟头了。先是“小小的”，到后也可以说是“大大的”了，这渐进的滋长，变化，与欲望凶猛的向前，是仿佛为了天意开这样的玩笑而起，她别的地方不坐，独坐在他的前面的一列，而且正对。

习惯中来在剧场中的木君，是依稀为了戏以外之什么而来的，也像是因此一来总得了一些什么而回，回家去便与上半日住在家中不同。悲哀或欢喜，说不定，总之一入剧场能将他的心从这一个境界搬到那一个境界，是最显然不过的。这之间，戏文的好坏，固然能够为一点力，最多还是那说不分明的所谓“什么东西”。看看女人的脸，听听女人的笑声，看绅士封翁模样的人来到此种地方，盎然陶然的神气，与那作姨作小的卖弄妖姿，怎样给了浮荡儇薄男子的心驰机会，全是能给木君拿回家去玩味以及当场享受的。其实所谓木君者，是无聊人，是聪明青年男子汉与道学家两者皆可拿来鄙夷作趣的一种无用人，单是这看戏心情，就够了。

在人前，他是似乎认为也不须乎怎样掩饰自己这行为的。自己作自己的事，不一定要人来同情，也不注意人的戏弄。他以为自己既不怎样妨碍了旁人，大致旁人也不一定要在这类乎放荡的行为上加以多少批评才是。然而，无可免避的，是仍然要听到一些“正义”“公理”的责望，别的人，对于这“内行不脩”俨然引为是他自己事那样。为了这个，木君是很窘的，他觉到这世界上，自己真可怜。没有爱，没有友情，也没有所谓切齿，人是人，我是我，是虽然也不免寂寞，到底还可以在独行独睡中找到人我间另一种关系，因而能将生存气概保留的。至于既然这样与世界上一切人漠然淡然，如为所弃所忘，而另一面纠纷则是妄诞之责备，觉得人是处处很可怜，那所指的有时还不止是自己一个，且把人类也看成这模样了。

虽然好像这行为皆为自居于师友这样人误解了，他一面受窘，一面还是作他自己所要作的事。因为所损失的还是不及所获得的东西多，木君到戏院去是只好当成习惯了。

在那不宜于露头露面的偏座间，他有他的地位，（拿戏院来拟人格，他是常常不期然而然能若有所悟作出微笑的。）他那样毫不拘束的四望在另一状态下所有的一切戏，他觉得偏座不甚相宜时，又插进人的群中去。一些和气脸色的招呼，一些极其了解对方的颔首，一些谦卑，一些谄媚，一些体贴的微笑，与意见相同的抚掌，凡是木君生活中所不有的际遇，他全可以在一种旁观下得到。把印象，咀嚼代替了自己所要而不能得的生活，这就成立了木君为自己可怜那话语的理由了。

在先是业经说到他当迈进那私娼家门限一步的心情了，在他怎么样有这样决心，忽然会作出这不凡壮举，只有天知道。但事情经过是这样——

仍然是到了那极所熟习的戏院，把预先买好的连票从那很相熟的胖子售票人手中换了入场券纸，点点头，作着那同有礼貌的熟市侩“再见”的知照，就进了那入场小门，自然而然向那老地方走去了。

时间早，还不到九点，人却很多了。坐下了身子以后，开始望四方，排列极其整齐的三大行硬木坐椅，各处全点缀了人。人中的年青女人，比如果中的橘子，最灿烂的给人以注目机会。见到橘子的色则仿佛橘的香也得到了——女人的色香，木君便也从这秩序上依约领会到了，他于是在橘子中选择橘王。

照例是在心上起了淡淡的哀感，觉得戏是已经开了场，而来看戏的只自己一人。客观的所见，是别人全都如此将自己整个的扮演喜剧的一角。全都似乎明了来到戏院的意义，不好意思稍稍在脸上露出所有生活的劳苦与忧郁。人人把《入院须知》背熟，来此义务是欢喜，是展览自己生活的健康，是学习人类生活较高尚的努力。木君看出自己的无分，虽然不妨在心里说，“这是戏，扮演不能，看看也就好，”然而人心是同样的血与肉做成。所谓血与肉同样作成这心，要这心全然疏忽了实生活的俯就，向渺茫的路上走，那终办不到，也是实在情形吧。机会只成就了木君在各样人类生活上去体会，而木君者，下意识终不忘平凡是作人的好处。要平凡，自己终无力掷向平凡，与人间味接近，这悲哀情绪，是正又像永远潜在心的某一角，一遇到这样情形，便引绪抽端，要抑制也无从抑制的。

然而仍然不能走（也不认为非走不可），像呆子，举目望四方，是木君所事。

……人间的欢乐，原是没有天秤可以称量的多，单是这一个戏场就如此。……是这样想，便反省自己，自己全无分。

这人所有的，是什么？一个大学文科生，因了没有把例课念及格，就在三年级上被学校除了名。因为家中无钱供给这样一个成绩坏的人读书，就索性不再找学校进。因为无亲戚，就不能作官也不能作教员。因为性格孤僻，怯弱，以及病态的自视渺小，就好像不拘作什么事全显得无用。至于在革命成功俨然清一色的社会中，为人呐喊喝道歌功颂德成天各处去欢迎伟人既不能，作一顺民有时也像心不甘，这不知谋生的吃亏处，当然便算是被聪明人所谥的落伍人了。这落伍者生活的办法，倒是为了大学文科学生的原故；他靠作小说卖到各处，在北京呆了下来。因此说到他所有的话时，他只能说有一只写三块钱一千字的右手。

仍然应当说是在这世间并不缺少恩惠这类事，所以木君这一只右手，不久便为一些书贾市侩赏识了。把右手来为这些“文化运动家”作工赚钱，木君便也因此有了吃饭穿衣住房子机会。虽然在这样工作下免不了有“检选”“挑剔”的磨难，但很明白的是究竟能帮同他们赚钱，所以纵不能说“很舒服的活下来，”总之是“活下来了。”能够呆在北京以外还能常常到电影院一类地方，那当然还应说是文化运动者的恩惠！

一面看戏一面想，木君是在想到人间欢喜自己伶仃以外有时也想到这各样人给他的恩惠的。金钱以外的恩惠，所谓同情者，何尝自己全无所得？所得同情终不是像在戏场中别人一对一双的受用，所以就淡焉置之。

……纵或是承情得到书贾市侩的吹，不吝其广告费用，就为了这帮助，在每一个读我作品的年青人心上都有着那敬慕与怜悯，有这样十万的同情的心，敌不敌得过一个女人诚心欢喜的来陪到我坐一会儿呢？十万的数目，诚然是颇大的一个数目了，然而把这同一个虽不怎样十分出色而是年青的女子陈列在眼前，我将选那“一”。就是百万也罢，终不及一样实在的具体的情分啊。

想到女人是怎样好，不如说想到女人是怎样奇怪。许多事，从木君眼中看来，全是奇怪之至；女人则似乎更是一样奇怪东西了。

若是正这样想到女人的可异时，恰恰面前来了一个女子，那木君，便将“想到女子”改成“想到这个女子”了。于是详详细细来看这女人特有的美，于是随即在这女人身上作出那荒唐不经的梦，于是……，在往常，是曾经常常有这样事发生的，遇到这样事时不能分出这是幸或不幸，总之到后是非常自苦。但干吗一定说往常，如今不是正又来了一个女人么？

女人来得并不是突然，人固有因另一目的，欢喜选择偏僻地方的自由，如木君一样其人者。然而不得不给木君稍稍惊讶的，是这女人不偏左不偏右，恰坐在他的前面。前前后后全尚空空无人，致非常容易为人疑心到是相邀相约而来，然而久看情形又不对，遂照例不免有着那无聊汉子们小小的嫉心。然而这是无法的事，女人把座位这样选定，木君不至于逃往他处的。见一个好女子独坐，自己镶到女人身前左右空处去，这事是这怯汉子不敢作的。至于礼仪送上门，那没有摒绝理由。因为单看女子背影也颇美，木君是不在看清女人的脸也就略略心动了。

……感谢天，来了这样一个年青女子！

戏院壁上的钟响过了九点，来的人，也越加多了，出木君意料之外的是这女人并无所候。又过了五分，也无所谓莽撞汉子一个，来与女人并排坐下的事。从女人全不回头那模样着想，则尤可相信这只是“单刀匹马”。不多思量一切，只望到，面前的是一个单身女子，这于木君是可引为幸福了。

灯光在头上，明朗与白昼无异，从灯光下放肆的向前望，是不必在心上负疚恐人笑话的。视线不旁及，则所见到的，是一个长长的颈子，与一个新式短发蓬松头。颈下是肩，托了白麻纱的衣，从衣下可以领会到身体柔和的线。人的美，与年青，那是单是从背面这样看来也可以分明的，所以木君全不疑惑，便断定这是应当归入是给他烦恼的一流女人中的人了。

女人低了头，看那手中一张本剧说明，然而似乎又不曾在看，像来此地方是陌生，想借此掩饰自己不安心情的。因为看了多久时间，从后面座隙略窥一二的木君，却望到女人所看的，是专登载广告的一面。

木君愿意得到一个机会，看看女人的脸。但太不聪明的人，是虽秉怀着顶小愿望也无从达到的。他只想，或把自己座位挪左挪右，那就算是顶简便的一种办法了，然而怀着怕前面人明白这用意时的憎嫌，他始终就不敢移动一寸。

不过仍然有着那很好机会看清楚前面人的脸子，或者说，所看到的是眼，鼻，眉，口，——因为女人随即从怀中掏出了镜子，有意模样把这些一部分继一部分给木君从镜中见到了。见到了这些的木君，心越发怔忡不宁。

他回顾自己，是这样落魄形象，全无理由与女人要好，则所谓垂青事是不会落在自己头上也很分明了。他因此制了心的放肆。

女人也像知道这一面是怯汉子了。自己同样是在勉强的不自然的情形下用手抹头上的发，向后拢。那白白的手，在黑发上显出全然的美的匀称，在木君看来，乃不是肉也不是骨所成，只是一种想象的东西所雕就。木君是好奇，刚才说过了，这手便是奇物之一，适宜于从这东西上作一切精致富丽的联想，以及大家所说的“崇拜”的傻行为。捏一下或咬一口，同样将给木君以一个愉快，他且想亵渎这手的尊严，要它永远与一种荒唐的梦联合在一处，以便从这净白的手的印象上找到一样不端方的兴奋。

灯熄了，乐声开始作一个无聊的合奏。用大提琴作领袖，比如一群游街人喊着顶不讨好的口号，虽不讨好也不顾一切的尽喊下去。木君照例是对这音乐不加以理会的，就去看前面。灯初熄，一切显得漆黑，因此所见只是一个轮廓。“就是轮廓也很美，”木君的心怎样的在短时期系住了这陌生女人，也就非常明白了，木君不知不觉将身略向前移。

在这样时间中女人回了头，木君望到的是一对眼睛。

这不是全然无心的一瞥，为使木君明白，这女人的回头，眼睛停在木君的身上约有五次呼吸的长久。

木君心上有了这样疑问：“这是干吗?”意思好像是不应当。

但作了一件似乎责任以内的事的女子，对这个再不会有所答复，头掉回去重复像先前状态了，木君即时便又想“这仍然是自己错误。”

才真是自己的错误呵，——总而言之今天的事是一件误会吧，不是自己就是别人，——且看，人家的手又在理头发了。

理发证明是女人心中有事，木君自信于女子方面观察结果不会十分谬误的。这女子，且不止一只手常在头上，且第二次的回头，同时一只手便垂到椅后。第二次将头恢复原状，手却不即抽回。

意思是请便，随意作一点不规矩的事，这便是一个机会。木君先是望左右，望左右，左边只是一堵墙同十来个空座，右边则望别人还不分明，就可想而知别人也不能察觉这边的事了。野心的暴长，使木君无从多所考虑，便低头。头一低，自己的嘴便贴在那手腕上了。

感觉是柔软以外的微颤。木君听到的其实是这女人的心跳。然而这冒昧行为，似乎极端的伤了女人所有的自尊心，手即刻就缩回了。因此一来木君也才俨然从阱中仰望天空，奇诧自己的勇敢下跃。而且他见他自己还在向下落，不知何时方能到底，不免稍稍悔恨害怕起来了。不是自己所能作的事，居然糊涂作下了，不问事之幸与不幸，这不安的自觉，是能使自己忽然后退，超过原有地位的。木君自然也如此。他见到女人手一缩回，想起自己胡涂，作了这样非凡事业，倒以为这儌倖人可作的事，再撒野，那么别人一喊，事情便全糟了。

过一阵，女人像不以此为意的神色自如，给了木君以多思多虑，人就难过之至。想到不能再撒野，也就想到就是再来一次也不妨。又想到，即或不高兴，也就有那种女人，一直尽一个男子在她身上撒野以后还隐忍不至暴发的，安知道这女子不是这一类有耐心的女子？……他且想到这是所谓暗娼者流。是暗娼，则自己一切恐惶为笑话，再向这女人作很傻的可怜表示，至多只能在这女人心上增加一种轻视。于是他把脚伸到女人座下去，这是认定了对方的人格以后的行为，他以为装作内行的放肆以外无第二办法，他这样作了。

脚在下面找到了女人的脚，接触着，木君便如吃过量的酒以后的为一种莫名其妙的欢喜占据了全心。然而仍然使他在一瞬间将心情变换的，是脚的接触像终非女人有意，故一触即如怀恐惧的将脚移开。是隐忍是嫌憎还是害怕？是全然无心的原谅了后面的男子？是故意逗着一个男子来在心上增长若干见识？是……？木君胡涂了，在他意思这脚一离开，事情便是糟。纵对方女子，如所估想的，正是那所谓私娼者流，也许为了这冒昧的行为，便从而放弃这不愉快的一回生意，也是可能吧。想到了这些，他作的事不但认为伤了女人的自尊心，自己的自尊心这时也觉得有了损失，于是脚也不准备第二次的接触，很羞惭的缩回了。

虽然这样作，也不是便可以得到平安的事！

在女人的行为上细细分析，他想她若不是娼便是疯子。然而说是变态的疯人，不如说是常态的娼妇为好。虽然手，脚，全是在一种冒昧行为下退却了，始终无从遁避的是背影的全部。木君在这背影的玩味上，是决不悭吝自己的兴奋的。不能制止的动心，因了二次接触的欲望向上，过一时，更觉难于制止了。他竭力去改正他的注意力，集中视线于幕上的戏，幕上的戏是一个恶男子抱了一个女人在强迫接吻，在危险中另一个男子来了，女人因此便获了救，然而女子随即很自然的同第二男子接吻了。木君把戏文情节全忘却，只是记到这一男子的接吻出乎甘心情愿，那一男子却虽勉强也仍然失败，一无所得。

把自己来比譬，则不知究竟是后者或是前者：作后一个人，实无此自信，明白自己类乎先一个人，而又始终禁止不了自己不向前。是这样，真只好作着且看下文的神气期待以后的事实去了。

他觉得最好是待下去了，就暂时如久病的人等候一个必然的转机日子一样，也暂时能够忘了眼前病所给他的一切纠缠。

这样一来一切事又俨如看得异样分明了。把自己，作成冷冷的心肠，一面不忘记使这女人明白是愿意同她要好的样子，一面又不十分饿，尽这女人把那最后的戏扮演下去，则他所得决不是仅仅这一点。木君既然把心决定了，那双手，自然就有胆气搁到前面的靠背上了。他把手轻轻叩那椅背，进一步撒野。

女人在约略两分钟以后才感觉得这行为，——不，她是无论如何不会比木君更稳定更不在乎的。先是正若无可奈何，装不理。到后回头了，若生气嗔了模样，然而这在木君心上明白不是拒，很明白了。一个女人被人这样频数无理麻烦，又柔弱不欲生事，则用这一嗔行为作手段，抵拒外来的包围，当然在事理之内。然女人若是另外一种女人呢？譬如说，女人是姨太太，是妓，是虽非鬻身为业却天赋了性的强富气质的女子，那当然这一嗔是又当别论了。女人中，除了于性欲全无所意识的少女外，凡是这样嗔着面前的男子，这嗔就仍然免不了反应着一种动心的情绪。只怕男子是一分不及格的一个莽男子，此外这用作“拒”的结果，多数是反而给了男子以前进的引诱，而自己也就在这嗔上无意识潜植了对男子动心的原由，因此两人便都明白这只不过是更进一步的行为罢了。

女人的嗔，木君所知道的，不过是从回头时的迅速，与在黑暗中的眼光全然凝固，以及返身时又略略吁气数事上综合所得。究竟女人的心，是正为这事起着怎样的波涛，那木君可说是全然茫无所知。

说到心，他自己就不很分明自己是在怎样维持怎样变化的。先是怕，转到灰心，又从全然类乎儿戏的一次接触中将欲望提起，仍复回到决然断然的固执向前。这决然断然，是就可以维持到戏的最后一本么？木君是不敢再来决然断然说的。并且不能全然忘却的是以外的人。在休息期间，所谓外来人者，若居然不缺少这样勇敢呆子，强坐在左右，作着那通俗抄骰子一流捣乱事，那就非将全部心情变换不可了。或者这是娼，一个娼决不至于无一个相熟的男子在场，让这男子匿笑着，望到自己同女人走去，也是木君不能忍受的羞耻。（与其尽这样人用了僭先的神态相对付，那又不如不近这女人好了。）

“总之自己不得太任兴，学作一个坏人，把这事当成一次无伤大雅的玩笑，到最后，不妨自私一点。”所谓自私，木君想到的解释，是若果下场情形不坏，不妨随了这女人走，学学那在别人作来当成平常事的跟梢行为。至于这样学过后，怎样同女人在一块，怎样同女人谈到一切野话，怎样过夜，以及此后又怎样对付这女人，木君是完全不曾想到的。多想想，也许人又无端苦恼起来。但连这些也不想到，那前途也就真渺茫得很了。在这里，似乎免不了应当对木君有一句称赞，这个人真是一个不切实际的人！

当这不切实际的木君，又来心跳，又来惶恐无所措手足，已经是休息的字幕映过，戏场的灯已明的十点半了。

全场吃烟的人将所吐出的烟雾结成一大团，差不多每一个人的头发同衣衫皆有为烟味浸透的灾难，于是木君逃出去，到门外去站。站到门外的木君，为冷风一吹，人也清楚许多了，他于是注意到今天天上的月，从月上想起在淡白幽雅的月光下同一个女人挨着低头走路的趣味。这样一件平常事，差不多每一个年青大学生全有分的，在木君看来，则竟像比成天坐了汽车拜客还与自己身分不相称，说来竟不容易使人相信的。

“没有言语，只是这样并排低头在月下走，四顾无一人……无人也不是便给了多少其他方便，只不过是因此可以更沉静，更使人领会这月与人与情景的美。”木君这样想。

这样想，望天空，蓝蓝的天空斜西正悬贴了一个圆圆的白月，冷冷的风来去如有脚。（景色是这般相宜！）木君茫然了。把女人找来，便凑成了这梦的全体。但是即或怎样自私，不顾忌一切，设法要这眼中女人同自己在一块地方，是作得到的事情么？同如此陌生男子在一处，虽自己怎样矢忠矢信，女人能够放心么？

“不放心，直截拒绝了，用着生气到快要叫人的神气拒绝了，于是我一个人怀了这痛心印象到月下去玩味，这也好。”木君如此想，就走进戏场，预备坐下来找那丢脸机会。

刚在门边却碰头了，女人也若计量到同样一种事，人由内中出来了。在门口大灯下正正的一面，使木君变成了奴隶，腆然不管旁人如何，跟了女人就走。

先是女人虽然在门前见到了木君，大致不猜想到他会跟出来。她所预备的，也似乎只准备在见见木君一面，两方装成无意的碰头，其他无所冀。因此一来到了坪中的一对，又即刻不安起来了。木君很惶急，女人竟更难于处置，她只再看了看木君，就又返身走回戏场了。剩下的木君是木立着，低了头望自己的影。

似乎一切完全了。实际木君是有所得，至少比先前更了然女人于自己的注意了。但他为这期待心燃着熊熊的火，不可耐。他同她，不约而同，各人在所站立地点再进了一步，心的距离是近到可以摩撞了，因此他更相信。他的木然独立只是他的惊讶过甚。一切比希望中怀着的接近还接近，女人竟是这样一个女人，木君以为这简直是梦了。

他直到后场灯光已熄音乐开始时才再进去，仍然坐原位。

这时女人又回头，用手扶了女人座位椅背的木君，方以为这手或将为另一只手所按，然而女人不过用眼睛轻轻的按捺木君的心一下，人各规规矩矩坐定了。

这里若是说，后场这一点钟光景，木君的情感，是怎样的将自己提高到天上，又没掷到泥淖中，加以脚踹，过于琐碎了。天意（至少是魔鬼意）使他有这样一种遇合，他没有违反这司运者调排，虽不习惯于这新事业终于在散场后他又让她引了自己走出戏场了。横在面前的是车，车夫则站在一旁讨论价钱，女人从车阵中走过，迈着脚，怀着“你大胆就跟来吧”的心情在前，木君也怀着“我来了看你把我怎样”的心情在后，不到一会儿，便如木君先一点钟时所希望的办法，两人在冷冷静静的长安街大路边走着了。

两人向东行，天上的月在偏西，因此影子在前。人是一前一后，虽一前一后，影子却先人而走去，所以在前面女人决不会不明白后面跟得是一个俘虏。跟来了，仍然不敢并排，也不敢说话。说不敢，不如说不好意思，木君是真不好意思的。他不能赶上前，又不能说“请放慢一点”为腼腆。其实女人也正不好意思让一个男子并排，只打量“若是你要我，你就值价点，大胆点。”她自以为这样不拒绝已经就是欢迎这并排了。

这时还有什么害怕？站街警察是为了站街，他决不会注意到这些事。而且他看过太多了，那一天晚上就缺少这样一对一对打戏场出来的年青人呢？其余的人呢，则他就有他自己的同伴，不会更分心来照顾此外的不干己的事。

木君先是与女人同走，至少有两步半距离。留下这两步半距离，正俨然如特为防备女人骤然返身捉人时逃走的从容地步，一面又自然还耽心到其他人的认识。耽心在戏场中的熟人，先是不作声，到此却也偷偷跟下来，骤然的露面，自己将无地自容，于是木君惶急不安的望前后。这结果，是意外的结果，所望到的远近全是并排行，把影子也并排陈列到地面，木君于是又为了一种“不并排行反而给人疑心”的恐惧，将与女人距离更缩小了一步，鼻的气息已经可以直触女人的颈脖了。

女人似乎因此快了一步，仍然欲保持原有地位。

木君又快，仍然成为一步半间隔。且稍斜，思想再走十步决然就能并排了，并排时则可以望这女人的神气，定自己祸福。

然而走了二十步，还是同先前一样。木君脚步稍快女人就赶紧一点，到木君颓然欲止步时女人的脚步也放缓了。女人是比木君更腼腆的，然甘心情愿的表示，已在行为上曝露无遗了，他所需要的只是一个真男子。所谓真男子者，是在这时节，再也不须迟疑，就上前，就说话，就握手或揽定了腰。也许这样一来女人的心更不安，欲挣脱也有之。但这便是女人的需要，即或由女人逃遁从此更维持了原有状态，女人是更愿意作男子的再来侵迫，也非常明白了。可是木君不是这样多勇敢的男子，因此只好单成行走到东单。

东单的路是两条，有了两条路，分手的机会到了。木君再怯则只有取与女人相反的一条路，女人心怯也只好尽木君先走。

将近十二点的东单，已经不是早九点菜市热闹喧阗的东单情景了。一些黄黄的灯，挂在各个电线木柱上。电车轨道转弯处发着一线乌青的光。两个警察并立在街中心低低悄悄谈着话。傍东马路边停了有三部洋车，却只见两车夫。……天上的月将一些傍西路边的电杆影子横画在大街中央，人走过去似乎都很小心迈过这些粗大影子。

两人皆知道这时再不能如先前避让了，若无一方法将情形稍变，则结果便只有叫车，各自回家。

木君是愿意回家的，因为至少省得这悬着的心无法安置。可是当然他不会在机会以内找离开女人的方法，因为这又似乎更近于蠢。

女人迟疑着，等候木君说话，这算规矩之至。料不到当面的木君是不讲规矩的人，他还只希望女人开口问他！相差只是谁先开口，女人若先说，“好，我们再见吧，”那木君就有话说了。反之木君若说，“我送你小姐到家，是不是一个办法？”女人也就可以从这话上找出机会谦虚以及劝驾了。两人不先开口，两人都隐约怨着对方；木君尤其是。因为他以为至少女人是有过这样经验的人，有过这样经验，一面又看得很清楚对面男子是怎样一个无用男子，不先说话把机会失去，自然责任应由女人担负了。

时间虽然不过一分钟，在这样对抗的形势中，木君想到各样自己可怜处。自己的柔弱，是虽壮了胆来说话也说不出口的，何况其他更撒野的举动？既然这样无用，胡胡涂涂又居然跟到了这地方，他真想走到街警身旁去问路，请他告知回家方向的奇怪打算了。

请你们相信，在这里的木君，决不是在戏场中的木君胆怯了，他实在不怕谁了。他想说话，话语像极多，至少这话够得上写一个独幕剧，——一个独幕剧上爱情中的男子所有的精彩透辟的话语全供给得下——只是他口涩。一方面为这忽然哑喑恨着自己，一方面他又决不饶恕面前的女人无言语的局面。

怎么办？能说话就成了。木君说话了，终于大声的说话了，他叫车，问车夫拉十四条胡同中间要多少钱。原来他决心回家了。

女人望木君，出奇的望，随即向北走，于是叫车的木君，就不顾车夫所说的价钱如何，又跟到女人身后走去了。在这样情形下走着追着，街警看来是全不疑心这一对人是陌生的。木君赶上了女人，女人脚步便慢了，他们又恢复了两步半距离的形式，慢慢在东单大街马路沿走着。

木君觉得这样办法至多走三分钟就会将局面全变，也许是在这样月光下作着怎样傻事，也许自己就入了别人的家里，也许……他很苦，心为着什么东西压紧，描摹不出。

一面，人格的——或性格的仍然反应着那“且看你怎么样”的乐天自由观在心影上，他以为作副兵作到头来就自然有结果。所谓仙人跳，那样习闻的故事，还不完全在心腔子外，然而女人是这样一个好女人，引他下阱他也将从容不迫的顺她意思作去了。到此时，那怯弱的，喑哑的无用气质，木君且在心上引为“只有这样对付这女子为好”的身分适当的处置而快意了，他以为这样发现女子的心为一种无论如何比损失还多有所得的工作。

当他忽然看到自己的行为是一种与轻薄完全离开的行为时，他不知不觉同女人并排了。他们就这样并排的从街的西边逾越到街的东边，在街中心时他望女人，女人低了头不敢抬起。他向前，女人便退；他退，女人复向前，他们谁是在诱谁是在拒原很难于清楚的。两人一退自然就分手了，一人之中下了决心也就完了，如今是两人一进——原来一到街东，两人同时望对方，在这样情形下的木君，心跳得利害不过。他不逃，她也无逃意，望了很久。

到后女人吁了一口气，摆摆头，意思像说“你这个人歪缠本事真好，”也似乎说“你这可怜的无用的人，居然也来了！”

木君说，“我爱你。”这话其实只有他自己听到，女人是决不至于如此耳聪的。其实他自己也不曾将这话听清，因为自己在这时还不敢将身靠近女人一点。

他记起在电影上看到的无数拥抱女人的方法来了，而且每一个方法都像自己不必怎样练习也可以学到适如其分，使女人非常受用。他又记起别的一些情节，譬如说，街的另一端，有一个恶汉走来，汉子是高大绝伦，站在面前便如一座小山，……他预备的是怎样一拳打中这恶汉的下颚，且一脚又恰巧踢在那突着的大肚上，于是，恶汉倒地，从而消失，女人在惊骇中为自己所抱，眼睛闭好，承受这当然的一吻。然而这恶汉并不曾出现，警察又不曾将酒吃醉有拦路行为，木君倒不明白应如何与女人把身体并在一处的办法了。

女人是不动。虽不能再视木君，但实在是正等候木君的动作。她明白站在一旁的木君人的无用，但她不能把一个男子应有的顽皮身分从木君人格上涂去。她算计她作的事已到了头，一个女子引诱男子的本分内事她全作了，他再不来一点手法把局面改变，则只能怪他自己不会享福。遇到这样太无男子气的人，在女人是很苦的，但木君不是体会到这心情的人，虽然作文章时还常常怜为人称道分析女子心理顶精细。或者，女子的心理太精细，分析到后仍然失败，所以这时的木君就窘着了吧。

木君在无可如何中，又从女人的右边走到左边，女人左边比右边多一朵绸制大菊花，这菊花可以给一个聪明男子利用贡献五十句谄媚言语，却不能给木君以一丝一毫帮助。

他想，“把这花拿走吧。”动手自然是不能，然而手到女人身边了，不知放在何处为好。

女人以为木君是想握手了，不抬头，很惶恐的交付木君一只左手。只一握。木君却放松了女人的手，他的感觉是女人的心同手皆作微颤，而柔软，温暖，腻，是此外的事。

…………

这样，木君自然就有跟陌生女人进总布胡同的理由了。

香玉胡同是总布胡同东的小胡同，这时的月是不因为胡同稍小就不照顾的，所以木君在进女人的大门以前，虽忘了自己是怎样的人，虽忘了女人是怎样的人，但望到地上分明的双影他觉得这才是自己曾作过男子的一点小小证据。

本篇发表于1928年10月10日《小说月报》第19卷第10号。署名甲辰。

某夫妇

……商量好了，一切已经妥当。

“好好。我去我去。照到你说的我去作。”女人说了又望男子，用一个女人特有的章法。

“你怎么说?”一个男子细心处总比女子为深，他怕她忘记。

“怎么说，是说我到那时候怎么说吗?”

“是!”男子不耐烦的样子，促她即说。

“我让他把那东西拿出来，我让他给我念，我让……”

“你就说你让他把你抱了以后，你!”

“他抱了我，我就说，这做不得。我说我是有夫的人了，我不能同别的男子作糊涂事。我说我那人知道了会用刀杀我，用绳缢我。我说我被人欺侮了，我要告给我的那个人。我说我名誉从此将被毁了，丈夫的名誉也毁了。……我就哭，且不让他走。……我又说，我要告大家，让这里的人全知道，请众人评理。”

男子在女人的复述制就的话语中，点头，点头，点头，见到女人说完了，拍拍手，表示胜任愉快，就嘱咐:

“不要临时又忘记!不要哭又不有眼泪!不要……”

其实，女人的眼泪是不必愁到时不有的，这个男子倒知道得比女人自己还清楚。然而他意思是眼泪要多才行，因为这时代，进步了，少许的女人眼泪也不能攻克一个男子的心。他平常就不轻容易为眼泪吓倒的。他要多，她说这个决办得到，一个女人只要低下头一哭，眼泪会出来的，决不比生小孩是大事。他信了，但假若是眼泪也可以事先练习的话，男子当然也不反对这“预演”。

"我信你了，你照到去办，我自然来收场。"男人用他那男绅士的气概说。

"你一定要来！不来我可不好下台！你先到那木材堆下等候，不要声张，不要使另外人知道，听我哭着喊救人时你就来。"

"到那时我一定就来，你见我要打他杀他，先是哭，不要理。我要生气到俨然出命案的架势，到后我把他威风一杀，你再哭哭啼啼告我怎样怎样，看他当真怎样。"

"我就说，这人要我脱衣服裤子！不，我说他强迫我作那个坏事，他要我陪他到这种地方睡，他要我随同他跑，他要我……"

"若是他不曾说同你逃走，你可不能说！"

"是的！他不说的我也不说，说的我就说，不过万一他一句话不说呢？"

"不会的，这人口不是哑子。那有一个想转人妻的念头的男子是蠢人。他见你不肯，必定找出许多话来引诱你。他说的必比我所想象的多。这是个坏人，你不要以为他长得好看话又说的好听就当真……"

"怎么啦？我是这样人吗？"

"你是我信得过的，因为这也是我们两人的利益。我并不是为我自私自利打算的。为国家，似乎也非惩罚一下这年青的起坏心的浪子不可。不过我告你，要小心。照到我办法，那就既不上当又能够得钱，得了钱，我帮你买你欢喜的衣料，你不是说过要几件体面衣服出客吗？"

"我要那红色的，可不要绛的。"

"是！就买红色的！可是你记得到你的话么？"

"记得到，我又不是三岁小孩！"

"再念一遍！"

"我不念。"

"记不到。"这是故意说，因为男子太把自己看蠢了。

男子却因了这答话生挺，就说："记不到，那就算了。"

"算了就算了，又不是我要钱用。"

"那你难道以为我是来当开眼忘八的人吗？"

“你是正派人，有身分的人，谁不知道呢？这事总是我要去做的！”

“婊子，你这话就该打。你当真若是偷了人，你看老子要你性命不要！”

“我偷人，是我要去做的吗？是我想磕钱吗？我是婊子，你呢？”

“我是忘八，活忘八，看忘八打死你。”于是，男子咬牙啮齿的走到女人身边来，一手捞着了女人的短发，就往后奔，女人于是跌倒到地上。

大的有力的巴掌在两边脸上各一下，腰部又一脚，女人就仿佛被训练模样就哭了。这真是预演流泪这一幕情形，可有这眼泪去了那么多，还是预演！

“我让你打死，我让你打死，我不一定要活在这世界上！”女人在地下滚，带哭说。

“你自己去死，我倦了。”男子说时已放下女手，两手拍灰，站到房中冷笑。

“你把我打死好了，你还可以讨一个年青的好看的为你找钱！”

男子不作声，只冷笑。

“怎么又不打了呢？你打呀！你踢呀！”

男子还是笑。心中是有点悔了，但照理作丈夫的是绅士，就有绅士的身分，所以不像那类塌茸男子的采用认错办法。……

女人哭倦了，说倦了，坐到地下想着了心事。她笑了。她不要男人劝她，自己站起身来弹弹灰，理一理头发。

两人各据客厅的一角，仿佛已经议了和。

外面听到有人打门，男人走出去，从门缝望了一望，又即刻走回到女人身边来。他和气了，和气的问女人，愿不愿意作先所约定下来的事。

女人说：“愿。”

“他已经来了，这戏只好在家里演了。”

女人听到说那个人已来，心一紧。男子说是只好在家里扮演这戏了，女人笑。女人笑，就算承认丈夫的体面提议了。

“你去开门，我从后门出去好了。”

“你……”

“我非走不可了！我到一点钟以后就来，在一点钟以内这戏得扮好，情节一拉长，我来的就不是时候了。”

外面门又在拍了。

“还是我呼喊救人，你再来！”

“就是这样好，你不喊，我就不来。”

“那好极了，你走吧。”

他们接吻，仿佛用接吻作保障，两人把保障得到，分了手，女子走到外边去开门，男子消灭到厨房的角门边，不见了。

女人把来客让进客厅，又由客厅让进房。

客是年青人，听到主人不在家，兴致非常好，胆也非常大。一个年青人照例是以为得来的方便是运气的。

女人同来客在一块坐下，来客的行为恰如主人所预料。时间慢慢过去，客也慢慢的把行为变了。可是女人似乎忘记喊救命了，她居然让这客人得到所欲得一切，她作了一件自己也觉得意外的事。她用了俨然报仇的心情，尽年青客人在身上撒野一些时间了。

客人出了门，在巷口便碰到了主人。

主人茫然了，客却红了脸。然而两个好朋友在这时节话自然应说的，于是客人先开口。

“哈，我等了你老哥一点钟，还不来，陪嫂子坐了很久……”

“是吗，对不起，对不起，再坐坐吧。”

客人望望表，说：“时间来不及了，明天再来。”

“不是特意来有点事商量吗？”

“事是小事，明天我们在公园里见好了。”

“什么时候？”

“下午七点吧。”

“好好，七点一定去。”

客人把同女主人约下的时间匆忙中又同男主人约下，也来不及反省，却匆匆走了。

主人回到家，见到太太睡在床上，装已经睡眠，那一对枕头却放到床正中腰下，忽然悟到了什么，走到太太身边，生着大的气，大喝了一声旋即扑到太太身上去。

…………

害得第二天客人在公园中等到九点，还不忍离开公园。这天真烂漫的人，还以为朋友夫妇之中必有一个人害了大病，所以不能如约到公园。

第三天，他就跑去看这一对贤主人，才知道两人都因为一种来得怪的病到医院上药换绷带去了。

本篇发表于1928年9月28日上海《中央日报·红与黑》第34号。署名沈从文。

山鬼

《山鬼》为中篇小说，其中前三部分发表于1927年7月16日、23日《现代评论》第6卷，第136~137期。署名为琳。

1928年10月，全文由上海光华书局出版单行本。文中插入的注释，为作者原注。

1936年1月上海大光书局印行《从文小说集》时，曾以《一个神秘的颠子》为篇名，收入《山鬼》全文。

现据1928年光华书局初版编入。

山　鬼

一

毛弟同万万放牛放到白石冈，牛到冈下头吃水，他们顾自上到山腰采莓吃。

“毛弟哎，毛弟哎！”

“毛弟哎，毛弟哎！”左边也有人在喊。

“毛弟哎，毛弟哎！”右边也有人在喊。

因为四围远处全是高的山，喊一声时有半天回声。毛弟在另一处拖长嗓子叫起万万时，所能听的就只是一串万字了。

山腰里刺莓多得不奈何。两人一旁唱歌一旁吃，肚子全为刺莓塞满了。莓是这里那里还是有。谁都不愿意放松。各人又把桐木叶子折成兜，来装吃不完的红刺莓，一时兜里又满了。到后就专拣大的熟透了的才算数，先摘来的不全熟的全给扔去了。

一起下到冈脚溪边草坪时，各人把莓向地下一放。毛弟扑到万万身上来，经万万一个蹩脚就放倒到草坪上面了。虽然跌，毛弟手可不放松，还是死紧搂到万万的颈子，万万也随到倒下，两人就在草上滚。

“放了我吧，放了我吧。我输了。”

毛弟最后告了饶，但是万万可不成，他要喂一泡口水给毛弟，警告他下次。毛弟一面偏头躲，一面讲好话：

“万万，你让我一点，当真是这样，我要发气了！”

发气那是不怕的，哭也不算事。万万口水终于唾出了。毛弟抽出一只手一挡，手背便为自己救了驾。

万万起身后，看到毛弟笑。毛弟把手上的唾向万万洒去，万万逃走了。

万万的水牯跑到别人麦田里去吃嫩苗穗，毛弟爬起替他去赶牛。

“万万，你老子又撺到杨家田里吃麦了！”

远远的，万万正在爬上一株树，“有我牛的孙子帮到赶，我不怕的。——毛弟哎，让它吃吧，莫理它！”

“你莫理它，乡约见到不去告你家妈么？”

毛弟走拢去，一条子就把万万的牛赶走了。

“昨天我到老虎峒脚边，听到你家癫子在唱歌。”万万说，说了吹哨子。

“当真么？”

“扯谎是你的野崽！”

“你喊他吗？”

“我喊他！”万万说，万万记起昨天的情形，打了一个颤，“你家癫子差点一岩把我打死了！我到老虎峒那边碾坝上去问我大叔要老糠，听到岩鹰叫，抬头看，知道那壁上又有岩鹰在孵崽了，爬上山去看。肏他娘，到处寻窠都是空！我想这杂种，或者在峒里积起窠来了，我就爬上峒边那条小路去。……”

“跌死你这野狗子！”

“我不说了，你打岔！”

万万当真不说了。但是毛弟想到他癫子哥哥的消息，立时又为万万服了礼。

万万在草坪上打了一个飞跟头[①]，就势只一滚，滚到毛弟的身边，扯着毛弟一只腿。

“莫闹，我也不闹了，你说吧。我妈搔急咧，问了多人都说不曾见癫子。这四天五天都不见他回家来，怕是跑到别村子去了。”

“不，”万万说，“我就上到峒里去，还不到头门，只在那堆石头下，听到有人说话的声音。声音又很熟。我就听。那声音是谁？我想这人我必定认识，但说话总是两个人，为什么只是一个口音？

听到说：‘你不吃么？你不吃么？吃一点是好的。刚才烧好的山薯，吃一点儿吧。我喂你，我用口哺你。’就停了一会儿。不久又做声了。是在唱，唱：‘娇妹生得白又白，情哥生得黑又黑；黑墨写在白纸上，你看合色不合色？’还打哈哈，肏妈好快活！我听到笑，我想起你癫子笑声了。”

毛弟问：“就是我哥吗？’

“不是癫子是秦良玉？哈，我断定是你家癫子，躲在峒里住，不知另外还有谁，我就大声喊，且飞快跑上峒口去。我说癫子大哥唉，癫子大哥唉，你躲在这里我可知道了！你说他是怎么样？你家癫子这时真癫了，见我一到峒门边，蓬起个头瓜，赤了个膊子，走出来，就伸手抓我的顶毛[②]。我见他眼睛眉毛都变了样子，吓得往后退。他说狗杂种，你快走，不然老子一岩打死你。身子一蹲就——我明白是搬大块石头了，就一口气跑下来。癫子吓得我真要死。我也不敢再回头。”

显然是，毛弟家癫子大哥几日来就住在峒中。但是同谁在一块？难道另外还有一个癫子吗？若是那另外一人并不癫，他是不敢也不会同到一个癫子住在一块的。

“万万你不是扯谎吧？”

“我扯谎就是你儿子。我赌咒，你不信，我也不定要你信。明儿早上我们到那里去放牛，我们可上峒去看。”

“好的，就是明天吧。”

万万爬到牛背上去翻天睡，一路唱着山歌走去了。

毛弟顾自仍然骑了牛，到老虎峒的黑白相间颜色石壁下。这里有条溪，夹溪是两片墙样的石壁，一刀切，壁上全是一些老的黄杨树，当八月时节，就有一些专砍黄杨木的人，扛了一二十丈长的竹梯子，腰身盘着一卷绳，爬上崖去或是从崖顶垂下，到崖腰砍树，斧头声音它它它它满谷都是它，老半天，便听到喇喇喇的如同崩了一山角，那是一段黄杨连枝带叶跌到谷里溪中了。接着不久又是它它它它的声响。看牛看到这里顶招殃。但不是八月，没有伐木人，这里可凉快极了。沿这溪上溯，可以到万万所说那碾房，碾房是一座安置在谷的尽头的坎上的老土屋，前面一个石头坝，坝上有闸门，闸一开，坝上的积水就冲动屋前木水车，屋中碾石也就随着转动了。碾房放水时，溪里的水就要凶一点，每天碾子放水是三次，是以住在沿溪下边的人忘了时间就去看溪里的水。

毛弟到了老虎峒的石壁下，让牛到溪去吃水。先没有上去，峒是在壁的半腰，上去只一条小路，他在下面叫：

“大哥！大哥！”

“大哥呀！大哥呀！”

像打锣一样，声音朗朗异常高，只有一些比自己声音来得更宏壮一点的回声，别的却没有。万万适间说的那岩鹰，昨天是在空中盘，此时仍然是在盘。在喊声回声余音歇憩后，就听到一只啄木鸟在落落落落敲梆梆。

“大哥呀！癫子大哥呀！”

有什么像在答应了，然而仍是回声学着毛弟声音的答应！毛弟在最后，又单喊“癫子”，喊了十来声。或者癫子睡着了。一些小的山雀全为这声音惊起，空中的鹰也像为了毛弟喊声吓怕了，盘得更高了。若说是睡可难令人相信的。

“他是知道我在喊他故意不作声。”毛弟想。

毛弟就慢慢从那小路走。一直走到万万说的那一堆乱石头处时，不动了。他就听。听听是不是有什么人声音。好久好久全是安静的，的确是有岩鹰儿子在咦咦的叫，但是在对面高的石壁上。又听到一个啄木鸟的擂梆梆，这一来，更像冷静得有点怕人了。

毛弟心想或者上面出了什么事。或者癫子简直是死了。心里在划算，不知上去还是不上去。也许癫子就是在峒里为另一个癫子杀死了。也许癫子自己杀死了。……

“还是要上去看看”，他心想，还是要看看，清天白日鬼总不会出现的。

爬到峒口了，先伸头进去，这峒是透光，干爽，毛弟原先看牛时就是常到的。不过此时心就有点怯。到一眼望尽峒中一切时，胆子复原了。里面只是一些干稻草，不见人影子。

“大哥，大哥”，他轻轻的喊，没有人，自然没有应。

峒内有人住过最近才走那是无疑的。用来做床的稻草，和一个水罐，罐内大半罐的新鲜冷溪水，还有一个角落那些红薯根，以及一些撒得满地是虽萎谢尚未全枯的野月季花瓣，这些不仅证明是有人住过，毛弟从那罐子的式样认出这是自己家中的东西，且地上的花也是一个证，不消说，癫子是在这峒内做了几天客无疑了。

"为什么又走了去？"

毛弟总想不出这奥妙。或者是，因为昨天已为万万知道恐怕万万告给家里人来找，就又走了吗？或者是，被另外那个人邀到别的山峒里去了吗？或者是，妖精吃了吗？

峒内不到四丈宽，毛弟一个人，终于越想越心怯起来，想又想不出什么理由，只好离开了峒中，提了那个水罐子赶快走下石壁骑牛转家中。

二

"娘娘，今天有人见到癫子大哥了！"毛弟在进院子以前见了他妈在坪坝里喂鸡，就在牛背上头嚷。

娘是低了头，正把脚踢那大花公鸡，"援助弱小民族"啄食糠拌饭的。

听到毛弟的声音，娘把头一抬，走过去，"谁见到癫子？"

那匹鸡，见到毛弟妈一走，就又抢拢来，余下的鸡便散开。毛弟义愤心顿起，跳下牛背让牛顾自进栏去，也不即答娘的话，跑过去，就拿手上那个水罐子一摆，鸡只略退让，还是顽皮独自低头啄吃独行食[③]。

"来，老子一脚踢死你这扁毛畜生！"

鸡似乎知趣，就走开了。

"毛弟你说是谁见你癫子大哥？"

"是万万。"毛弟还怕娘又想到前村那个大万万，又补上一句，"是寨西那个小万万。"

为了省得叙述起见，毛弟把从峒里拿回的那水罐子，展览于娘的跟前。娘拿到手上，反复看，是家中的东西无疑了。

"这是你哥给万万的吗？"

“不。娘，你看看，这是不是家中的？”

“一点不会错。你瞧这用银藤缠好的提把，是我缠的！”

“我说这是像我们家的。是今天，万万同我放牛放到白石冈，万万同我说，他说昨天他到碾坝上叔叔处去取老糖，打从老虎峒下过，因为找岩鹰，无意上到峒口去，听到有人在峒里说笑，再听听，是癫子，一会看到癫子了，癫子不知何故发了气，不准他上去，且搬石块子，说是要把他打死，我听到，我刚才就赶去爬到峒里去，人是不见了，就是这个罐，同到一些草，一些红薯皮。”

娘只向空中作揖感谢这消息，证明癫子是有了着落，且还平安清吉在境内。

毛弟末尾说，“我断定他是这几天全在那里住，才走不久的。”

这自然是不会错，罐子同做卧具的干草，已经给证明，何况昨天万万还是明明见到癫子呢？

毛弟的娘这时一句话不说，我们暂时莫理这老人，是好的。且说毛弟家的鸡。那只花公鸡，乘到毛弟回头同妈讲话时，又大大方方跑到那个废碌礴旁浅盆子边把其他的鸡群吓走了。它为了自夸胜利还咯咯的叫，意在诱引可以共产的女性同志近身来。这种声音是极有效的，不一会，就有几只母鸡也在盆边低头啄食了。

没有空，毛弟是在同娘说话抱不平就不能打了，但是见娘在作揖，毛弟回了头。咤喝一声“好混账东西！”奔过去，脚还不着身，花鸡就逃了。那不成，逃也是不成，还要追，鸡是飞上草积上去了，毛弟爬草积。其余的鸡也顾不得看毛弟同花鸡作战了，一齐就奔集到盆边来聚餐。

要说出毛弟的妈是怎样的欢喜，是不可能的事情。太难了，尤其是毛弟的妈这种人，就是用颜色的笔来画，也画不出的。这老娘子为了癫子的下落，如同吃了端节羊角粽，久久不消化一样；这类乎粽子的东西，横在心上是五天。如今的消息，却是一剂午时茶，一服下，心上东西就消融掉了。

一个人，一点事不知，平白无故出门那么久，身上又不带有钱，性格又是那么疯疯癫癫像代宝（代宝是著名的疯汉），万一是头脑发了迷，凭癫劲，一直走向那自己亦莫明其妙的辽远地方走去，是一件可能的事情！或者，到山上去睡，给野狗豹子拖了也说不定！或者，夜里随意走，无心掉下一个地窟窿里去，也是免不了的危险！癫子自从癫了后，悄悄出门本来是常有的事。为了看桃花，走一整天路；为了看木人头戏到别的村子住的夜：这是过去的行为。但一天，或两天，自然就又平安无事归了家，是一定。因有了先例，毛弟的妈对于癫子的行动，是并不怎样不放心，不过，四天呢？五天呢？——若是今天还不得消息，以后呢？在所能想到的意外祸事是至少有一件已落在癫子头上了。倘若是命运菩萨当真是要那么办，作弄人，毛弟的妈心上那块积痞就只有变成眼泪慢慢流尽的一个方法了。

在峒里，老虎峒，离此不过四里路而已，只像在眼前，远也只像在对门山上，毛弟的妈释然了。毛弟爬上草积去追鸡，毛弟的妈便用手摩挲那个水罐子。

毛弟擒着了鸡了，鸡懂事，知道故意咖呵咖呵拖长喉咙喊救命。

“毛毛，放了它吧。”

妈是昂头视，见到毛弟得意扬扬的，一只手抓鸡翅膊，一只手捏鸡喉咙，鸡在毛弟刑罚下，叫也叫不出声了。

“不要捏死它，可以放得了！”

听妈的话开释了那鸡，但是用力向地上一掼，这花鸡，多灵便，在落地以前，还懂得怎样可以免得回头骨头疼，就展开翅子，半跌半飞落到毛弟的妈身背后。其他的鸡见到这恶霸，已受过苦了，怕报仇，见到它来就又躲到一边瞧去了。

毛弟想跳下草积，娘见了，不准。

“慢慢下，慢慢下，你又不会飞，莫让那鸡见你跌伤脚来笑你吧。”

毛弟变方法，就势溜下来。

“你是不是见到你哥？”

“我告你不的。万万可是真见到。”

“怕莫是你哥见你来才躲藏！”

“不一定。我明天一早再去看，若是还在那里想来就可找到了。”

毛弟的妈想到什么事，不做声。毛弟见娘不说话，就又过去追那一只恶霸鸡。鸡怕毛弟到极点，若是会说话，可断定它愿意喊毛弟做祖宗。鸡这时又见毛弟追过来，尽力举翅飞，飞上大门楼屋了。毛弟无法对付了，就进身到灶房去。

毛弟的妈跟到后面来，笑笑的，走向烧火处。

这是毛弟家中一个顶有趣味的地方。一切按照习惯的铺排，都完全。这间屋，有灶，有桶，有缸子，及一切木陶器皿，为毛弟的妈将这些动用东西处理得井井有条，真有说不出的风味在。一个三眼灶位置在当中略偏左一点，一面靠着墙，墙边一个很大砖烟囱。灶旁边，放有两个大水缸，三个空木桶，一个柜，一个悬橱。墙壁上，就是那为历年烧柴烧草从灶口逸出的烟子薰得漆黑的墙上，悬挂各式各样的铁铲，以及木棒槌，木杈子。屋顶梁柱上，椽皮上，垂着十来条烟尘带子像死蛇。还有木钩子，——从那梁上用葛藤捆好垂下的粗大木钩子，都上了年纪，已不露木纹，色全黑，已经分不出是树茶是柚子木了（这些钩子是专为冬天挂腊肉同干野猪肉山羊肉一类东西的，到如今，却只用来挂辣子篮了）。还有猪食桶，是在门外边，虽然不算灶房以内的陈设，可是常常总从那桶内，发挥一些糟味儿到灶房来。还有天窗，在房屋顶上，大小同一个量谷斛一样，一到下午就有一方块太阳从那里进到灶房来，慢慢的移动，先是伏在一个木桶上，接着就过水缸上，接着就下地，一到冬天，还可以到灶口那烧火凳上停留一会儿。这地方，是毛弟的游艺室，又是各样的收藏库，一些权利，一些家产（是说毛弟个儿的家产，如像蛐蛐，钓竿，陀螺之类），全都在此。又可以说这里原是毛弟一个工作室，凡是应得背了妈做的东西，拿到这来做，就不会挨骂。并且刀凿全在此，要用烧红的火箸在玩具上烫一个眼也以此处为方便。到冬天，坐在灶边烧火烤脚另外吃烧栗子自然是便利，夏天则到那张老的大的矮脚烧火凳上睡觉又怎样凉快！还有，到灶上去捕灶马，或者看灶马散步——

总之，灶房对于毛弟是太重要了，毛弟到外面放牛，倘若说是那算受自然教育，则灶房于毛弟，便可以算是家庭教育的课室了。

我且说这时的毛弟。锅内原是蒸有一锅薯，熟透了，毛弟进了灶房就到锅边去，甩起锅盖看。毛弟的妈正于此时在灶腹内塞进一把草，用火箸一搅，草燃了，一些烟，不即打烟囱出去，便从灶口冒出来。

“娘，不用火，全好了。”

娘是不做声。她是知道锅内的薯已不用加火，便已熟了的。她想别一事。在癫子失踪几日来，这老娘子为了癫子的平安，曾在傩神面许了一匹猪，约在年底了愿心；又许土地夫妇一只鸡，如今是应当杀鸡供土地的时候了。

“娘，不要再热了，冷也成。”

毛弟还以为妈是恐怕薯冷要加火。

“毛毛你且把薯装到钵里去，让我热一锅开水。我们今天不吃饭。剩下现饭全已喂鸡了。我们就吃薯。吃了薯，水好了，我要杀一只鸡谢土地。”

“好，我先去捉鸡。”那花鸡，专横的样子，在毛弟眼前浮起来。毛弟听到娘说要杀一只鸡，想到一个处置那恶霸的方法了。

“不，你慢点。先把薯铲到钵里，等热水，水开了，再捉去，就杀那花鸡。”

妈也赞成处置那花鸡使毛弟高兴。真所谓“强梁者不得其死。”又应了“众人所指无病而死”那句话。花鸡遭殃是一定了。这时的花鸡，也许就在眼跳心惊吧。

妈吩咐，用铲将薯铲到钵里去。就是那么办，毛弟便动手。薯这时，已不很热了，一些汁，已成糖，锅子上已起了一层糖锅巴。薯装满一钵，还有剩，剩下的，就把毛弟肚子装。娘笑了，要慢装一点，免服急了不消化。

三

毛弟的妈就是我们常常夸奖那类可爱的乡下伯妈样子的，会用蔃头作酸菜，会做豆腐乳，会做江米酒，会捏粑——此外还会做许多吃货，做得又干净，又好吃。天生着爱洁净的好习惯，使人见了不讨厌。身子不过高，瘦瘦的。脸是保有为干净空气同不饶人的日光所炙成的健康红色的。年四十五岁，照规矩，头上的发就有一些花的白的了。装束呢，按照湖南西部乡下小地主的主妇章法，头上不拘何时都搭一块花格子布帕。衣裳材料冬天是棉夏天是山葛同苎麻，颜色冬天用蓝青，夏天则白的，——这衣服，又全是家机织成，虽然粗，却结实。袖子是十九卷到肘以上，那一双能推磨的强健的手腕，便因了裸露在外同脸是一个颜色。是的，这老娘子生有一对能作工的手，手以外，还有一双翻山越岭的大脚，也是可贵的！人虽近中年，却无城里人的中年妇人的毛病，不病，不疼，身体纵有小小不适时，吃一点姜汤，内加上点胡椒末，加上点红糖，乘热吃下蒙头睡半天，也就全好了。腰是硬朗的，这从到井坎去担水可以知道的。说话时，声音略急促，但这无妨于一个家长的尊严。脸庞上，就是我说的那红红的瘦瘦的脸庞上，虽不像那类在梨林场上一带开饭店的内掌柜那么永远有笑涡存在，不过不拘一个大人一个小孩见了这妇人，总都很满意，凡是天上的神给了中国南部接近苗乡一带乡下妇人的美德，毛弟的妈照例也得了全份。譬如像强健，像耐劳，像俭省治家对外复大方，在这个人身上全可以发现，他如说话的天才，也并不缺少。我说的“全份”，真是得了全份了。

自从毛弟的爹因了某年的时疫，死到田里后，这妇人，还只三十又五岁，即便承担了命运为派定一个寡妇应有的担子，好好的埋葬了丈夫，到庙中念了一些经，从眼里流了一些泪，带了三年孝，才把堂屋中丈夫的灵座用火焚化了。毛弟的爹死了后，做了一家之主的她接手过来管理着一切：照料到田地，照料到儿子，照料到栏里的牛，照料到菜猪和生卵的一群鸡。许多事，比起她丈夫在生时节勤快得多了。对于自己几亩田，这老娘子都不把他放空，督着长工好好的耕种，天旱雨打不在意。期先预备着了款，按时缴纳衙门的粮赋。每月终，又照例到保董处去缴纳地方团防捐。春夏秋冬各以其时承受一点小忧愁，同时承受一些小欢喜，又随便在各样忧喜事上流一些眼泪。一年将告结束时，就请一个苗巫师来到家里穿起绣花衣裳打锣打鼓还愿为全家祝福。——就这样，到如今，快是十年了。一切是依然一样，而自己，也并不曾老许多。

十年来，一切事情是一样，这是说，毛弟的妈所有的工作，是一个样子，一点都不变。然而一切物，一切人，已全异——纵不全，变得不同的终是太多了。毛弟便是变得顶不相同的一个人。当时毛弟做孝子那年，毛弟还只是两岁，戴纸冠，就不知道戴的为那一个人，到如今，加上是十年，已成半大孩子了。毛弟家癫子，当时亦只不过十二岁，并不痴，伶精的如同此时毛弟一模样，终日快快活活的放牛，耕田插秧时候还能帮点忙，割穗时候能给长工送午饭，会用细篾织鸡罩；鸡罩织就又可拿了去到溪里捉鲫鱼，会制簟席，会削木陀螺，会唱歌，有时还会对娘发一点脾气，给娘一些不愉快（这最后一项本领是直到毛弟长大懂得同娘作闹以后才变好，但是同时也就变痴变呆了）。其他呢，毛弟家中栏内耕牛共换了三次，猪圈内，养了八次小菜猪，鸡是简直无从计算卵的数，屋前屋后的树也都变大到一抱以外，倘若是毛弟的爹是出远门一共出十年，如今归来看看家，一样都会不认识，只除了毛弟的娘其他当真都会茫然！

至于癫子怎样忽然就癫了呢？

怎么就癫这难说。这是一桩大疑案，全大坳人不能知，伍嬢也不知。伍嬢就是毛弟妈在大坳村子里得来的尊称，全都这样喊，老的是，少的是，伍嬢正像全村子人的姑母呀。癫子癫，据巫师说他是非常清楚的（且有法术可禳解），为了得罪了霄神，当神洒过尿，骂过神的娘，神一发气人就变癫了。但霄神在大坳地方，即以巫师平时的传说，也只谓能生人死人给人以祸福的，使人癫，又像似乎非神本领办得到。且如巫师言，禳是禳解了，还是癫（以每年毛弟家中谷米收成人畜安宁为证据，神有灵，又像早已同毛弟家议了和），这显然知道癫子之所以癫另有原因了。

在伍嬢私自揣度下，则以为这只是命运，如同毛弟的爹必定死在田里一个样，原为命运注定的。使天要发气，对一个正派人家的儿女，作弄得成了癫子，过错不是毛弟的哥哥，也不是父亲，也不是祖先，是命运。诚然的，命运这东西，有时作弄一个人，更惨酷无情的把戏也会玩得出，平空使你家中无风兴浪出一些怪事，这是可能的，常有的。一个忠厚老实人，一个纯粹乡下做田汉子，忽然碰官事，为官派人抓去强说是与山上强盗有来往，要罚钱，要杀头，这比霄神来得还威风，还无端，大坳人认这是命运。命运不太坏，去了钱，救了人，算罢了。否则更坏也只是命运，没办法。命里是癫子，神也难保佑，因此伍娘在积极方面，也不再设法，癫子要癫就任他去了。幸好癫子是文癫，他平白无故又不闹过人，乡下人不比城里人聪明，又不会想方设法来作弄癫子取乐，所以也见不出癫子是怎样不幸。

关于癫子性格我想也有来说几句的必要。普通癫子是有文武之分的；如像做官一个样，也有文有武：杀人放火高声喝骂狂歌痛哭不顾一切者，这属于武癫，很可怕。至于文癫呢？老老实实一个人寂寞活下来，与一切隔绝，似乎感情关了门，自己有自己一块天地在，少同人说话。别人不欺凌他他是很少理别人，既不使人畏，也不搅扰过鸡犬。他又仍然能够做他自己的事情，砍柴割草不会懒，看牛时节也不会故意放牛吃别人的青麦苗。他的手，并不因癫把推磨本事就忘去；他的脚，舂碓时力气也不弱于人。他比平常人，要任性一点，要天真一点，（那是癫子的坏处？）他因了癫有一些怪癖，平空多了些无端而来的哀乐，笑不以时候，哭又很随便，他凡事很大胆，不怕鬼，不怕猛兽；爱也爱得很奇怪，他爱花，爱月，爱唱歌，爱孤独向天，——大约一个人，有了上面的几项行为，就为世人目为癫子也是常有的事吧。实在说，一个人，就这样癫了，于社会是无损，于家中，也就不见多少害处的。如果世界上，全是一些这类人存在，也许地方还更清静点，是不一定的。有些癫，虽然属于文，不打人，不使人害怕，但终免不了使人要讨嫌，“十个癫子九个脏”，这话是可靠。我们见到的癫子，头发照例是终年不剃，身上褴褛得不堪，虱婆一把一把抓，真要人作呕。毛弟家癫子，可与这两样。是有例外脾气的。他是因了癫，反而一切更其讲究起来了。衣衫我们若不说它是不合，便应当说它是漂亮。他懂得爱美。布衣葛衣全是洗得一崭新。头发剃得光光同和尚一样。身边前襟上，挂了一个铜铗子（这是本乡团总保董以及做牛场经纪人的才有的装饰），铗的用处是无事时对到一面小镜拔胡须，癫子口袋中，就有那么一面圆的小的背面有彩画的玻璃镜！癫子不吃烟，又没同人赌过钱，本来这在大坳人看来，也是以为除了不是癫子以外不应有的事。

这癫子，在先前，还不为毛弟的妈注意时，呆性发了失了一天踪，第二天归来，娘问他：

“昨天到什么地方去了？”

他却说：“听人说到棉寨桃花开得好，看了来！”

棉寨去大坳，是二十五里，来去要一天，为了看桃花，去看了，还宿了一晚才转来！先是不能相信。到后另一次，又去两整天，回头说是赶过尖岩的场了，因为那场上，卖牛的人多，有许多牛很好看，故去了两天。大坳去尖岩，来去七十里。更远了。然而为了看牛就走那么远的路，呆气真够！娘不信。虽然看到癫子脚上的泥也还不肯信。到后来问到向尖岩赶场做生意的人，说是当真见到过癫子，娘才真信家中有了癫子了。从此以后因了走上二十里路去看别的乡村为土地生日唱的木人戏，竟一天两天的不归，成常事。娘明白他脾气后，禁是不能禁，只好和和气气同他说，若要出门想到什么地方去玩时，总带一点钱，有了钱，可买各样的东西，想吃什么有什么，只要不受窘，就随他意到各处去也不耽心了。

大坳村子附近小村落，一共数去是在两百烟火以上的。管理地方一切的，天王菩萨居第一，霄神居第二，保董乡约以及土地菩萨居第三，场上经纪居第四：只是这些神同人，对于癫子可还没有行使其威严。癫子当到高的胖的保董面前时，亦同当到一株有刺的桐树一样，树是那么高，或者一头牛，牛是那么大：只睁眼来欣赏，无恶意的笑，看够后就走开。癫子上庙里去玩，奇怪大家拿了纸来到此烧，又不是字纸，还有煮熟了的鸡，洒了白的盐，热热的，正好吃，人都不吃倒摆到这土偶前面让它冷，这又使癫子好笑。大坳的神大约也是因了在乡下长大，很朴实，没有城中的神那样的小气，因此才不见怪于癫子，不然为了保持它尊严，也早应当显一点灵于这癫子身上了吧。

大坳村子的小孩子呢？人人喜欢这癫子，因为从癫子处可以得到一些快乐的原故。癫子平常本不大同人说话，及与小孩在一块，马上他就有说有笑了。遇到村里唱戏时，癫子不厌其烦来为面前一些孩子解释戏中的故事。小孩子跟随癫子的，还可以学到许多俏皮的山歌，以及一些好手艺。癫子在村中，因此还有一个好名字，这名字为同村子大叔婶婶辈，当到癫子来叫喊，就算大坳人的嘲谑了，名字乃是“代狗王”。代狗王，就是小孩子的王，这有什么坏？

四

大坳村子里的小孩子，从七岁到十二岁，数起来，总不止五十。这些猴儿小子在这一个时期内，是不是也有城市人所谓知慧教育不？是有的。在场坪团防局内乡长办公地的体面下，就曾成立了一区初级小学的。学校成立后学生也并不是无来源，如那村中执政的儿子，庙祝的儿子，以及中产阶级家中父老希望本宗出个圣贤的儿子，由一个当前清在城中取过一次案首民国以来又入过师范讲习所的老童生统率，终日在团防局对面那天王庙戏楼上读新国文课本蛮热闹。但学生数目还不到儿童总数五分之一分，并且有两个还只是六岁。余下的怎样？难道就是都像毛弟一样看牛以外就只蹲到灶旁用镰刀砍削木陀螺？在大坳学校以外还有教育的，倘若是，我们可以拿学校来比譬僧侣贵族教育，则另外还有所谓平民的武士教育在。没有固定的须乡中供养的教师，也不见固定的挂名的学生，只是在每一天下午吃了晚饭后，在去场头不远一个叫作猫猫山的地方，这里有那自然的学校，是这地方儿童施以特殊教育的地点。遇到天雨便是放学时。若天晴，大坳村里小孩子，就是我所举例说是从七到十二岁的小猴儿崽子，至少有三十个到此。还有更小的。还有更大的。又还有娘女们，抱了三岁以下的小东西来到这个地方的。那些持着用大羊奶子树做的烟杆由他孙崽子领道牵来的老人，那些曾当过兵颈项上挂有银链子还配着崭新黄色麂皮抱肚的壮士，那些会唱山歌爱说笑话的孤身长年，那些懂得猜谜的精健老娘子，全都有。每一个人发言，每一个人动作，全场老少便都成了忠实的观众与热心的欣赏者；老者言语行为给小孩子以人生的经验，小孩子相打相扑给老年人以喜剧的趣味。这学校，究竟创始了许多年？没有人知道。不过很明白的是如今已得靠小孩牵引来到这坪里的老头儿，当年做小孩时却曾在此玩大的，至少是，比天王庙的小学的年龄，总老过了十倍了。

每一天当太阳从寨西大土坡上落下后，这里就有人陆续前来了。住在大坳村子里的人，为了抱在手上的小孩嚷着要到猫猫山去看热闹，特意把一顿晚饭提早吃，也是常有的事情。保董有时宣布他政见，也总选这个处所。要探听本村消息这里是个顶方便地方。找巫师还愿，尤其是除了到这里来找他那两个徒弟以外，让你打锣呼也白费神。另一个说法，这里是民众剧场，是地方参事厅，单说是学校，还不能把他的范围括尽！

到了这里有些什么样的玩意儿？多得很。感谢天，特为这村里留下一些老年人，由这些老年人口中，可以知道若干年前打长毛的故事是怎样的给了本村人以光辉啊！同辈硕果仅存是老年人的悲哀，因了这些故事的复述，眼看到这些孙曾后辈小小心中为给注入本村光荣的梦以后的惊讶，以及因此而来的人格的扩张，老年人当到此时节，也像即刻又成了壮年奋勇握刀横槊的英雄了。那些退伍的兵呢，他们能告给人以一些属于乡中人所知以外奇怪有趣的事迹，如像草烟作兴卖到一块钱一枚，且未吃以前是用玻璃纸包好。又能很大方的拿出一些银角子来作小孩子打架胜利的奖品。这小小白色圆东西，便是这本村壮士从湖北省或四川省归来带回的新闻，一个小孩子从这银角子上头就可以在脑子中描写一部英雄史，一个小孩子从这银角子上头也可以做着无涯境的梦，这小东西的休息处是那伟大的人物胸前崭新的黄色麂皮抱肚中，当到一个小孩把同等身材孩子扑倒三人以上时，就成那胜利武士的奖品了。

遇到唱山歌时节，这里只有那少壮孤身长年的分的。又要俏皮，又要逗小孩子笑，又同时能在无意中掠取当场老婆子的眼泪与青年少女的爱情的把戏，是算长年们最拿手的山歌。得小孩们山莓红薯一类供养最多的，是教山歌的师傅，把少女心中的爱情的火把燃起来，除了山歌是像除了引线灯芯一类东西。（艺术的地位，在一个原始社会里，无形中已得到较高安置了。）这些长年们，同一只阳雀样子自由唱他编成的四句齐头歌，可以说是他在那里施展表现“博取同情的艺术”，以及教小孩子以将来对女子的“爱的技术”。

猜谜呢，那大多数是为小女孩预备的游戏，这是在训练那些小小头脑，以目中所习见的一切的物件用些韵语说出来，男小子是不大相宜于这事情的。

男小孩子是来此缠腰，打斤斗，做虾蟆④吃水，栽天树，做老虎伸腰，同到各对各的打平和架。选出了对子，在大坪坝内，当到公证人来比武，那是这里男小子的唯一的事业，从这训练中，养成了强悍的精神以外还给了老年人以愉快，长毛即不会再现于此时代，同长毛样的来去无常的边苗还多，武艺是村中人人所必需，也很明显了啊。

如今是初夏，这晚会，自然是比天气还冷雨又很多的春天为要热闹了许多！

这里毛弟家的癫子大哥是一个重要人物，那是不问可知的。癫子到这种场上，曾用他的一串山歌制伏许多年青人，博得大家的欢喜。他又在男孩比武上面立了许多条规则，当他为一个公证人时总能按到规则办，这尤显出他那首领的本事。他常常花费三天四天功夫用泥去搏一个张飞武松之类的英雄像，拿来给那以小敌大竟能出奇制胜的孩子。这一来，癫子在这一群人中间，“代狗王”是不做也不成了。把老人除开，看谁是这里孩子们的真真信服拥戴的领袖，只有癫子配！只要间上一天癫子不到猫猫山，大家便忽然会觉得冷淡起来了。癫子自己对于这地方，所感到的趣味当然也极深。

自从癫子失踪一连达五天以上，到最近，又明知道附近一二十里村集并无一处在唱木头傀儡戏，大家到此时，上年纪一点的人物便把这事长期来讨论，据公意，危险真是不可免的事了。倘若是，那一个人能从别一地方证实癫子是已经死亡，则此后猫猫山的晚上集会真要不知怎样的寂寞！大家为了怀想这“代狗王”的下落，便把到普通集会程序全给混乱了，唱歌的大家缺少了声音，打架的失去了劲帮，癫子这样的一去无踪真是给了大坳儿童以莫大损失。

上两天，许多儿童因了癫子无消息，就不再去猫猫山，其中那个住在寨西小万万，就有分。昨天晚上却是万万同到毛弟两人都不曾在场，癫子消息就不曾露出。如今可为万万到猫猫山把这新闻传遍了。大家高兴是自然的事。大家断定不出一两天，癫子总就又会现身出来了。

当毛弟为他娘扯着鸡脚把那花鸡杀死后，一口气就跑到猫猫山去告众人喜信。

“毛弟哎，毛弟哎，你家癫子有人见到了！”

毛弟没有到，别人见到毛弟就是那么大声高兴嚷，万万却先毛弟到了场，众人不待毛弟告，已先得到信息了。

毛弟走到坪中去，一众小孩子是就像一群蜂子围拢来。毛弟又把今天到峒中去的情形，告给大众听。大众手拉着手围到毛弟跳团团，互相纵声笑，庆祝大王的生存无恙，孩子们中有些欢喜得到坪里随意乱打滚，如同一匹才到郊野见了青草的小马。毛弟恐怕癫子会正当此时转家，就不贪玩先走了。

场里其他大小老少众人讨论了癫子一阵过后大众便开始来玩着各样旧有的游戏，这里万万便把昨天上老虎峒去听到癫子躲在峒中所唱的歌及复唱给大众听。照例是用拍掌报答这唱歌的人。一众全鼓掌，万万今天可就得到一些例外光荣了。

“万万我妹子，你是生得白又白。”

万万听到有人在谑他，忙回头，回头却不明话语的来源，又不好单提某人出面来算账，只作不曾听到这丑话，仍然唱他那新歌。

“万万，你看谁个生得黑点谁就是你哥！”

万万不再回头也就听出这是顶憋赖的傩巴声音了。故作还不注意的万万，并不停止他歌喉，一面唱，一面斜斜走过去，刚刚走到傩巴身边时，猛伸手来扳着傩巴的肩只一掼，闪不知脚还是那么一拐，傩巴就拉斜跌倒，大众哄然笑。

傩巴爬起便扑到万万身上，想打猛不知，但精伶便捷的万万，只一让，加上是一掌，傩巴便又给人放倒到土坪上了。

傩巴可不爬起了，只在地下蓄力想乘势骤抱万万的脚杆。

“起来吧，起来吧，看这个！”一个退伍副爷大叔从他皮兜子内夹取一个银角子，高高举起给傩巴助威，傩巴像一匹狮子，一起身就缠着万万的腰身。

“黑小鬼，你跟老子远去吧。”万万身一摆，傩巴登不住，弹出几步以外卧下了。

“爬起再来呀！看这里。是袁世凯呀！”袁世凯也罢，鲁智深也罢，今天的傩巴，成了被孙大圣痛殴的猪八戒，坐在地上只是哼，说是承认输。真是三百斤野猪，只是一张嘴，傩巴在万万面前除了嘴毒以外没有法宝可亮了。

大叔把那角子丢到半空去，又用手捉着：“好兄弟，这应归万万——谁来同我们武士再比拼一番吧。”

“慢一点，我也有分的！”不知是谁在土堆上故意来捣乱，始终又不见人下。

“来就来，不然我可要去吃夜饭去了。”因此才知万万原是空肚子来专门告众人的癫子消息的。

“慢一点，不忙！”但是仍然不见下。

不久，一个经纪家的长年唱起橹歌来，天是全黑了。在一些星子拥护业已打斜的上弦月的夜景中，大家俨然如同坐在一只大麻阳乌篷船上顺水下流的欢乐，小孩子们帮同吆喝打号子，橹歌唱到洞庭湖时钩子样的月已下沉了。

注：橹歌多从洪江或麻阳唱起，中夹以“吆和嚇”“咦来和嚇”像橹摇动声音，照例是可以唱到汉阳汉口的，一面叙途中风景，一面把地名滩名指出，凡是辰河橹歌调子大体是一样，惟叙述式少有不同耳。

五

虽然说，癫子本身是有了下落，证明了他是还好好的活在这世界上面，但是不是在明天后天就便可以如所预料的归来？这无从估定。因此这癫子，依旧远远的走去，是不是可能的？在这事上毛弟的娘也是仍然全无把握的。土地得了一只鸡，也正如同供奉母鸡一只于本地乡约一个样：上年纪的神，并不与那上年纪的人能干多少，就是有力量，凡事也都不大肯负责来做的。天若欲把这癫子赶到另一个地方去，未必就能由这老头子行使权势为把这癫子赶回！

但是癫子当真可就在这时节转到家中了。

癫子睡处是在大门楼上头，因为这里比起全家都清静，他欢喜。又不借用梯，又不借用凳，癞子上下全是倚赖门柱旁边那木钉。当他归来时，村子里没一人见，到了家以后，也不上灶房，也不到娘房里去望望，他只悄悄的，鬼灵精似的，不惊动一切，便就爬上自己门楼上头睡下了。

当到癞子爬他门柱时，毛弟同到他娘正在灶房煮那鸡。毛弟家那只横强恶霸花公鸡，如今已在锅子中央为那柴火煮出油来了。鸡是白水煮，锅上有个盖，水沸了，就只见从锅盖边，不断绝的出白气，一些香，在那热气蒸腾中，就随便发挥钻进毛弟鼻子孔。

毛弟的娘是坐在那烧火矮凳上，支颐思索一件事，打量到癞子躲藏峒中数日的原故，面部同上身，为那灶口火光映得通红的。毛弟满灶房打转，灶头一盏清油灯，便把毛弟影子变成忽短忽长移到四面墙上去。

“娘，七顺长工带了我们的狗去到新场找癞子，要几时才回?”

娘不答。

“我想那东西，莫又到他丈人老那里去喝酒，醉倒了。”

娘仍不作声。

“娘，我想我们应当带一个信到新场去才对的，不然癞子回来了以后，恐怕七顺还不知道尽在新场到处托人白打听!”

娘屈指算各处赶场期，新场是初八，后天本村子里当有人过新场去卖麻，就说明天托万万家爹报七顺一个信也成。

毛弟没话可说了，就只守到锅边闻鸡的香味，毛弟对于锅中的鸡只放心不下，从落锅到此时甩开锅盖瞧看总不止五次。毛弟意思是非到鸡肉上桌他用手去攫取膊腿那时不算完成他的敌忾心!

“娘，甩开锅盖看看吧，恐怕汤会快已干了哩。”

是第七次的提议。明知道汤是刚加过不久，但毛弟愿意眼睛不睒映望到那仇敌受白水的熬煮，若是鸡这时还懂得痛苦，他会更满意!

娘是说，不会的，水蛮多。但娘明白毛弟的心思，顺水划，就又在结尾说“你就甩开锅盖看看吧。”

这没毛鸡浸在锅内汤中受煎受熬的模样，毛弟看不厌。凡是恶人作恶多端以后会到地狱去，毛弟以为这鸡也正是下地狱的。

当到毛弟用两只手把那木锅盖举起时节，一股大气往上冲，锅盖边旁蒸起汽水像出汗的七顺的脸部一样，锅中鸡是好久好久才能见到的。浸了鸡身一半的白汤，还是沸腾着。鸡是平平爬伏到锅中，脚杆直杪杪的真像在泅水！

“娘，你瞧，这光棍直到身子煮烂还昂起个头！”毛弟随即借了铁铲作武器，去用力按那鸡的头。

“莫把它颈项摘断，要昂就让它昂吧。”

“我看不惯那样子。”

“看不惯，又盖上吧。”

听娘的吩咐，两手又把锅盖盖上了。但未盖以前，毛弟可先把鸡身弄成翻天睡，让火熬它的背同那骄傲的脑袋。

这边鸡煮熟时那边癫子已经打鼾了。

毛弟为娘提酒壶，打一个火把照路，娘一手拿装鸡的木盘，一手拿香纸，跟到火把走。当这娘儿两人到门外小山神土地庙去烧香纸，将出大门时，毛弟耳朵尖，听出门楼上头鼾声了。

“娘，癫子回来了！”

娘便把手中东西放去，走到门楼口去喊。

“癫子，癫子，是你不是？”

“是的。”等了一会又说，“娘，是我。”

声音略略有点哑，但这是癫子声音，一点不会错。

癫子听到娘叫唤以后，于是把一个头从楼口伸出。毛弟高高举起火把照癫子，癫子眼睛闭了又挣开，显然是初醒，给火眩曜着了。癫子见了娘还笑。

“娘，出门去有什么事。”

“有什么事？你瞧你这人，一去家就四五天，我那里不托人找寻！你急坏我了。……”

这妇人，一面絮絮叨叨用着高兴口吻抱怨着癫子，一面望到癫子笑。

癫子是全变了。头发像很乱，瘦了些，但此时的毛弟的娘可不注意到这些上面。

“你下来吃一点东西吧，我们先去为你谢土地，感谢这老伯伯为了寻你不知走了多少路！你不来，还得让我抱怨他不济事啦。”

毛弟同到娘在土地庙前烧完纸，作了三个揖，把酒奠了后，不问老年缺齿的土地公公嚼完不嚼完，拿了鸡就转家了。

娘听到楼上还有声息知道癫子尚留在上面，“癫子，下来一会儿吧，我同你说话，这里有鸡同鸡汤，饿了可以泡一碗阴米[5]。”

那个乱发蓬蓬的头又从楼上出现了，他说他并不曾饿。到这次，娘可注意到癫子那憔悴的脸了。

“你瞧你样子全都变了。我晌晚还才听到毛说你是在老虎峒住的。他又听到西寨那万万告把他，还到峒里把你留下的水罐拿回。你要到那里去住，又不早告我一声，害得我着急，你瞧娘不也是瘦了许多么?”

娘用手摩自己的脸时，娘眼中的泪，有两点，沿到鼻沟流到手背了。

癫子见到娘样子，总是不做声。

“你要睡觉么?那就让你睡。你要不要一点水?要毛为你取两个地萝卜好吗?”

“都不要。”

“那就好好睡，不要尽胡思乱想，毛，我们进去吧。”

娘去了，癫子的蓬乱着发的头还在楼口边，娘嘱咐，莫要尽胡思乱想，这时的癫子，谁知道他想的是些什么事?但在癫子心中常常就是像他这时头发那么乱杂无章次，要好好的睡，办得到?然而像一匹各处逃奔长久失眠的狼样的毛弟家癫子大哥，终于不久就为疲倦攻击仍然倒在自己铺上了。

第二天，天还刚亮不久娘就起来跑到楼下去探看癫子，听到上面鼾声还很大，就不惊动他，且不即放埘内的鸡出，怕是鸡在院子中打架，吵了这正做好梦的癫子。

这做娘的老早到各处去做她主妇的事务，一面想着癫子昨夜的脸相，为了一些忧喜情绪牵来扯去做事也不成，到最后，就不得不跑到酒坛子边喝一杯酒了。

六

显然是，癞子比起先前半月以来憔悴许多了。本来就是略带苍白痨病样的癞子的脸，如今毛弟的娘觉来是已更瘦更长了。

毛弟出去放早牛未回。毛弟的娘为把昨夜敬过土地菩萨煮熟的鸡切碎了，蒸在饭上给癞子作早饭菜。

到吃早饭时，娘看癞子不言不语的样子，心总是不安。饭吃了一碗。娘顺手方便，为癞子装第二碗，癞子把娘装就的饭赶了一半到饭箩里去。

娘奇诧了。在往日，这种现象是不会有的。

“怎么？是菜不好还是有病？”

“不。菜好吃。我多吃点菜。”

虽说是多吃一点菜，吃了两个鸡翅膊，同一个鸡肚，仍然不吃了。把箸放下后，癞子皱了眉，把视线聚集到娘所不明白的某一点上面。娘疑惑是癞子多少身上总有一点小毛病，不舒服，才为此异样沉闷。

“多吃一点呀，”娘像逼毛弟吃出汗药一样，又在碗中捡出一片鸡胸脯肉掷到癞子的面前。

劝也不能吃，终于把那鸡肉又掷回。

“你瞧你去了这几天，人是瘦多了。”

听娘说是人瘦许多了，癞子才记起他那衣扣上面悬垂的铜铗，觉悟似的开始摸出那面小圆镜子挟扯嘴边的胡须，且对到镜子作惨笑。

娘见这样子，眼泪含到眶子里去吃那未下咽的半碗饭。娘竟不敢再来详细看癞子一眼，她知道，再看癞子或再说出一句话，自己就会忍不住要大哭了。

饭吃完了时，娘把碗筷收拾到灶房去洗，癞子跟到进灶房，看娘洗碗盏，旋就坐到那张烧火凳上去。

一旁用丝瓜瓤擦碗一旁眼泪汪汪的毛弟的娘，半天还没洗完一个碗。癞子只是对着他那一面小小镜子反复看，从镜子里似乎还能看见一些别的东西的样子。

“癫子，我问你——”娘的眼泪这时已经不能够再忍，终于扯了挽在肘上的宽大袖子在揩了。

癫子先是口中还在嘘嘘打着哨，见娘问他就把嘴闭上，鼓气让嘴成圆球。

“你这几天究竟到些什么地方去？告给你娘吧。”

“我到老虎峒。”

“老虎峒，我知道。难道只在峒内住这几天吗？”

“是的。”

“怎么你就这样瘦了？”

癫子可不再做声。

娘又说：“是不是都不曾睡觉？”

“睡了的。”

睡了的，还这样消瘦，那只有病了。但当娘问他是不是身上有不舒服的地方时，这癫子又总说并不曾生什么病。

毛弟的娘自觉自从毛弟的爹死以后，十年来，顶伤心的要算这个时候了。眼看到这癫子害相思病似的精神颓丧到不成样子，问他却又说不出怎样，最明显的是在这癫子的心中，此时又正汹涌着莫名其妙的波涛，世界上各样的神都无从求助。怎么办？这老娘子心想十年劳苦的担子，压到脊梁上头并不会把脊梁压弯，但关于癫子，最近给她的忧愁，可真有点无从招架了。

一向癫子虽然癫，但在那浑沌心中，包含着的像是只有独得的快活，没有一点人世秋天模样的忧郁，毛弟的娘为这癫子的不幸，也就觉很少。到这时，她不但看出她过去的许多的委屈，而且那未来，可怕的，绝望的，老来的生活，在这妇人脑中不断的开拓延展了。她似乎见到在她死去以后别人对癫子的虐待逼癫子去吃死老鼠的情形。又似乎见癫子为人把他赶出这家中。又似乎见毛弟也因了癫子被人打。又似乎乡约因了知事老爷下乡的原故，到猫猫山宣告，要用力把癫子关到一个地方去，免吓了亲兵。又似乎……

天气略变了，先是动了一阵风，屋前屋后的竹子，被风吹得像是一个人在用力摇。接到不久就落了小雨。冒雨走到门外土坳上去喊了一阵毛弟回家的毛弟的娘，回身到了堂屋中，望着才从癫子身上脱下洗浣过的白小褂，悲戚的摇着头：就是那用花格子布作首巾包着杂白头发的头，叹着从不曾如此深沉叹过的气。

毛毛雨，陪到毛弟的娘而落的，娘是直到烧夜火时见到癫子有了笑容以后泪才止，雨因此也落了大半天。

---

①飞跟头，斤斗。

②顶毛，小孩脑顶头发。

③独行食，独行市。独吞。

④虾蟆，蛤蟆，即青蛙。

⑤阴米，炒米花。

长夏

《长夏》为中篇小说，曾于1927年8月1~6日分6次连载于《晨报副刊》第2018~2023号。署名何远驹。1928年10月由上海光华书局初版《长夏》单行本。

据光华书局初版编入。

长　夏

一

“我不来的。”我重复的说，“我不来，决不。”

“原故？”

“原故是不来。”

“那——”

那什么？在电话忽然一顿中，我能揣测出，六姐是不高兴了。赔一个礼吧，然而在电话上接吻比信上还浪漫，如此不切于实际，作了也无补于事。

“写信告我的原故，即时写，四点以前发，九点我就可以收到了。”

照电话中的嘱咐，我答应写信，然而我怎么能说出不来的原故？太阳这么大，走来会累死；坐车吧，这车钱还能要大姐来出么？

“穷到这样也还来说爱。”我想起，凄然的笑了。

写信怎么发？还是走去吧。我决心走去。万一当真途中受了暑，一个洋车夫样跌到地上就死去，别的人不知，但六姐，能明白我致死的原由。

但逢了救主，一出胡同口，一辆车子对面来，车上是小傅。

“这大热天走那儿去？”

“想到西城去有一点事。”

小傅见到我装束不凡，明白我是徒步旅行家，他说：“不坐车，怕不行”，一面从衣袋里掏摸皮夹子。

小傅的车子进胡同去了，我有二十吊票子，来去都不必徒行，中暑想来不必了。在骑河楼我找到了替我出汗的人了，我坐车去看我的六姐。

“天气热，慢拉一点也无妨，”我在车上安慰那褐色光背人，他却以为我盼望快点，跑得更速了。

到了大姐处，给她俩一惊。

“怎么说不来又来？”

“惹你们的。”

大姐同六姐，这时正是在一块儿睡觉，大姐起身来，我就补了缺。

“老实一点吧，全是汗！”

“陪个礼。”

我把汗水全擦到六姐脸上去，大姐看不过意叫人把水打来了。

因为汗，我想起我出发时的情形了，我说“我是走来的。”

“不会那么快吧，这不止十里。”六姐是不信。

“坐在车上要别人走来。”大姐也用不信语调说。

“然而在先我是有心徒步走，因为不好……”

大姐不明白我的因为以下的话语，六姐却料到。

六姐说：“还不送车钱吗？”

大姐也取钱。

“没有车钱还好意思来？”

这时不免夸口了。然而来去要大姐开车钱，是无从数清回数的。就因不好意思反而要大姐同六姐破费，所以才不能每天每天来西城，不然六姐的身至少有一半，归我有了吧。

到后仍然把我先是徒步计划到后遇到小傅的话说给六姐听，这话在六姐心中，起了一个痕。我能从六姐脸上察得出。但当我说出“我是期望在路上，万一中了暑死去，六姐会明白我”的话时，六姐却说为省这点费，中暑也应该。当真中了暑，六姐安心么，怕不应该吧？

“我是甘心受一点跋涉的苦楚，好到你面前找一点报酬。”

"不过走得全身是汗，我可不是为你擦汗水用的。"

只有大姐不作声。大姐当在想什么事情。

就是在车子上端端正正坐下来，在长安街大烈日下去让日头蒸，我也就够疲倦了。这来究竟为什么？我不明白。甚至我还准备着步行这么远的一段路，为得是……？

"一个耕田的人为了粮食的收成，大六月间去到田中收割稻米这是平常事。我，为收割爱的谷子来往不惮其烦的奔走。"想着，我又不能不笑我的傻——凡是爱都傻。多亲一次嘴，多搂抱一次，于我生活的意义上究竟添注了一笔积蓄吗？就算是，这积蓄于我将来又有什么用处？

"怎么尽傻笑？"六姐问我，我不作声。

六姐见我笑，笑得无理由。我就是笑我的傻！谁知笑也仍是傻。

大姐走到桌边去看书，问大姐，是什么书？答说是政治原理。大姐因为我来了，她不能占据六姐，就装成看书，其实心并不在书。

"大姐，怎么坐得远远的？"我说，"不高兴理我么？"

大姐懒理会这闲话，磕闲牙时大姐只有吃亏的。

"宝贝姐，睡到我的身上吧，"我轻轻的在六姐耳边说，脸上为六姐赏了一巴掌。

"大姐故意去看书，就是让我们来——"

"来做什么？说！说得不尴不尬我就又要打。"

六姐巴掌是又举起了，但我并不怕。

我说，"大姐看书不理我们就是让你用巴掌来吓我的。"

"嗤……"六姐笑。

六姐当真伏在我的身上了。天气热，但天气冷暖在两个情人中是失了效力的。再热一点把两个身子贴紧也是可以忍受的事情。与其去吃冰把热赶去，不如就是这样"以毒攻毒"好。

六姐只穿一件薄薄洋纱衣，我可以用鼻子去闻嗅一切，学打猎的狗。

二

"男人是坏种。"

“女人是?”

“女人是被坏种引坏的。”

“但男人其所以坏却是为女人的标致。”

“天下几多标致女人，谁负这使男人坏的责?”

“一个女人常常应负许多责，因为到那边引坏第一个男子，到这边来又可以引坏第二个男子。有时候，还使男人要死不活哩。”

“说不过你那张薄嘴。”六姐口一扁，掉了头过去看壁上画。

这是我画的。画自己的相。因为充诗人，故意头发画得许多长。画是侧面像，我把脸填成苍白。嘴儿却是红红的；红色涂得像一颗樱桃。我为解释起见同大姐说这是未来派，又说搀合象征派的方法作成的。其实是乱画。

“这是诗人的相哪。”六姐在揶揄我了，还在笑。

“天下没有女人也就没有诗人了。”

“你活下来都是为女人?”

“岂止。没有女人的世界，我不信花丛能开还有香！没有女人的世界，雀儿是哑子，也是一定。没有女人的世界，男人必定也没有嘴唇。”

大姐搀了嘴，“难道没有女人的地方，男人就不用吃饭说话么?”

“口的用处是为同女人亲嘴，才会那么红，那里是专为吃饭说话而有的?”

“那你以前一个人坐到住处?”

“以前吗?”我说不出理由了。

“唵，以前，说呀!”六姐也就帮到大姐来逼人。

“以前我是知道这时有一个六姐，口才存在的。”

“是强辩!”

大姐也和说，“是强辩。”

“我不再辩了。我只问六姐：嘴唇本来已很鲜红了，照大姐说法，嘴是说话吃饭用，为什么又要涂上这么多胭脂?难道吃饭说话也得一定要把嘴唇涂红才行?”

“只是说瞎话!”

“瞎话么？才不哪。”

六姐静呆对相看，心里有事似的不做声。

大姐取出香蕉来，要田妈取冰。我是不待冰好就拿过来剥皮吃。冰还没有来，我吃三个了。

“看哪，嘴是不为吃东西生的！”

“还说吗？”我看六姐说，“你若是让它永远贴在你那柔软的颊上，比香蕉再好的新鲜龙眼我也不吃！”

六姐脸红了。我走过去。六姐向床上倒下，我又跟到办。六姐眼闭了。当到大姐在旁也不怕，我把我吃香蕉的口去吃六姐嘴上的胭脂。

也不必用劲抵拒，就偎拢来了。

大姐不愿看。大姐在剥香蕉皮。我心想，香蕉只是为大姐一人预备，我们除了亲嘴不应当再来夺取大姐香蕉的。笑就不能忍。

“笑什么？”大姐问。

“我笑，”我在六姐耳边轻轻说，“我把大姐的香蕉吃多了。”

六姐悟不到我的意思，为大姐分解。

六姐说，“别人是正为你来此买好的，又讲怪话！”

“不，我不应当吃。”

“你说什么？”大姐问我的话，却要六姐答。

“说吃了你香蕉太多，不应该。”

“因为你欢喜，才买的。不然我又不大吃，六姐也嫌腻，要这多干吗？”

我狂笑。我说不出话。

“是颠子，”六姐一见我笑就有这一句批评。

“我是颠子，让我再颠一下吧。”六姐腰是又变成一捆柔树枝，我手是两条软藤了。

“我的天，轻抱一点吧。”

“我要抱死你。我一个人就是常常那么想：总有一天你使我发狂，我便把你腰抱断。”

“哎呀，真吓人！”

然而腰是抱不断。六姐没有话告我说是抱紧一点也无妨，但把那藤束紧一点时，六姐更愿意，这是六姐眼睛已作目语给我通知了。

慢慢的，我又把话引到香蕉上面来，我说出我不应吃香蕉的理由时，惹得大姐一次啐。

疲倦是来了，打一个哈欠。

“弟，你疲倦休息一会吧。只要五分钟，莫讲话，莫闹，睡倒着，我帮你打扇。”

“你是说六月里帮猪打扇的。”

“你总只爱说怪话，莫又惹得我气来——”

“好，好，依你办，我睡，你陪到我睡，一块儿，我才能安神。”

在一块儿我就能安神么？真是鬼话！

然而六姐就睡下来了。不动不闹也罢，只是口，应当有着落，让它贴在姐的脸或颈脖上。手，也应当环成一条带子。六姐不依；不依那能睡？

“唉，你怎不怕伤食？”

“不怕的。这精致的食品只有越来越使人贪馋。”

到底是太疲倦了。我睡她也睡。那香蕉，当真只有大姐一人吃。香蕉的味道，是看吃法来，有时吃，许比苹果甜，但大姐口中这时吃来是苦的，这是六姐明白告我以后我才知道的。

三

大姐故意说是打电话，就到学校里去了，她的屋里剩我同六姐。

六姐说：“她爱你哩。”

“大姐爱我，这是你猜想，还是她同你说及？”

“我明白，事情是真的。”

“你的话真吓了我一跳。”

“干吗说这俏皮话？爱你的，是大姐。她真会为你发疯。你以为大姐不懂得爱人么？”

“为什么说得上，这不是一个笑话么？”

“爱人是笑话吗？我才听你这样说，以前我可不知道。”

"我不是说凡是爱人都可笑。'龙配龙，凤配凤，虱娘狗蚤配臭虫'；我们那能说得上爱?"

"你这是骂人，别人就不配爱你吗?"

"只有你才配同我——"

话是应当中止的时候了，六姐的嘴已为给封了，封皮就是我的嘴。

想起六姐刚才的话我怕起来了。然而大姐在近月以来，对于我，是不停止的在进攻，从一些态度上，我是多少也看出了一点儿。我对于这个，老实说，真感到不快。我是臭虫——这二者中总有一个是臭虫，然而这只有一个是，另一个则另外是一种，分明的是这说不到上爱。我这才知道一个人的心有时真野到不得了。也许这在大姐方面是可以自自然然发生的，可惜这好意，我竟无从领受。

"若是我是大姐我可不会有这种野心，"我说，"一个人不自量，是只有苦恼的。"

"但是，你不能禁止别人来爱你，也正像你无从使我恨你一个样。"

"她怎么能同你打比?"

"是吗?她心还以为我是有女子的人，也只有临时短期可以聚首，至于她，则……虽说也自谦似的说自己是寡妇，而你却是小孩子，不相称。"

六姐说了六姐笑。我也笑；但我同时要哭了。

"她也知道不相称，哼——"

"她说不相称也只以为是知识，年纪则并不。"

"六姐，我请你不要再说了。"

六姐就不再说了。

我们静静的在一处偎贴，约有两分钟。六姐今天模样似乎是为特意来作大姐说客的。又似乎探我的意思。然而不待探，我知道六姐是明白我的。"我要人爱我。"以前在某一时中，我是这么想过的。可是我如今才知道我的意见待修正。我要的，是我所爱那人的爱我。六姐就纵不爱我，这也得。只是大姐的爱我，可就感到真正的讨厌!

“你将怎样对她?”

“姐，你是为大姐差派来要讨回这么?”

“我只不过想明了你意思。”

“你很明了我意思，不待我说也有了。”

“她可怜。”

“我不能因为别人可怜而爱人。这是我口供。”

我觉得怪惨，为什么大姐却来爱我?我愿意在六姐面来回复得更坚绝一点，好让大姐因失望杀死这不当的野心。若是延长下去只有她苦恼，这不能怪我。

这中我有点儿抱怨六姐了。若果是六姐不在另一时节用过一些闲话将大姐心中的希望燃起，大姐或不至如此。必是六姐说，“驹也愿”。这可怜的人，没有一点大人应有的经验（才从乡下来的女人多半是如此)，便以为，我常常到她那里便是可以从泛泛情形到更亲贴的地步的暗示，于是，心中便汹涌着热情，不可遏制的向六姐来诉说。于是，在我的身上就做起后福无涯的梦来。

“若是尽愿在我身上做梦就让她去做，我无从爱她，那你知道的。”我说的话六姐似乎就不当心听。六姐不能把这话去同大姐说，那是一定的。她又怎么好去传这话。她也怕大姐。大姐真使气，一决裂，我们也就全完了。除了大姐陪她她就不敢来；除了到大姐处去看六姐我也无法走到六姐家中去，大姐若是当真一使气，我们自然也就散席了。

“我们全都是懦人，”我心想，“也正因为懦，凡事要大姐，致令大姐也想跌进这个可怜关系里。然而这是我的错?又是六姐的错?这罪过谁纵愿意承认又有何种方法可以来补救?我又不是可以分散成为两个人。即照六姐说，三个人爱来也无妨于事，但在大姐六姐之间我就长久抑制了我们热情去拿接吻应酬另一个人是我做得到的事?”

“我真没有主意了，”我说，“六姐，你帮我想想，我可受不了这爱。我无权力禁止别人爱我，但若是一个人必定时常用我不乐接受的好意来奉献给我，又来怨我没有好报答，是两者都悲哀。”

六姐说，“我也没办法。我们少不了大姐，但又不一定要大姐也来我们关系中插一只脚。她这样做她的梦原是可以，可是又得在实际上沾光就……”

“你吃醋。”

“同你正经说话你又偏是这样的。我吃醋，你就同她……我也不至于。你的口真太刻了。”

“我是说笑的。这是使我随处闹出乱子的天才，因为说笑又使六姐生气了。”

“我不生气，只是我们应讨论正事。”

怎么讨论呢？没有结果。天落了雨，雨水积成一个湖，让它慢慢为太阳晒干，只有此一法，若是想掘开堤防，把这水泄去，也许反而有泛滥的危险！

大姐一去却是那么久，先是太阳还在天井中，待到窗子上头有了窗外帘影了，还不回。

我怕大姐回时看得出我的颜色，我也怕见大姐的样子，我就先走了。

四

“这真是何苦？远远的，高高兴兴的，从西城走来，为一句话，就生了气，要哭样的，又即走回去！”六姐不明白，六姐说。

然而都是为我的错这我很知道。我凡事总处置得非常之可笑。我无从学得聪明老练一点来应付一切。口，又每每无意中来增加我的罪。我还刚思索到我无意中的罪过！又说道：

“要我怎么办？虽然是我使你生气，但气究竟在你肚内。”

六姐也无话可说。六姐是明白我的口专会造孽，自己也就才正发过一场小气的。六姐的脸刚给我赔不是把秋霜抹去，大姐又生起气来，我明白我处境了，我是为赔礼而生。

“大姐，算我说错了，把手上的伞儿放下吧。”

“大姐说要走，就当真走么？”六姐说，说了又向我，“你的口，也就够损，真要人招架！”

“在口上有了罪的在口上来赎，再准不得账时，又请手来作见证，大姐也应释然了！”

说到手，我就作揖。见上司，在往常是应当打恭叩头的，如今为大姐赔礼，就免了叩头。

“大姐，在作揖哩，还不依？”

其实不在六姐说话大姐也是见到我的举动的。大姐不但见，大姐且知道，这作揖，挽留大姐就是挽留陪到六姐来的大姐呀！若是大姐一人来，要走就走也就不必那么客气了。大姐故意要说去，六姐自然也便应当一同走。大姐在这上头并且看出果若是作揖能挽留得人住，要六姐作十个揖，也办得到的。

“大姐，还早咧。”六姐说，身并不离开椅子。

“我想走，我不愿在此多呆一分钟。”

“那我以后也不再去你那里。”

“随你的便吧。”

大姐话虽很坚决，但在六姐起身以前总不会把六姐掉下顾自先出大门的。

“谁就不说一句错话么？”我说，我带哭声的，忍了笑来作。

我有计策了，难道只准别人用眼泪来攻击我，我就不能挤一点眼泪出来攻击别人么？大姐中了我的计，意思似乎就稍软了点。

“大姐算了吧。”六姐走过去，把伞抢了放到床后去。

大姐坐下了，不做声。

我看若再哭下去，又会闹出别人的眼泪，就哈哈子笑。然而我的眼中当真有了泪。为了要别人回心，一滴眼泪的效用是那么大，我想起大姐平素流得那样多的泪，竟去得像无影无踪，泪是尽自当到我面前大流，却没有撼动我一次。为了泪的价值的差异，我忽然觉得我在先前为别个女人所流的泪的次数，在别人也许看来更平常，就可怜自己起来当真呜咽了。

“怎么，别人已不走，还流猫儿尿干吗？”六姐说。

我自睡到床上去，蒙了脸，也不管大姐同六姐，我真大哭了。在一处，眼泪这东西，是如何的值价，另一处，又分文不值，我在此时，却因为它起了伤心了。我愿意让它在风中干去，不必在一个我不爱她的人心中起影响。我为这眼泪可耻。与其拿来当成一种工具征服我不要的人，不如没有眼也没有泪！

我为我的泪可耻又可怜，泪就来得更加多。

这可出我意料以外的坏了。大姐走拢来，说是她的错。我要大姐认错么？我要别人认错什么事？我又不说过错不是我的。然而，我的泪，适于此时流，这正足以将大姐心泡软。天呵，我又悔我的泪流不当其时。无意中来征服一个人的心，这俘虏，却现在我的眼前，我的举措就不当到这样，又使我受罚！

再哭真是不得了。我为我的举措失当得来的殷勤懊丧。我想我应当大笑，假装是哭着闹玩的样子，就又嗤嗤笑。大姐立时就走开。

六姐有一半清楚我的种种勉强处，过来倒在我对面。

“何苦？”六姐说的话极低，似不让大姐听到。“我是真难过。”

“我要这样做；想做一个好人，结果却偏是那样，不如意：我承认我的失败，就更伤心！”

“爱你你不爱她就是了，何必处处同她作对？”

六姐的话是对的。我不是就为免避同大姐作对才如此马虎么？不过一个爱做错事的人他要学好，结果只使他更把事情弄得坏，教我怎么办？

“你莫伤她的心，也莫使她高兴，就好了。”六姐又为出主意。

“天，你的话请你自己去想吧，莫要伤她的心，又莫给她高兴，我惭愧我生来笨，学你不来，只有我死了，就好了。”

“那里是要人死的事？你只要少对于她的言语行动注意点，敷衍到她，——你想，她多可怜！”

“我何尝不知道她可怜。但是，一个人，为人用爱情累赘到身上，又是怎样可怜的事！”

六姐听到咕咕的笑了。

“你是为你自己可怜才哭的？”

“就是如此，不瞒你。”

六姐笑，笑中把脸贴近我的颊：“这也是累赘吗？”

“这是我愿意的累赘。”

我们又把嘴唇拼合在一块儿了。

大姐在另一个房里，像漱口样子的喷水，六姐问：

“大姐，做什么?”

“喷一下这天冬草。”

“明知已死的草何必再去洒水呢？大姐算了吧。”

“草要死，死它的，喷一点水也不过尽尽我这心罢了。”

大姐好久不过这边房子来，六姐起身看，又轮到大姐，哭了。

若非夭妹买桃子打市场转身，我不知要到什么时候才得救。

五

“没有力量勇气的人，一世只有同恓惶作伴，好弟弟，我这一世也记着你这一句话。”大姐说了又轻轻叹气，仿佛意是伊当真无力气的。

我们是一字形坐在一条长凳上，六姐居中间。

大姐的话是为我而发。说这话，就证明她还想竭仅有半斤气力向我攻击的。我心想：“恓惶也罢，你有勇气又能奈我何?”

我要人爱我，但我要我所爱的人来爱我，无端而来的善意，只是一批如像烧料的东西，挂在身上易撞碎，不碎则又嫌累赘。关于大姐的爱我就深深感到累赘了。这不是我在先意料中的事。我从不疑心她居然会有此盛意。但我这不中用的尾琐的男子，在没有得好女子垂青以外还要受这样人的麻烦纠缠，我真要哭了。我要咒骂我的命运了。

然而为了安慰别人起见，我是无从在被别人攻击以后就把嘴脸挫下作成生气模样的。我眉也不敢略蹙，虽然在这朦朦胧胧夜色笼罩的天空下。

我还说，“大姐将来是个了不得的人，在别的事业上，当然可以得到胜利的。”

六姐也应和这话。然而我又看出六姐是在懂得我心思以后为我的话打边鼓，好使大姐高兴一点的。

“我是真没有勇气。”

大姐不说了，又似乎大姐也看出我话是在她心上打了一拳的样子，想着“在别的”三字，就低低的啜泣了。

“天哪，这不是在用眼泪来攻击我吗？还说当真没有勇气，恐怕当真有，我就会为一个人抱死了。”我心想，要笑不能笑，又觉得心惨。

要我说什么？我没有说的。我不能为怜悯去爱一个人，虽说我们是朋友。难道只准我为别人流泪别人就不应当来为我流一点泪么？我是为这世界上稍为标致一点的女人也流了不少的眼泪。眼睛近日的坏未尝不是因为这原故。如今是轮到别人来为我而流泪了。——这是第一个，以后我还要看到那些曾令我爱过而不理我的女人的眼泪，那时才是我复仇的时候！

“我想我不如到汉口去当兵让炮子打死，倒较如今还要好一点。”把手巾擦眼的大姐，还是不息的出兵。

我仍然是没话可说的。若是能当兵，就去做大兵，一仗两仗打死了，也许我到那时是能感动的。但是天下当真就有那么人能为我去死？就当真有人去为我死掉，仍然恐怕也买不到我的爱。我不能因为那个人的苦恼去把爱情来安慰别人。我决不。她再苦恼是她应有的。我因为要苦恼，我才去大胆爱我所不能爱的女人。我爱个人，她不爱我也无妨于我的爱，我只恼我自己的不济，不怨天尤人，不迁恨于对手。

“为什么原故来哭？我真有点……”我想要说我真有点“怕”，但经六姐轻轻捏我手一下，就不再做声。

“大姐算了吧。”六姐说，“都是生到这世界上很可怜的人，能够一块儿玩，痛痛快快的谈笑，就有了。谁能断定明天以后的事？无端的在一起，也会无端的分开。”

六姐也要哭，我能懂得六姐话中有泪在。我笑了，我笑了，我惨然的笑。

六姐继续说：“天下无不散筵席，正因为易散，我们尤其应当在一起来快快乐乐才是事；不然也辜负了这难得的良辰！”

“天气好，我是没分的。”

“三个人你为什么又没分？”我说的，简直是傻话，装呆不知大姐悲哀的原由。

“我是唱三花脸的，爱情戏中的配角。”大姐不哭了，话中是有泪。

"为什么说这……"六姐心事是更复杂的。她愿意把话移到别一事上去，又是办不到的事，要安慰大姐，又明知大姐的心事所在只是无从安慰起——六姐也知我的为难处。

谁不是配角？难道配角就是单演悲剧么？我想起我此时的难处才够哭！我明知道我这懦怯人，自己在此勉强充汉子，以后说不定，我为使大家安宁起见，顾自去自杀，也是免不了的事。对于六姐的爱我为使六姐保持她家庭和平，这是我不死也得离开此间理由的一种。为了使大姐不致因我而摧残了自己，我也得远去这地方才成。

"你们二人当我死了我就平安了。"我哭了。心想，"我才应该哭！我为怜恤我自己；为我这懦弱性质，不敢拒绝人，又不愿破坏别人的家庭，我才应该把一些眼泪来赔偿你们！"

委实说，我被人攻击我苦了，我不要的东西是无时无刻不在我身边：我要的却永远不到手。我就是生出来为一些窝窝头女人爱的么？爱我又必责我以回头去承受这累赘，且用眼泪作后盾，动不动就来我的面前流，我是看一个人流泪来混日子的？

我走了。我想我不走是会更难受。也许我竟做出更坏的事情来使大姐心碎。

"你们坐一坐，我有点儿事，非走不可了。"

一个人，到世界上给另一人苦恼同欢喜，本不能一定，这也不是自己意思可以分派的。但我明知我只能使大姐苦恼，心上却终又有点不安，想在一些小事中，赎补我一点罪过，临走时，我作伪装为当真是有事要走，不是为她逼迫的原故，我们握握手。

当我为一只肥大的手掌，用力捏着时，我更感到累赘在我身上的不舒服。我一旁走动一旁想，我想这累赘，也许就因为我但图在一些小节上给人以小小安慰，结果更大的苦恼就这小事上发生了。

把虾蟆吃天鹅的不恰当比拟在心上荡漾，我为这天鹅可怜，又为虾蟆可怜，从这事上我悟了爱情是怎么一回事。

六

听大姐说呆一会儿六姐的他就会来，我要走了。

“不准走!”六姐拉着我不放，有把握的。

“我怕见到他。”我又补充我的话，“我怕见他也只是为你。”

我当真是怕。我胆小。胆小又要充汉子，爱上别人的太太，听说老爷就要来，我想最好我是先走一步了。

所谓银样腊枪头，是为我这样人而说的，我不辩。

“他不会疑你，决不的。”六姐说，六姐的话只能保她自己一方面的险，我终觉得见面是不好。

真不疑我么?他聪明，前一次，我已深深不安了。那时我们还不到这么地步，但是忽然来到大姐处，一进门，闹玩笑似的说，“哈，你拐了我太太来!”我不知不觉红脸了。

我想到那一次，我真还要红一次脸的，走是一定了。

“我不准你走。”

六姐的命令，违反时，就有眼泪流。我愿意见六姐的泪比大姐的笑还好，但是定要一个人流泪，又何苦?又明知道她是病才好，为顺她意思；勉强坐定了。

“请开释我吧，”我在六姐耳边哀恳了，我还不忘记，“我是为你咧。”

六姐也轻轻的说：“不怕，他纵疑，也只会笑大姐的。”

“怎么扯到大姐身上去?”

六姐不作答。

我就问大姐：“大姐，她说我在此，他见了，他会疑到你身上，反来取笑你，是真么?”

大姐忽然脸红了。

六姐要封我口也封不及了。六姐轻声说：“你这口，真是除了必得时时刻刻用另一个嘴唇捂住你就会乱说错话。”

“这是你说的!”

“是我说，我又不是说诳话。但你当到大姐说，大姐脸红了。

你问这话就是狠狠在大姐的心上打一拳。我的他，他纵见你在此也只会取笑大姐，说你爱大姐才常常来！实际上，你又是这么的同她离得远，且大声问她，你想大姐听了不难过么?”

我惭愧了。我想我为了单是使这疑心落到大姐身上，好让大姐在这误会上头得一点聊以解嘲的快乐，也应勉强呆在这里一会儿了。

我坐下之后，望大姐，大姐还在低头借故理鞋子。

这时我很为大姐可怜。大姐是就愿意别人有这种误会，以便从这误会中找寻一点满足的啊。我不能爱人，难道这一点牺牲也理不到?

因此我想起我们在看电影时大姐必得要我坐在她同六姐中间的原故。因此我复想起我们在一处玩时她必把我安置于她们中间的用意。

我说:“大姐，我就不走了，我不怕六姐的他了，待他来，我还要当到他来抱六姐，同六姐亲嘴。”

我若无其事的脱了刚穿好的长衫子，六姐为代挂在衣架上。六姐说，“来不来，也不一定的，说是七点送钱来，纵来这时也还蛮早咧。”

“这时我倒愿意他来了，好赎我的罪。”我说，还有话要接下去。

经六姐的眼一鼓，我就不敢再来多嘴了。望到大姐我又动了可怜的心思。我若是，有这样知趣，正当到六姐的他来到时，忽然去抱着大姐，那时的大姐，真不知要怎样的感动！只要是这种亲洽情形在六姐的他的心中有想起的可能，大姐的愉快，也就正如得到真的款洽一样满意了。那时的大姐，也许在感动中会流许多泪，又会学一个悲剧中的情妇样子即刻晕倒在她情人的怀里，而我，就立时抱了她放到床上去，且以口哺药水去喂她。然而，倘若是真有这一场戏演，真是一出如何滑稽的戏啊！

这么热热闹闹当然是不必，只要是六姐的他来时，我对大姐暂时把对六姐平时的狎情形，用上十分之一给那来客看，大姐就会得到一些为我所料想不到的快乐了。

我为了别人这可怜小小的希望，我应当来成全人一次，这无疑！若把爱情的重量放在天平上去称，也许大姐比六姐要重两倍以上。但是老天的安置，却是这样巧，真纯热烈的爱却偏放到一个相貌不扬的女人心中：我这人，至少是和一般人的那样通俗与平凡，我要的，却是一个有着美的身体的女人。大姐即或可以做一个好家庭主妇，但再收拾一点也不能做人的情妇：我不要太太，所要的只是浪漫的情人。六姐脾气就再坏，年龄就再长，那是仍然合于我的口味的。若大姐，则当另外看一种人的嗜好，我们相差终是太远了。

时间还只才五点，六姐的他要来也说得七点才来，各人有各人的心中事，又都不说话，这种时间怎么来断送？

我说："六姐，我们玩点什么吧。"

"我主张下棋，"六姐说，六姐顶会围别人的子。

"我不下棋的。我下不赢六姐，回回败。"大姐这话或者不止是说棋。

"胜败乃兵家常事，大姐莫自馁，同六姐摆一盘吧。"

"我让你两子，来试试，说不定今天会要我败的。"

"让我我也不做的。我棋坏，是一种；天意把胜利给六姐，又是一种。"

"大姐是话中有骨耐人嚼"，我慑于六姐的警告一句话到喉边又咽下。

六姐说："好姐姐，来一盘，我决定让你，不放煞手就有了。"

我为当差事，把棋纸摊开到方桌上头，大姐勉强同六姐对局。我就站在旁边做哑子。

果然大姐赢了一局了。六姐不放松，又要大姐摆。

"说是一局呀。我今天胜一局就够了，明天要败又败吧。"

大姐推困倦，走到床边就倒下。大姐今天当真胜了一局棋，心中自然是高兴，不过直到七点半钟六姐的他还不来，大姐赢一局空棋罢了。

七

时间还才六点多呢，电话又来了。

“在这个时节，就给我一个信。”

“说什么？”我是的确不知在一张纸上，还应当说一些连从电话上和到当面尚说不尽的话！

然而，那边似乎生气了，照例的啐。

“莫生气吧，我的好人。”

“我的不好的人，你不照我的话办，我可要——”

“我不知道说什么！”

“你知道。”

“我当真不知道。”

“你像做文章吧。你做文章写一万字也写得出，为什么这里写一千字两千字也不能？”

“做文章是做，随便的。你这怎么……”

“就说‘爱’。”

“肉麻。”

“那你不依我办以后来时我可不理的。”

“做诗好不好？”

“只要写得真切，不准闹玩笑也成。”

唉，这真是做戏！为什么定要写到纸上才成？爱情的凭据，难道是一张纸么？写一千句话，纵有五百个精粹动人的字眼，难道比得上亲一次嘴么？

“好，为了遵从你的意思我来写……”

我想这样起头。写完头一句，看看，不行！这是大概又准不得账的。似乎必定也像做小说一样，第一句，要写“我的亲爱的，”或者更热闹点的称谓才行。但是，那是小说，这也是？我不明白六姐这嗜好。我想这嗜好，总有一个时候要厌烦。既然当面不过像一对通常夫妇一样心肝骨肉还不曾叫过一次，为什么一写到信上，就要装饰一下文字？我发誓不写“亲爱的”。我不当面喊过叫过的字眼，在信上，我也不采用。

我仍然那么保守着习惯来起头，在顶前头加上一个“我的姐。”我当真是没有话要在纸上来说么？太多了，我写一年也不会写完。并且，我口拙，当面我能诉尽我的心中一切么？我除了当面红着脸来亲嘴以外我是一句话也少说的。我沉默到同死人一个样。不，我已说过一些废话了，不着本身的，玩笑的，应酬的，我说过许多了。我说的话我自己听了还不懂，别人怎么会明白？我此时来将我的心，——这是一颗不中用的，怕事的，又不能不充成汉子的中年人的心！——剖给她瞧吧。

下面是信：

我的姐：唉，我的姐。你要我写信，这时在写了。一面想你一面写，且在这纸上亲了一百次嘴，把这纸送你。……写不下去了。有话要说，写不出。倘若是，你的身体此时在这里，我可以用我的手来搂你，从我的力量上证明我的爱。

你少吃一点辣子，听我的话，我就快活了。

你少忧愁点，闲忧闲愁能够把身体弄坏；我也为你好好的保养，身体好，也可以玩，也可以做事，至少是在一起时不至于如过去吃亏。

你不要哭。你哭，我就陷到莫可奈何的井里，非赔到哭不成，我眼睛，坏的程度是你知道的，你愿意它全瞎吗？

我们星期五同星期一的聚，应当敛藏了各人的悲哀，——不，我们见了面，应没有悲哀，全是快乐。

你问我，为什么少说话又不写信？我可以告你，口是拿来接吻的，不是说话的。手呢？本来是拿来抱人的，臂膊才是那么长，那么白。（没有人抱时，才写字。如今的手它只愿意常常搂到你的腰，懒于写字了。）说懒，就不写，姐，你让它休息吧。名你知道的（吻纸又是三十次）。

又，在我日记上，我写着："我当真是没有话……我此时将我的心，——这是一颗不中用的，怕事的，又不能不充成汉子的中年人的心！——剖给你瞧吧。"这很可笑。我剖心，怎么剖法？剖也剖不清白，还是留待见面亲嘴吧。

信写了，就去寄。我佩服一些人，一动笔就是十张纸。我是总像悭吝信笺似的写一张纸还要留上一半空白的。今天恐她又嫌少，字就特别写得大；结果是居然得了两张半。在那半张上，我又画了一个生翅膀的神的像。一眼看去已像很多了。装进信封时，是颇厚，天呵，我什么时候也会在信上写一千句以上的闲话废话？或者这也是身体坏的原故，或者这属于天才，无写信天才，以后纵成小胖子，也不成。

说是在纸上亲嘴一百次，是瞎话。至于以后又是三十次，更瞎话了。我没有这些闲功夫，用到这无补实际的事情上。只是据人说，这项事，有人当真做过的，但我不。我能在六姐嘴上，或者颊边，或者头发脚，颈部，吻一千次，——再不然，吻一次，延长到一点两点钟，也可以。要我对一张纸亲嘴一百次，这傻劲，没有的。

我说凡是我不作的我不说，我如今，在信上，却说吻纸一百三十次，让这笑话给六姐一个愉快吧。

……把手横过去，就像捆一把竹子，手是束腰肢的藤。

唉，镇天我是就只能想这些事情的！

八

昨天的信收到了，有回信，其中一段我不懂。

> “好弟弟，答应我做诗怎么不见？”

我是什么时答应了这一笔债？让我记一下。翻昨天的日记才想到是电话中随意说过来。我会做什么诗呢？我除了亲嘴，别的全不会。要我在文字上来浥注亲嘴的热情，是办不到的事。但是要，不写可不行，就写吧。

因天雨而想及六姐眼中的泪雨，就写无题诗：

> 也不要刮风，也不要响雷，
> 无端而落的是你眼中的雨。
> 唉，又不是润花，又不是润草。
> 唉，又不是润花，又不是润草，

——不断的绵绵的为谁？
我是为雨水淋透了的人，
愿休息于你的晴天模样蔚蓝眼光下。
莫使脸儿尽长憔悴。
莫使脸儿尽长憔悴，
你给一点温和的风同微暖的太阳吧！

为尽她猜想，不写别的一个字。但当要发时，怕她见了又会生气的，在尾后，说道：

说要诗，诗来了。只你当是诗吧。若还不满意，待命题。做秀才的人这样苦是免不了的。同纸附上“点心”一包。

“发信是八点以前，则十二点以前准收到，”这是姐的经验话，因此冒雨走到巷口邮筒去投信。

电话来了，是两点钟。

“你诗见到了，好。”

“好？不说笑话！只要你以后——”

“不，我懂你的意思的。我以后决不再哭了。不过接到这信时，又要……”

“我替你着急，你那眼睛也会干，变瞎子。”

“若是变瞎子，倒好。”

“喂，我问你，怎么不回我一首诗？”

“回，怎么回？”

“难道你还不会么？”

“且呆会儿吧。”

“我就呆等。”

当真我是呆等的。四点半以前发信九点便可到，奇怪，时间到今天，便很慢！

到九点，自己走到柜上去看看，在那大钟上头见到三封信，有六姐的蓝信封儿在。我像得了宝。

信太简单了。我将发气，难道就只准人对我发气么？

信是；——

> 没有诗，只有一些吻，从纸上寄来。乖乖，这信到时大概快要到你上床的时候了，好好的睡觉，让梦中我们在一块儿吧。
>
> 你的姐六六

实在我却不能睡，新的嗜好是你到无可救药的。除非这时有一个柔软嘴贴到唇颊边休息！

也许再过一阵要不同一点吧。也许再过一阵更要难受，这可望而不可即的寂寞。先前是孤家寡人惯了的，也不觉其不可奈。如今却全变。唉，或者这就是叫做恋爱的味儿。

不能睡，明天又不能过去，仍然来在灯下头写信，好在明早发。

> 姐：得到你的信，只两整句话，我要发气了。为什么，答应我的诗，又不见来？我是真要发气了。这气的大，是你想不到的，若是你在这儿，我要抱死你。人家因为你，近来竟总不能睡。你说这时是我睡的时候了，是的，睡是睡，可是只卧到床上，闭了眼睛尽想你而已。
>
> 这时有一千句话想写，要写可不能写出十句。或者，我对于我心上的蕴蓄，自己也不大明白，这一千的数目是确有，但不是说话，是……。你猜吧，是什么。
>
> 我悭吝，不想在信笺上寄你的点心了，好留在梦中……

把亲嘴当点心，是精致的充饥的东西。但为什么分派给我的，总是“过午”，“消夜”就办不到？我怕想。这时节，能说不是正有一个人在六姐身边消夜么？

我尽想着，一个裸着体的妇人的身子，横陈于床上，这床，本不是我的。床边还有一个人，也还裸着体。且这人，不久，就亵渎的压在那人身上了。她作他的床，他作她的被。不久，她们成一个人了，嘴是一把锁，还有一把更精巧的锁，在下体。

什么时候让这妇人在我的拥抱下也是一整夜！我想我有那一天，我会死在那柔软的身体上。

十一点了，我还是不能睡。这个时候不是有许多许多的人在……？我应当再寄一张给六姐的信。

姐：此时是十一点了，不能睡，天知道，我是在此时应做一些什么事！我想到的事，只使我脾气更坏。我要消夜。我有一天到疯时，我的疯的原因，请神给我作证，就是为这消夜的事！我无从制止在我的深处引起的诱惑。我且自始至终辨不出这诱惑是不应当任其在心上自行滋蔓！

到如今，为了手的委屈，嘴的委屈，一切力的委屈，我成了一个失眠人。这医治法子，只有你知道。

我不怕你笑，我说我不能忍耐了。我愿把一些痛苦担负来换一刻钟的欢娱，不怕一切。

教我怎么办？你应当负一点责。让我做你丈夫一夜吧。别人做了你的床畔人，已快十年了，你的弟，只愿十分钟，也够数！

十二点了，我还是不能睡。

九

"一人来，不怕么？"

问六姐，六姐低头笑，不做声。这个妇人脸部成了桃色了。

比这里有老虎还可怕似的是要六姐一人来此。在过去，任怎样也非同大姐来总只不放心。其实，来了，我能吃人么？

类乎吃，六姐倒不怕。六姐耽心只是适于此时会有另一个人来。然而当真按照我们的计划，在进房以后，把门反锁上，有谁还来扭锁么？

"把伞放了！"我说，"请坐，放下伞！"

于是才把阳伞放到椅子旁。

“啊，今天……”我想我会要疯一小时。

六姐只是不作声。今天一个人敢来，至少在出门以前，就备了些胆战心惊的结果！这时忸忸怩怩不说一句话，心是大约在开始一种异样的跳了。

“弟你给我一杯水，渴极了。”

就给一杯水，六姐全喝了，神略定。

“你要我来做什么?”

“这你不知道?”我反问，她只笑。

六姐当真不知道？一个将近三十岁的妇人，给人赴约会，对于约会的意义，是不知道？六姐所知道的恐怕还不止此的，我相信。一来就脸红，这是心中早有了成竹。我在这样一个女人面前还能用得着鬼计？但我将怎么来开端？在谈话以前，我在一个人顾自反省起来了。我想：今天，我要做一些傻事了，我要在一个人身上来做一种我数年来所梦着的事情了，——我心在跳，身子略略的发抖，走过六姐坐处去，六姐也似乎预料到有这一着，把一个头推到我的肩旁来，我们开始来作一个长而静默的接吻。

分开了，自然的，慢慢的，我们头已分开互相望着脸儿了，都摇头。

“我如今才明白爱，”我不说完却已呜咽了。

这眼泪，给一个温暖的柔软的六姐的舌子为舔干净了，六姐眼中也有泪。

“你往天怕来就是怕这样贪馋的亲嘴?”

“我怕你吗——我只恐给一人知道：除了他，你要我每天来都行。”

每天来，我没有这大胆的希望，但是这时不是梦，人在我身边，六姐归我所有了。

“我前几天为你写个信，信又不敢发，还说，请你让我做你一天的丈夫！如今，我是算得当真做了你的……”

“我何尝不愿同你在一块，只是我是个懦人，我害怕。”

“这时还有什么害怕?”

“都是你坏!”

先是为巴掌所打，后又为一个软的湿的嘴唇偎拢来，六姐是在恩威并用的。我新的生一种野心，我想我应再给六姐做点事，请六姐到寝室去。

“到那边去做什么？”

我脸发烧了，不好意思说。呆一会。

“我很倦，想睡，”我轻轻的说，“我们可以睡到谈。”

我哈欠，当真疲倦攻击我的全身了，睡下是正好。然而这时陪到六姐睡，两个人，会安静么？

六姐怯，也许是有意的怯，说，“你可以去睡。”

我一人睡怎么成。我知道，我应采用一点一个男子此时所有的本能，稍为强制下六姐。

“为什么事定要我？”

“你来了，就明白，为什么又定要强我说原故？”

六姐叹了一口气，怯怯的，让一只手给我拉到床边了。

这时我已成了老虎了，使六姐心跳，是不免。但一个曾被老虎吃过的人在一个没有吃过人的虎面前，也不会怎样怕得很，这我却看得出的。

我还不知怎样的吃法，我们如同当到大姐见着的时节，那么的横睡，虽是并在一块我却不敢搂抱她。并且我拘执，这情形，于我终是太觉生疏了。

在一种扰动以后，会有一个长时间平静，就是在以前，也是如此的。我们为了明知不可免的波涛要来人却异常安静了。六姐不说话，我也无可说的事。我们各自躺下来，如无其事一样休息着。我心也不如任何一册故事上所说，一个恋人当初期同到他的情人幽会时节的不安，我且思极力制止自己的暴乱在可能忍受范围以内我没有敢去接触六姐的身体任何一部分。

我想：“这是试验我的一个好机会。”

不过，我要这机会来试验我准什么账？忍耐下去，我的胜利难道是我在将来可以追悔的事么？我不在此时来把我的薇奴丝裸体的像全展览于我的面前，我不是一个真的傻子么？

“我的神，这里没有人，你可以裸体！”我在吟起诗来了。

我在吟起诗来了，六姐见到我起了变化，坐起来。我用手去拉，于是又倒下，但六姐已用手蒙了脸。

“你让了我吧，弟弟，这不是好事。”

“没有比这事在我俩生活中为更好了。”

“我们相爱就有了，何必定要……”

“让我们联成一体来发现我们的天国。”

六姐蒙了脸，尽我为解衣扣同裙带。

…………

“姐，你给了我人生的知识了。”

“胆小的人，二十八岁还来做人的情妇……”

我们都哭了。我们不久又都睡去了。

醒来两人身上全是汗。

…………

这老虎第一次吃人，算是吃过了，但到夜里独自在床上来反嚼日里经验时，却恣肆的哭了一点钟，到哭倦，就睡了。

十

在这世界，无数的，是早上，是晚上，是不拘何时，在一块儿亲热得同一坨饧一样的伴侣的中间，其中有个人，在他情感厌倦时，把太太推开，说，“去到别处去，找一个情人亲嘴吧，”六姐就是这样跌到我的臂圈里来了。

孤僻腼腆的我，直到一个女人落在怀抱中以后，才证明自己也并不是一个终究就不配做那有着嫩白的脸儿，适于搂抱的腰身；善于害羞的眼睛，反复接吻不厌的嘴唇的妇女的情人！亲嘴的事于我起初本来是如何陌生，然而从这生疏动作中——类乎一个厨子缝补袜子的生疏动作中，就曾给了六姐更大的欢喜。并且，于这些事情上头，我不能不承认我那天才的存在，先是许多行为六姐是我的保姆，不久我就在一些给六姐兴奋醉麻的事上，显出我俨若是个经过半打女子训练过的男子了。在学生时代六姐对于这学生，是异样高兴，但当六姐发现我这天才时，她竟简直为一些新的不曾经的热情所融化。我只对我这本能抱憾，我心想，倘若是，我们的友谊，在三年四年以前就已进步到这样，也许施展这天才的机会还要多！如今，过去的已成为凄凉的寂寞的过去了，我也不敢再去想，未来的，那还是未来，准热闹呢。

因为这半个月太热闹，嘴唇在六姐身上某部分作工，手也在作工，还有其他五官百骸全不能安定，不在六姐身边时，脑又来思想六姐。六姐因为天气热，怕是病会忽然生，为关心我的健康，约定暂时且休息，隔得远一点，到七夕，大家再相见。今天还只是初二。目下我的口，我的手，我的……，又不得不暂时赋闲了。孤单惯了的人，索性孤单下去，这是可耐的。譬如没有吃过冰的人，虽然听说冰比凉水好，但他决不会在得冰吃以前有瘾，热极时，凉茶凉水仍然是可以解渴。但吃过一回，要戒绝，就比戒烟戒酒还要难于断根了。我顶同情于一个人的话，这话说在他的一种日记上，说是“一个人顶容易上瘾的嗜好，怕没有再比同恋人亲嘴的事情为坏了！吸大烟，喝酒，打吗啡针，都不会如此易于成癖。只要一个年青妇人的嘴唇，有一次在你粗糙的略有短短青胡子的边嘴贴了一秒钟，你就永远只会在这一件事上思索那味道去了。”我是只思索六姐那嘴唇的味道么？我还能思索别的许多的事情。在六姐给我的印象中，我是可以咀嚼出为六姐将温柔浸透了的甜味的。这一来，教我怎么办？

为六姐写信。只是一句话，信是那样的：

姐：昨天定的约，我可办不到。

没有回信，三点钟来电话了。

“得你的信了，我明白你急。”

“你明白我你就来，或者我——”

“不，好弟弟，不要这样吧。你应当休息一下才是事。天气太热了。你瞧你身子多坏。你不听我话，好好的，坐在家中睡，又胡思乱想，我是不高兴的。”

“我想为了你高兴，我只有同你在一块。”

“那不成。”

“那不成，我要闷死了。”

“何苦?”

从电话中，听出六姐是有转心模样了，我又加了一点儿什么。

“姐，你不来，我就一个人要哭。”

“难道就要我终日在你身边么?”

“这于你是办得到的好事，你就办，不然，我也不敢怨你，但我自己有权利摧残我自己。”

“天哟！你真——我来，我来，明天来，好不好?”

“那今天我怎么过?”

“啐！你又不是我的老子——下午六点钟来吧。”

“好极了。我不是你的老子，你却是我的冤家。你不来，我就……”

“懒同你说了。”

六姐把机挂上了。今天才初二，我们是约定初七才见，因为怕不能守约，还在当时发了一个小小牙痛咒，然而破例的是我们两个人，要应咒，应当是她疼上牙我疼下牙的。但只要是眼前有六姐在身边，在将来，就让我一个人来受这牙痛的天罚，又有什么要紧?倘若是，我们的聚合，是用寿命或者别的可以打兑得来时，就是损失未来一年幸福兑换目下一天偎傍我也情愿的。

简直是用要挟法子样六姐哄来，答应后，我忘了天气的酷热。到市场去为六姐买她爱吃的橘子。把买回的橘子放在冰上头，好让六姐来时吃那冰橘子，我又吃那吃过冰橘子的六姐的嘴唇。

没有钟也没有表的我，把我自己的脉搏来计算时间的脚步。我算到这时六姐是在做些什么事，又算到在洗脸，又算到在……又算到在……

院子中有了我所熟习的脚步，六姐在我还没有算到上车子的时节已到我的房中了。我又惊又喜，说不出话发了呆。

“一个人在做什么事?”

“我在等你，在计算你的打扮收拾的时间，不期望你这好姐姐就来了。”

显然是六姐也不怕牙痛，才不到五点钟就来了，到这里时我知道我应做的事，我发了一种瘾，姐的伞还拿在手上，我就缠着姐的腰身了。

“嗐！你是这样怎么得了？”

我不必对这话答复。这话又不是问我，又不是同我商量什么事，又不是厌烦我而说的。我能看得出的是六姐，因我有形无形的友谊的重量压到挣扎不能的情境里，正如同我屈服于她那温柔管束下一样：我们互相成了囚犯也成了财主，我们都没有自己存在了。

…………

天夜下来了。在平常也有天夜时，不过在我全生活的过去每一个天夜都不同今天的薄暮。

我不爱看这灰色的天空。我更不是为了欢喜看在这灰色天空里像一块黑绒抛来抛去的蝙蝠的飞翔。我陪六姐坐在这小院子中，是要等星子。星子出来时；让在银河旁的牵牛织女星看到我们的亲嘴，作为报它往年七夕夜里对我示威的仇。再过几日的七夕，我们同星子是只有各行各的事，关于示威应当二免的。

不死日记

《不死日记》1928年12月由上海人间书店初版，为“二百零四号丛书之二”。

原目：《献辞》、《不死日记》、《中年》、《善钟里的生活》。

现据上海人间书店初版本编入。

献　辞

这里所有的，只是一点愚人的真。

所能给人的，是除好笑以外似乎没有别的了。能使人笑也不为无益，就算这是我的希望吧。

我不因为怕人轻视就省略了一些要说的话，也不因为伤我自己的自尊心情就抹除了些已写在这日记上的言语。稍稍疏忽与有意忘却，是有的，但这个不是我生活的重要成分，所以缺去了。

从七月一日开始，到八月底止，这两月我的生命，除了在另一些纸上留下些东西，其余就全个儿在此了。牢骚呵，忏悔呵，苦呀苦呀全是成为过去；一切皆离开我身体，同生命一样，不见了。我可以得着的似乎只是因此而来的讪笑，我呆着，接受人所能给我的东西！

沈从文在上海

不死日记

七月一日

我第一句要写的话，是我像这样活下去怎样活得了。

一切的悲观，无法救。病态的性格的我，在不拘某一处地方似乎都有遇到讨厌邻居的命运，一个平静的心便很无理由的来为别人谈笑生气，生了气又恨自己无涵养，且自怨自艾，唉，这些事我也就觉得我生活是很可怜了。

别人在另一房中的互骂，骂过后又仍然吸烟喝茶，且在同一的一件趣事上打着俨然同样的哈哈，我耳中却永远为这些离奇的骂人字言生气，且像甲乙两者全是在骂我。因为穷，工作的所得，终无从使我搬一个较清静地方去住，穷给我受苦的间接方面，便是这听隔壁的人骂娘吵闹的义务。

天生的有这种以互相辱骂为乐的人，自然也就应当有来傍听这辱骂为命运的人，……想到此又不由得不苦笑了。

我不图这样上了年纪的人还这样容易因这些事激动。

生活真难，就是听别人的打，骂，吵，也不容易活下去。虽然我是仍就活下来了。

很奇怪的是这些人，成天同一个同学之类打打闹闹，也居然能把每一个来的日子混过，如今的天气，一日真是一个颇长的一日呀！

我总想到我会忽然而死，是呕血，或是脑充血，脑贫血，以至于……实在我连脑充血脑贫血究竟是什么现象的病也不深知，不过我想总是在这一类来得很快的病中死去。

死了也好。

不然像这样成天心忡怔着，头痛，眼花，耳朵叫，却仍然得于时时刻刻中想到两个角色的对话或一段家庭的现象，以便于另一时节伏在桌子上来写三块钱一千字的小说，这生活我真厌了，当不住了，要继续也不能了。文章既不是随时可写的东西，写成又不是随时可卖的东西，我即或愿意如此得过且过活下去，恐怕也不能够吧。

一个人，穷是吓不了我的。有钱就用，无钱饿也尽它。至于妈，以及老九，不是应当如此过生活的。老人家可怜之至。九是小孩子，也应当像别人家小女孩一样，至少在这样年纪内不适于知道挨饿一类事。但是让妈同妹来到这地方的我，有什么法子可以把生活弄好呢？出于自己意料以外的是各处寄来的钱数目的少且迟延。我不能怪人，我实在又并不寄过多少文字的稿件给我的主顾，他们是做生意人，岂能因对我慷慨来做赔本的事。

在此情形中人偏不能不生病。呵，这病，便是穷中的恩惠！

每天希望到凭空发洋财四百元，这希望到明年今日还恐怕无从实现。四百，多吓人的一个数目啊。然而我又知道这只是阔人送小费的一个通常数目。为了得这钱，倘若这时有人要我作一点苦差，我是毫不濡滞便答应去作的。有了这钱我可以为九留一百，作三个月的费用，剩那三百可以拿去同妈返乡住。因此一来老人的病自然会好，我也会把空气换换，不至如此萎靡吧。

但是，四百元，多吓人的一个数目呀。目下是对于九的法文教员上月欠薪五元很是为难。这个老实人，每月十元的报酬已够微薄，还欠账，即使知道这一面是怎样一种情形，能够用苦脸说可以原谅，可是自己好意思说话么？我是每一遇到上课时，便想走开的。无论怎样说法也是对不起人，作教师的是比我们更可怜。

试想自己当真已经死去，是怎样一种情形。

……妈是活不了。妹是读不了书，无依无傍的呆在这地方。这一家完了。但因此，凡买过我一册书稿的，将因为赚钱原故，在广告中称我为天才，且深致其惠而不费的惋惜。其次是一些自以为明白我的人，来在一种流行杂志上写一些悼念我的文字，且也必不吝呼我为天才，或比之于欧洲某某。其次是当我在生时，与这些人论调不同的，便来否认，想在我头上赚钱的书铺广告或类乎广告的文字加以非难，于是在打倒天才之后他们得到了稿费以外还可以得一神清气爽机会。

这样看来我的死是对于少数少数的人很有益的。我且不能发现任何方面的损失，虽说并不缺少那种死后知己的友谊的捏造。

先在此说吧，我的知己呵，你们不会知道我的。总有那种真想在此时要了解我的人，但我的脾气，我的表现于你们面前的种种，只有增加你们对我的误会。我们终究太隔远了。我是我，你是你，在生误解了我的，决不会到我一死你们就了然我的一切，这无理。至于在生既不曾见过我的，更不用说明白我。我为图死后的清静，不要一个人为我作纪念或悼伤文字，我的活着的每一天，便是自己悼念的消磨了去，一死已完了。

我猜想是我在这世界上的位置，究居何等。我若是很聪明，能自杀，或杀了一个女人然后被刑，则我将怎样给市侩们以欢快！且为了这样给人有趣味的新闻，也许当真有些平素漠然的愚蠢男女，一有机会就来为我流泪吧。也许妈仍然存在，便靠到此事得一个市侩的哀怜；或一个好事者哀怜，给妈同妹一笔钱，尽妈同妹好好过活下去。至于我忽然病死，恐怕不会有如此下文。至于还好好生存，那就理合尽一些书铺老板用做好事的态度挑选我的小说稿了。——这样一来他们是对的，因为我存在一天便应当靠这买卖活一天，若不苛刻到我，下一次也许我就大胆的索价起来！

我因为知道得清清楚楚，我的值一百元或八十元一部的小说稿子，由这些人过手印出以后，第一版是便赚了若干倍钱，对于市侩总觉可敬的。中国有这些善于经营事业的人，正如此时中国有很多的革命家一样，这都是些有福气有本领的人，才能利用无价值的精力与无价值的性命，攫到金钱和名位。说话资格不是每一个平民皆有，所以我亦不敢作种种其他妄想。既然是平民了，看了眼睛热，去做官倒可。至于抖了气，说一有钱就自己印书，那真是小孩抖气的话！在他们，只要把书店一开张，自然有那各样货色送来给老板赚钱，我纵算把身赎了，还有其他穷的靠作文章为活的人，因此我想改业也不成。天生我们是为世界上某种人用的，既能泰然坦然于五色旗或青天白日旗下作一顺民，同市侩毅然绝交又怎么办得到？

死，好像是当真绝交了，其实则我死的一天便是凡与我作过生意的人发生更多关系的一天，他们谁都愿意我死得离奇不经，好作出很耸人听闻的广告，一般不相识者也就想在这沉闷的生活中发生这样一件事情，好解除这单调周围。社会是期待我一个荒诞的结果，即或是不曾有谁好意思来同我说过。

有人方以为我在这样生活的糟蹋下还不死去为憾事！

一切生活中全有勇士，所谓勇士者，虽不免为明眼人在一旁悄悄指点说这是呆汉子，——然而呆汉子自己只知向前，如蛾就灯，死得其所。至于与呆汉子相异，倒因为怕热怕焚，明知光之为美，亦以蠼伏于暗中为乐，这样人自己可嘲笑处实比所谓呆子还多。

我若是遇事勇敢，糊涂的向前，我的所得决不是今日的一百零五个无聊。对女人，不糊涂的缠，岂有蒙人爱怜的一天。看着别的朋友，正有着顶好的榜样在，用着那荒诞不经的撒野方法，一味痴，终于把所要的女人得到，也并不少。纵说碰壁机会多，然有天生善忘好性格，今日的事今日来负责，到明日，果又遇到了眼底恰当女人，无碍于再整顿精神，来使用昨天用于另一女人所失败的把戏。经验越多则从女子普遍的性格上更多认识，而将方法时有所修正。这世界，女人原本又是那么多，全然惨败是未必有的事吧。

然而我，将何所用其糊涂事可作，也决不能作。在梦中，勇敢便非我所有。我追想我这无用的原由，还是穷。因为穷，我把一切勇气全失了。永是把麻烦人当成我心中一件不当的罪孽，便远远离女人与社会。依稀像是有半分骄傲而如此，这骄傲，真够丢人！想到不全然是穷而无用到如此时，我就觉得正因为要我这样无用的人在，才能显出这世界上英雄的幸福与女子的命运。在许多地方，永远是机会见到那些身长五尺腰大十围脸若酱瓜的汉子，偎倚到一个年青貌美的女子身旁，被糟蹋的女子仍然很少难过样子，这之间，岂少全仰仗这汉子勇敢无畏而得到这胜利？

女人是瓶子，是罐子，凡在其底贴上了字条，写着“这为我所有”字样，便有了这女人了。一些人，是不问这瓶罐愿意与否，设法将这东西底子翻露，勉强贴上这一类字条，而使女人承认她自己属于某某的。能干人则虽明知这瓶底业已有别人贴过字条，却将一新字条贴到那字条上去，终于把这女人又引归自己有的。要这些瓶瓶罐罐作主，说谁是它主人，这无从办到。瓶罐的口与心是为容受水或烧酒白糖用的，女人的心则只为容受男子爱情而有；女人的口那不过是最适宜于擦得绯红，接吻一样东西罢了。

贴过字条与不曾贴过字条的瓶子罐子，罗列于我眼中的，够多了。我只徒然期待这东西说话，以为一千个中至少有一个会凭空说“我爱你”的。实则我见到的多数全是在一个人将字条贴到了瓶底时，这瓶子才开口向那贴字条的人说“我爱你”。然而我偏相信瓶子有拒绝主人欢迎主人的理由，我在一个很蠢的信仰中把日子糟蹋了不少，到如今，则又感到人已老大更无权利说谁“应归我”的话了。

还是这样安分活下去吧。

只要莫流血，莫太穷，每月不至于一到月底又恐慌到房租同伙食费用，此外能够在一切开销以外剩少许钱，尽妈同九妹到—些可以玩的地方去玩玩，这生活算很幸福的生活了。

想来这生活也好像并不算非分希望。为什么就不让我有这一天？

金钱，名誉，女人，三者中我所要的只是能使我们这一家三个人勉强活下来的少许金钱，这一点点很可怜的欲望还不能容易得到。

我恨我自己却如此无用。既不能把自己缩小，各处钻营学一只狗摇尾乞怜，又不能把自己放大，到各处地方各样机会上去大吹特吹：生活方便法门原是这两种，就是把卖文章作本行也少不了需要这样本领。我实在是无用的人。这世界，正有着人自己来捧自己的场，得到不少人敬服与怜悯者，这非凡聪明我那里能学到？

唉！昨夜是又梦到发财了！我只能作一点小小的梦。

我与世界的一切一切，真隔离得太远了。这结果将来的生活总只有比目下更坏。

我嗔着一切人，很无意思的嗔着。但是，心里想，此时的中国，有一百个会说讽刺话的法朗士，中国不仍然是中国么？口上的牢骚等于音乐，纸上的讥讽等于绘画；不是人人可能听到看到。即如鲁迅，也只是一个无用东西，可怜之至！

关于鲁迅这个人，我有下面一种感想——

对于女人的要求，总有之，像他这样的年龄，官僚可以讨小老婆，学者们亦不妨与一个女人恋爱：他似乎赶不上这一帮，又与那一帮合不来，这个真苦了这人了。然而这个人又决不会像郁达夫，那么干喊“要”，仿佛居然也就喊到手了。处到这时节，也不会有女人反而去缠他吧。一些人，本来也无聊，读了他文章，便说“这老头子深刻”。说深刻，有什么用？最好是自己是那么年青，那么美丽的一个女人，像一个世俗所称赞的观音菩萨，固执的爱了他，大胆的趋就他，这于老头子或者是有用的。他虽然从不说过“要”的话，但假使真有一个这样的女子，实在是救了他。……中国有一百个法朗士，中国还仍然是中国！年青人还是成天在各处被杀，年老人还是可以各处作官，买人口的贩子还是用二十两大秤一毛钱一斤的行市。……把他的东西，翻英文，翻法文，翻成世界所有的文字，也抵不了一个女人来大胆爱他为实际给老头子帮助。至于把自己本来还很惑疑的作品，给一个人一翻成外国文字，便以为自己是了不得，而从此中得到一种如饰甘露的淳醪的微醉，这当是某某天才的事，不是鲁迅这个人的事……

我这样瞎猜，便来估定这人的苦恼因缘。其实我是连我自己也不曾能看得分明的。我要一个女人么？这样女人便能救我这下沉的心么？

在我工作上，我想到我应怎样把方向认清。这同我在生活上所下的决心一样，结果是完全失败了。

一些憧憬的感觉，详细看，只是更憧憬。眼睛因为在灯下看书，成了近视，心眼则因为孤僻成了近视：我是始终无法把我一切生活方向看清的，所看到的全与别人两样，虽然是另一种味道，但这“不同”已将我摒除在世俗以外了。

我是愿作一个平平常常的人的，这不是命运所许可的事。

人到不能为名为利所醉心，去冒一切险，这人不胡涂地方，只见其独与世相外的多灾多难，不适于生存，初无可敬处。我已无意中成了这样的人了，因此我还得准备世人的揶揄。

这时节，只有一样事是我可作的了，我死。实在是死了后，怎样的给了人家的方便与不方便，我不会在未死之先去估计预约。死以后，至少我是一无所知再无麻烦来到头上了。

单是为了隔壁一个客人，用那湖北口音学官话，骂混蛋，我想我既不能把这小杂种打死，又无从搬家，又无法禁止这“混蛋”，也就很容易的想到死。当我发现了自己是怎样的勉强的同到这一切人接近时，我为我自己的忍耐实出奇的惊讶了。我并不真便如此轻易死去，而这些声音的烦恼我又如何大而且长久！

人类是可怜的东西，我不能在此话上多有所解释，但一想，总之处处是可怜的。

又一天呀！

看看自己所写下的是些什么东西吧。连自己也莫名其妙。

心是烦乱。是随时随事皆像可以生气。

听到东房的妈的咳声，便把眉聚成一字。四百元是一个大数目，三百元也罢。三百元不能得到，两百也好。有了两百块钱在手，则一个礼拜以后我们便可以把这个家搬到上海了。这时想，上海不一定是比这个地方为好，不过至少我不会再有一个“混蛋”的芳邻了。

我要努力十天，来把这希望变成实事，可是我的血，你再流就全完了。

告妈说，再过一月我们可以到上海了。妈在微笑中露出不相信的神气。她虽不问这钱的来源，但说是也不必太过分劳动。

我太不劳动了。懒于找寻一切的心使我一无所得。近来则连想象中的爱情也缺少构成想象的成分。

我是有一些部分已当真早死了。

今天是七月一日。我好像是在做文章的写了这样多。

七月十三

七月十三来第二次写，一停是十天。

一事无作只是心中涌着一些东西。说是十天把生活的方向转动，如今是怎样的尽了力？在这十天中，只是躺在床上流汗把日子度过了。其间作了两次坏事，是白天。人却似乎不怎样疲乏？可是更坏的是莫名其妙竟对于房东女儿动了心。

一个作看护的女人，相貌也平凡不过，居然一起一动皆像给我受苦，这个事自己也很奇怪。望到窗下厨房院子中竹竿上晒晾的红衣，就如同见了佛，俨然是这东西只要一亲近也可以使自己超生。一些不端方的思潮，凡是曾经用到一个表姐身上的，如今是全把它移到这女人方面来了。时时想起立望窗下，就是背影也非常觉得动心，我把我自己真无法。

若说要，那就当真去同房东先生说明白，也许是一个方法。纵说自己的穷像，在欠账上已显然于房东以及这大小姐面前，然而想象这样一个女人，是总无多大问题的吧。自己穷，老，但这样一个平常女人就无法作为自己的妻，似乎说来就有被人耻笑的恐惧，我为我自视的卑小真痛心。

望到那发育得正好的背影，心就摇荡，且更为自己可笑又可怜的，是因为希望可以在楼廊上见到这女人一面，竟屡次借故到妈房中去，又出到六号房去。不期然的碰头中，对视不过两秒，人就不能自持，回头到自己房中来，所想到的只是愿意哭一场。

人的样子并不美，但身体仍然是少女的身，总觉得十分可爱。

假使有机会，我不敢断定我好如何撒野于这女人面前的。我愿意来忍耐这诱惑，只是先担心自己不是伟大的人，终恐免不了堕入平凡里去。

说是不要女人那止是谎自己的话。

若果日子像这样过，把这女子成天系到心上，一事不能作，这在远处说一句话也心跳，我不知道我生活将到什么样子。

女人并不美，是详细的不马虎的见到了。然而还是如此妄想。我又怨我的穷了。若不穷，若能够设法另找一房子，则这诱惑也不至于继续吧。

想起自己，又不禁难受。这样女人也能使我颠倒，我完全不能自信。我这样无用。也是从此一事上才看分明的。在另一时，被一些谈闲话的人，拿来说，沈某某，爱了这样女人，且为这样女人苦恼，那才真是笑话！在这时，则简直有“就是笑话也罢，我只要同这女人好就成”的气概。

莫花费过大的损失，而得到同这女人一度接近的方便，是这时的心情。在爱情上叨光，又不必多有苦恼，我这自私心是并不缺少的。只是其实则我在没有得到什么时，已经把一个女人应得的代价全支付出去了。在这些事情上的不经济形成了我的无用处，真是无用。

又想到……唉，坏的想念使我从人转到狗，我相信在我地位上也不至于如此。唉，女人！

昨夜落了一整夜雨，此时晴了。晴了有蝉叫，自己一事不作，听蝉而已。

耳朵的用处在帮助我思索那女人的行动，只想凭空作了这女子的夫。若我真不缺少这作人丈夫的勇气，那在另一人身上未尝不可以发展这天才。认真要，就去作，也就有着那等待作妻的女人在。我能作的只是类乎舍近求远的事。没有力，没有比空想更确实的计划，把我的一点想望除去，我这恋爱便完了。

听到楼廊有皮鞋声的响，心就跳。且即想出去，能出去也罢，又怕。怕女人还不及怕其他人，这害羞的情绪永远存在，他方面又日益将欲望增长，若果以后日子中不加上其他变故，我只有一天更比一天苦楚。

脾气坏，这来源不是身体不佳了。

只是坐到桌边，半天的光阴过了。愿意逃出这地方，暂时往另外什么场所逛逛，消散这心上东西，又不能。算到日子已过一月，不若将公寓账送清，我总想万一我脾气再坏，真会杀死自己。上海无钱来，在上海方面当然有比我要钱还更好的理由在。可是若再过一月，这样不是当真要饿死么？在这样情形下，还不忘到要女人，我为我自己的糊涂憎恨到极端。

事实的进行，全不是与梦商量过而后才生着所谓变化。正如所说，有一百法朗士日日握笔写着那讥诮文章而绅士们还是各处扯谎各处骗人，两者全不相关！这一面正怀着这女人的美，那一面，却料不到在今天就作定了新妇，——今天为款待这未来新郎还备了酒席，我们吃饭还正说今晚特别菜好。

一切的一切，全是如此同我漠然无关的。

我在此事上能有什么感想呢？人是别个的人，下了定钱，择日搬货。我为这人担忧，担忧这女人在兴头上将免不了作一点不端方的事情。其实这也无聊，这是别人的事！

看这女人的睡起神气，才觉真不美。又似乎知道这是房东先生业已写就签条贴上奉送字样，签条上名字是另一个人，自己便看得漠然了。我为我痛苦恐怖，此恐怖实无须。这女人再也无从使我心跳了，只是我并不欲放弃我逗这女人的权利。

自己是太无用处了，为这样女人也倾倒如此。其实，再坏一点，何尝不使我也倾倒呢。我实在不是一般人所称为男子的男子，因为通常人对女人的分内的所有叨光处我全叨不了光，这东西比名誉金钱还更离得我远。

七月十六

这日子是昨天才从西城见到的。

文章作完了，得当了衣去付邮。这一周是非到连当衣也无从的情形中受穷不可的。这事实只给我无法，不能怨谁。书铺不愿寄钱那是合理，真知道我这样可以饿死，或许他们还能嗾了房东来讨我的账吧。我知道有人是欢喜我死的。

这是早上。早上的感想，只是心躁。望到桌上的残烛，自来火，信封，零碎稿纸，扣带，茶壶，笔，一枚铜子……我还望到自己的心，是无没落的心。

请来的先生，在这先生教九妹教读法文时，竟不敢与其见面，怕人问到学费的事。另一时，见到了房东，也畏缩之至。那里还敢见面？听听这脚步声也心中不安。无用的人啊！别人杀了无数的人，流了无数其他的血，还好意思说为国为民。别人腼然无耻的作着假慈善事业，尽其太太赚钱发财，也不以为意。至于自己则所负不过债务五十元，也如此心疚不已，我真是无用的人啊！

只想在下月，上海能为寄两百块钱来就好了。

妈的病，一面也未尝不是因见到这穷而增加缠绵。救妈只是一样药，这药是钱。有了钱，不必怎样焦愁，且想服一点什么，就买来，想玩，就去，那自然而然也总有好的一天吧。但是眼前谁能从天空掷下一块钱？我决心，只要有人要我，我愿抵押一点钱，来将妈设法医好。只要有人要，我就去。不拘作何等事，我也能作的。明知是只有钱来可以将妈病诊治，恢复过往的康健，但这少数之少数的钱，就无来源。穷，真只好是死了。“妈的死，恐怕至多不过三年，”这老人自己说的话使我要哭不能。我算杀了妈，因为我不能如一般作儿子的找钱。我自己相信是找到了那人间顶高贵的一点东西，是人情，但人情不能使我自己不肚饿，那里能将妈病医好？

我且将九的天真伤了，因为作哥哥的在此时却不能帮助她安心读书，强她参预生活的事。

说到妈病，九说：“把妈送到医院好了。”

妈说：“不要紧。”然而说完就咳。

九又说：“去就好了。”

“医院也不一定见效，”妈且同时将一句旧话说起，是“吃不下西药。”

我不敢作声。九不明白进医院要钱。虽明白，也总以为二哥能借。虽知道借也不能，还以为妈的两件夹衣此时不一定要穿，当去也好。

说到衣，我仍然无语。妈返自己房中了，九在窗间哭。妈既去，九才说妈夜来咳得更凶，会危险。

危险，有什么法子可说呢？我们何尝不会一同到饿死的地步。九却太相信时间会把我们生涯转到好境的事了。那里能够？九不知道她的二哥也快为生活压死了，她一点还不明白。但总有一天她会明白的。可怜的是她，她年青，美，不应当生这样一个坏运，将她青春磨尽。

妈老了，饿死病死是应该，虽然这是我的罪。我自己则饿死病死也应该，虽然不能学坏一点勉强图存也是我的罪。至于九，是应当有理由活在这世界上的。然而妈何尝全无理由再多活二十年呢。

我写这些事总无一个人能相信这是我与我家的目下情形。

方有人要我代他谋事，又正有人请我演讲，又正有人问我要文章……还有人在报纸上吹我是天才。这天才，用“天才”就可以抵挡一天的生活么？也许真是，对付文字是天才，对付生活则劣者了吧。我要人说我好有什么用？精神生活的向前，也不是一二知己者流捧捧夸夸给我的帮助算是帮助，我自始至终用不着这些。我要这同情或了解有甚用处？我不能拿这个活下去，也不能用这个治妈的病以及缴九妹的学费。

我不是伟大的人，天意只使我无法同平凡的生活接近一步。我要活，这时则虽苦着忍着也有活不下去之势。我相信我若吃酒，则一到大醉也许真能够用力将妈同妹杀死再来自杀。我平时，并不缺少这样的心！可是我过细想想，为什么原故我打量的计策总不外这些又笨又刻的计策？我只有忍泪告我自己，幸好我决不至于大醉。

七月十七

是不是十七我也不很明白，明白日子也只不过增加自己房东方面银钱的责任而已。日子的观念在我是一种奢侈，说是知道了确定，便多一种“又是一月”的淡漠哀感。

岂止想到一月？把“一年又如此过去”的感觉维持到明白今天确

定的日子记号以后，也有很多次数了。一年来我所得是些什么东西？

昨天，寄了一篇文章，名诱拒，通篇无一句对话，是两个哑子，然而这样写却仍然是可能的。不过，我就成天用心来写文章给人看，让一些不相识者在我听不到看不见地方糟蹋了时间同金钱，读我文章又同情或生气，这就算是生活么？除了放赖模样要人家在这文章上给我在一月以内寄三十块钱以外，我还可以要些什么东西？纵有意无意中要了人的眼泪，眼泪与称赞能使我精神充足多忍苦挨饿活五天六天么？

衰老的自觉，在我却无时无刻不被包围中，这自觉使我对于一切荣华全用不着了。只要莫使到这样一把年纪的母亲同为挨饿而致死，我宁愿放弃了一切凡是男子所有的好处，也无所怨。要女人，也不比需要吃饭为更饥饿。到明知自己不是作丈夫的材料以后，是不再抱着那女人不理的无聊悲愤了。我愿意世界上每一个男子都得到他的幸福，把我来垫脚便可以迈过一重人生的艰穷的墙，踏到一个好地方去。

我只盼望在十天内有上海的钱来，方好应付这局面。因为穷，简直不好意思对于每餐的菜蔬加以批评了。

我想人只要会寻快乐，他总有快乐可得的。

在本寓里就正有着这样的天赋特厚的人在，是一群。白天在睡以外究竟作了些什么事，那是不容易为人了解的。至于到了夜间，那就不妨一同来在一个空房中围着用两张条桌拚好的方桌上面打着夭二的麻雀牌。可以“冲”，可以“拉庄”，可以“抵”，全是能够懂得怎样把场面弄成极热闹的人，各人又精神勃勃，无萎靡态，我觉得这些全是可以值得佩服的。一个大学生，居然能在论理学，几何学，文学通论，以外还能懂得打牌，记忆到若干专门名词，这类人脑力之佳，至少也就足够使人惊讶了。

听到在上数日半夜里吵架的事，方以为以后这公寓会寂寞下去了，谁知到了昨晚又议了和，仍然是四人很有精神的且各用着和悦的笑脸在那三号房中过了夜。到了天明躺在床上去睡，一直到十二点再起，睡眠既足则食欲健增，这些人是有福气的人，很会生活的。在另一方面自然还有比这个更好的事，但一个大学生终不是一个军阀，期望他们当真去嗾了人打仗流血，把别人的血流尽，回头各巨头又来握手言欢，终是办不到的啊！

听到一个朋友说刘天华非常穷，这音乐家真是蠢人。但在中国蠢人终于太少了，寂寞之至。

心想有钱倒可以送这人一笔款子，让他去开一个大规模国乐学校，扩大的向国际上去宣传，——但这一笔款子的数目是我不曾想到的。

很可笑的是一听人说到我所敬仰的什么人生活很窘，无理由的吃亏时，凭空就无条件的生出怜悯心情，倒比怜悯自己还来的长久。一面却又免不了要说这是蠢人，因为学会了别的却不学会到社会上抢饭吃的本领。把我算在内，这类人是不适于生存而全应该早死，省得另外一些人放心不下的。就是学音乐，学雕刻，也似乎不能够为人承认是龙旗或青天白日旗下的顺民！

今天天气太好了，人便像非生事不可。

我终没有能自救把我从女人的诱惑中全然引上文学的大道，虽然这时是对于房东的女儿已全不动情。这女人，我在我心的生活上，已经就算恋爱过，失恋过，终于厌倦忘却了。然还有那另外的一女人的影子在。这横耿在心上的，才是我真在恋着的人。想到这人时却没有情欲的自私与占有的自私成分。就这样单守着一个并不十分清明的印象，两年来都像只要这女人命令一句，要死就敢于决定会很毅然的去作这吩咐下来的事。实则我们离得这样远，远到不可以用尺量度。全然无望无助的把这爱顽固的维持下来，是我所能作到的事。我为这个没有怨别人，只自己时常觉得无用地方很可怜。不能爱，也仍然无法把这心转了方向，弯曲就另一机会所许可的女子，我是在怜悯我这无用又常常抱怨我顽固的。

天知道，这个人这时不正是为别一个有钱有貌的男子写情信？

天知道，这个人这时不正是同到她的情人拿我的胡涂作谈笑材料？

无论如何这是一种类乎耻辱的事，就是她的漠然也是我的耻辱。虽感到耻辱，也仍然不吝惜自己恋恋的心情，所以我又在此事上说我蠢。

我想如此写下一月，则我可以将这样一种东西卖三百块钱了。虽然这全是无秩序的不足为外人道的自己又卑劣又无聊的感想，只要是能写，又能卖，我仍然得靠这个东西救活我这一家三人的性命。

欲望的下沉，我无从隐晦。一面又觉得这不能作，一面又觉得作也无妨，心性的不加雕琢的公布，固然将给人以另一种趣味，我在此事上损失的东西也就决不是三百块钱所能偿的数。不过，说到我，我全人格究竟值得三百元么？我不敢自信。在这书上我所有的只是愚人的真，我究竟有无勇气尽人人知道我是怎样的我，还是不可知的。

下午来客到五时方走。我怕客之至，但无拒绝朋友远道来此的理由。在客面前我不能不极力打叠精神对付，待客去后我又来懊恼。我要能体谅我这心情的朋友是没有的。

倦甚，一睡醒来已七点，还是倦，头脑胡涂，——我恐怕这是大病快来的征候。说到病，又想起妈。妈是已经愿意到医院去看看病的，可是这时无法得五块钱。此时的我借五块钱真是不容易的事，也不知向谁去开口为好。病若不客气的一定照顾到我，就真是很难的一种气运了。

唉，我们这一家！

天气是太好了，适宜于作许多事；适宜玩，适宜出外……即或无处可走，雇洋车到长安街走来走去，看天上云也是很难得的，可是我们全不能办，无多钱。

今天是所谓“军民联欢大会”的一日，公园中正挤满了人。且听闻上台的除了要人说他的战绩与杀共产党的手段外，还有名人的演说；大致这演说还可补充要人的意见，有烟火，有戏，最难得的是女大学生表演各式舞蹈音乐的兴趣，大致是于衣衫排场全先预备得入神出化，是博要人名人抚掌不已的。

我奇怪，女人这东西，是为这些事而生的理由。一个女子大学的学生，她的趣味恰巧立在给人欢喜的种种事上，这习惯的支配不能不说是非常巧妙的。大家欢喜看女人打扮得怪，她们就毫不迟疑去作。大家欢喜女人像别的玩意儿到台上跳跳唱唱，她们就十分兴致去跳呀唱呀的表演。而且在此情形中，每一个女人都不忘记把欲望维持到被人夸奖一事上，于是凡属女人都能在行为中卖着十二分的气力，从喝彩声中取到一些荣耀。若说女人不是怪东西，至少我以为女人是好玩东西，从前男人欢喜女人裹脚，于是有小脚。如今则男人欢喜女人读书认字，于是女人就都入大学念书了。

正因为男人觉得有女人作事作官好玩一点，我们才见到有女同志出现的。

七月十八

同念生见到其夫人，于北海。心觉得念生可怜，然而胡涂中女人终无法抵制，也就见其勇敢可爱。念生这样对付女人是很笨的，然自己忘了笨，女人通性又富于同情，即不怎样爱他，将来或仍然为这笨人所有。玩到晚才归，为一年半来第一次到五龙亭茶座。

“国泰民安，风调雨顺”，今年的北京，雨在六月落得真好。不过也只不过雨落得真好而已。

我应当作一好平民，收拾一切牢骚，才是本分。

这样坐在公寓中，日子的推迁，只作成了一月吃呀睡呀欠账数目积累的意义。我不知要怎样来变更这生活。只要是病者不病，而作工者可以照常有兴趣作工，老人要想到什么地方去玩玩就去，读书的遇到应买一本什么书时也可以即刻买到，账，欠也不能再多，每一月可以敷衍一月，那让这日子推迁，也就可以不必多为所威吓了。

把生活弄成简单之至，也将成为问题，处此青天白日旗下，与处五色旗或龙旗下，无用人，艰于生活仍然是一样。会作官，初不是因时代不同便赋闲。不善于经营生活，到任何朝代下作一顺民也处处吃亏。看看头戴青缎红顶瓜皮小帽散步于社稷坛附近人物，那才真是能干忠实同志！把作官方法，由五色旗下政府学好，拿来应用于青天白日旗下，处处见其从容不迫楔合无间，令人羡慕不置。

中国就是这样伟大的国家，无所不有。说无所不有，在自己，亦艰于解释，总之中国“人才”是无所不有吧。年青人，想学习作官势派，固不必担心无摹仿处，虽不必举目皆是，但，真是多。

到北海一次，则所见亦不少矣。

今天心情又转坏，想哭。虽见到别人女人怎样平常，总觉有这样女人还可以“示威”的。天地间女人是这样多，差不多肘子与肘子可以随便相触，好像我则是非常小心的向空处退让，终不至于触人或被人触的。

又想到无赖了，我为我自己心情可怜。只有我自己真能怜悯我自己的。我不要谁来将友谊和同情误布置到我头上，然禁不着自己的怜悯。我能看出我十二分可怜的，但说出来则只逗人笑。人我的心情距离，是无法缩短也好像不愿缩短的。

天气很好，晚上尤其好，天气好则我更无法支配我的时间了。

不能作任何工作，我呆想。

同妈说了一阵念生同念生女友的事情，到后转到日子的计算，算日子，我怕妈为此又忧愁，就走到自己房中。

妈的病已经深到怕人，我又担心九也许将因此转成病人。……我是罪人，年纪已经快到三十，还不能使母亲过一天无衣食忧愁的平安日子。别人的儿子，二十岁左右，事业金钱全不会从手中逃遁了。最无用的东西还可以为人摇旗喝道用劳绩升官发财。至于我，我所得是些什么？

“养出这样的儿子，文不能当誊录生，武不能当救火兵，好笑！”使妈还免不了为人嘲笑，我的无用罪过岂能质辩？

七月二十九

我过天津，住长发栈，是今天。

明天可以过上海吧。看看这日记，是断了。

本篇发表于1928年8月24日、28~30日上海《中央日报·红与黑》第14~17期。署名甲辰。

中　年

八月十一

今天晴。

但是我说这个干吗？下雨同出太阳于我心情是不会两样的。凝视到晴空与凝视了檐际雨的线，是给我一样影响的。我常常为天时发愁，不拘于晴雨。

我仿佛是病了。

没有力作我应作的事。似乎需要什么，失落什么，但我无从说出我所要的什么东西，而检点一番，也像心中并无所谓失盗负疚的事样。我是有病的。

疲倦的进击，使我放下了一切，淡漠的悲愁着自己的死亡。假使能死，或不自意的真会忽然的死去，我的事，给人的趣味大致比给人的悲哀为多。

就是在北京公寓中的妈，悲哀也会只是暂时的事。妹则更容易忘记有二哥这一件事实。老人见事多，虽说一见着儿子的小病小疼便万分担心，但一到人是不客气的居然死去，倒会将“命运”来处置自己，从而在另一寂寞生活下度她的残年吧。

使老人在我死以前也常常感到“好像没有儿子”的心情，忧伤的沉默的担着生的苦恼与寂寥，这是作儿子的我所能给妈的。

我愿意另外给妈一点愉快，没有这力，与这命。

想到这样生活的多灾多难，我的心，是成天在冒险做着一切事业的梦的。听闻这地方，市政府，需要一个书记，就诚心想去碰碰。握了笔，写那“等因奉此”以及“谨此奉闻”各式各款文字，用夺金标羊毫笔，伏在案边办公事，这生活，我想象我是仍然能做得下的。虽说是在另一件事上，同样的握笔，写一万字的文章，便敌得过一个月书记的收入。但人家让我去作这样书记，我能下决心去做的。我还相信我做得总比别人更好。

既然这样，去考考，就行了。想虽然想这样事，却又不去试试，这为了市政府另外有熟人。有熟人，是反而把我勇气失去的。因为我不愿意有一个人知道这时的我还得来作这样不光辉的小事。若是愿意把这希望给熟人明白，那倒随随便便也可以得到一样事情吧。我不要恩惠，所以不去找事作。正因为我不要类乎恩惠的把文章从相识处换钱，我想改业。

无用的骄傲，无用的心怯，以及无用的求与友谊离开，我是自己常常见到我的可怜处的。

人越疲倦也越可怜！

今天，是这样让他过去了，我抓着的是我的生命中什么，我不明白的。

我老了。

且想想在北京的母妹，……但是，不想，是不会有着非流泪不可的需要的。这老人似乎到近年来也非常容易流泪。这老人心是灰了。羡慕我有这样慈爱的母亲的正有人，这人那里会料到儿女的因缘全是用徒然的眼泪为遥遥倾寄的礼物？

在文学的事业上，朋友中，方对于我这小小建树引为企慕的，也不乏其人。要对这些人说，“书是印过十来册，却还日日思量作兵去”的话。应当看来是谎话吧。生活的疲惫，是但想着这些转变的突然而获救的，照情形说来，则似乎连仍然去作我那七块三角一月的一等兵也将因了生活已成形态的讳忌而无法实现，否认眼前的我终不可能，然而这眼前的纠缠真是怎样讨厌呵！

用了像是泄气的摆脱这人间恩惠的决心，我还想去一个地方作听差去。这浪漫的思索只增加我胡涂。若是真有这样地方，我相信我这时会马上就去就职服务的，但保不定明天我仍然又是在这桌边生我自己的气以后又来可怜我的无业人！

无业到连恋爱者所负的煎迫责任也无有，这是我更寂寞的原因。

八月十二

我生了一整天的气。在生自己无用的气中，日子是一天又过去了。

先一个时节，听到一个长辈说到我，说是第一段青年危险期已过，不再会有一些不应有的烦恼了。是的，我今年是二十六，人到了二十六岁当然不会再有二十岁左右的年纪男子悲愤的。我并不无端撒野。

但我这时是较之我五年以前更危险的。

无端想起的是我仿佛只有自己死了一个办法为好。且比较，称量，死是于我纵属无益也可以说无害的。至少我从此得到了一种轻松。我像是扛着了什么东西太久，而这责任因了年龄的向前也仿佛益发沉重的。只有死是可以救我的。

假若是妈这时不要我，妹也不要我，就可以大大方方死了吧。

在这世上我是没有可恋的。即或有许多可恋，似乎正因其如此，为了把这青年的荒唐保持到一定线上，死倒完成我的生活了。

到夜，为夜的寂静所吓，我反照我的心，就哭了。

这样的哭是为什么，我也不明白。

但我的生活，我的对生活处置的失当，从生活的失当上看出我的乏力，是可哭的。

我有什么权利可以要一个家庭？要母，要妹，也无权利。要妻，妻是为我这样人预备的么？一个女人，是为了跟随我这样人而生长下来，那恐怕神还不至于如此昏聩。

凡是一切顶小的顶平凡的生活事业，也全不是为我这样人而有的。我有的也许正是为人不屑要的。这算神的分配吧。

我的生活的继续，是只给我感觉是世界上另外一个社会的人的。在我的社会上，我还数不出一个同伴。也许这便不是可以有“同伴”字样的社会了。

八月十三

对文学，自己是已走到了碰壁时候，可以束手了吧。

说缺少信心，不如说缺了更其重要的力。在一些琐碎的希望上，在一些固执的心情上，我把我的力已用完了。

我仿佛所争的便是最后的一死。

一切美丽的形色，也诱惑不了我，使我生着怎样了不得的可怕的冲突了。索性是连最小的微弱反感也失去，那我会较之此时更见其平静吧。能这样平静那便是所谓年高有德的君子型吧。我又不能到这样。从纵是反应或俨然燃着微光的无热的残余生命调子上，我发现我可怜。我是已经死了许多部分的一个人了。这时的无用便已见出晚景模样的凄清。

一个灰白的生命，灵魂是病的灵魂。

作着被人称赞的仿佛勇敢战士的工作，苦斗中放着金光的花，是已有成绩。然而实际上这只是一张病叶，凋零的美是除了给人以颜色的鲜明以外，再不会给人别的什么的。在工作上得了别人的夸赞的浮词，也正如这人看到一张落叶，说它是美。怎样的早凋，怎样的憔悴，会有一个人在细细的研寻以后发着怜悯的一喟么？

我也不一定要仰赖这外力，增加我生活的信心。但是，在据说的一群知己者中，能发见这样一个人么？

为习惯，为一种客气，我便在一些人的心中把友谊建立了，时间给了我空暇，能尽我多思索自己，我愿放弃这全部“了解”，“同情”，“友谊”的。

我不能用这些浮浅的东西救我自己下沉的心。

我是永远只是我自己的。

金钱不能把人与人的关系连系，这是的。不过——我不能不这样想——假使我有了很多的钱，这钱可以把我工作从低等的职业的一般人的嘲笑卑视意义中救出，我将在社会的反影上映出另一个面貌来，这也是事实吧。

在所谓知己中尚有因了我衣服违反身分将我看成比花子还漠然

的，虽然我不会因为这样去把服装改成豪华，可是我被人类的估价也就可想而知是怎样定下了。我的知己啊，在时代的追逐中，我已下沉到池里沼里，赶不上来领受你们的纯洁友谊了。不过我告你的是在池里沼里的人是仍然走着自己的路的。我承认你们的聪明，知从形式的表章上定下人的等级来。你们永远是对的，这如你们永远应当胜利一样。你们的常识代表了世纪的进步，也比如蚊子臭虫的存在代表中国的文化存在一样。凡“多数”便是对的，你们是多数。

…………

到近来，很多很多的机会只给我茫然呆钝。在呆钝中时间与生命是没有意义的东西。我奇怪我自己，以为这样的继续是于我有益。

自己的生活也将同自己的工作有同一命运，被人看到的只是那顶不精彩的一面，而这样的错误的被人赏识下来，是生活方面的损失比起其他更多的。我能够忘掉了我自己一切的存在，则同时把别人因我存在而有的什么什么也同样忘却了。

因此我总想设法把自己姓名换成另外一个，不怕是起始，我也来起始在一个全然陌生的社会中建设我的新生活，原有秩序全捐弃不用，这样，变成事实，于我是有着不少利益的。是落伍也罢，这样上了战场而被打下那是不会抱怨社会的待遇不公平的。只要我有力，我能选我要作的事去试验，在事实的炉上可以炼出我的真金。倘若说，炼也罢，实际材料还是一块铜，那在这证据上我可以安身立命，因为似乎从“炼过了”的一句话上便得到那安身立命基本了。

一切对我的错误，爱与憎，忽视与同情，除了我另外成一个人外终无法使我从这苦楚中超生的。

说是深深陷在池里沼里，这池沼的陷入终于会到连想拔的勇气也寻不出的一日吧。

八月十四

写了一篇名字取作第一次作男人的那个人。作小说，事实的写述太少，心情的辩解太多，成了几乎像是论文那类东西了。我是无法把小说作好的。虽然这是同过去许多作品一样，并不缺少力与真，但这为过多的问题上诡辩所影响，不是能使我满意的东西。

我的工作方向似乎是应变更，另走一条路才对。不拘拘于背景所在，句子的组织，应当变成自己的句子，不缺少通俗的明，特异处又能得到本乡人说话的真，或者在了解上容易得到效率。辩论，研究，解释，是都得应有自己的文法将调子加强加浓的。

把笔投下，酸楚在心，人是太疲倦了。

到这时，需要类乎家庭这东西了。就是有妈同妹在身边，也还可以从这中得到换一口气的方便吧。如今却正是钱不寄去两人即有在北京挨饿的惶恐，而自己，却这般无用，纵得着仿佛恩惠的某大书馆允许，只要有按行市两元半拿钱，也不能多作！

我是真应当养成纯为拿钱而作文的习惯，才能对付市侩的。两块半作数，还是人情，这些人究竟是有知识的人，拿了小小的一笔钱来开书铺，究竟比开工厂的利用人身上牛马的力方便多了。赚钱固然少，本却也不大，而所谓足资运用苦文人者又正这样多，差不多随时随地皆可以有肘子与肘子触着可能，书铺是可以开的。

各事各业到近来，似乎都可以用罢工一事对抗资产代表者了，却尚不闻文学的集团将怎样设法来对付榨取自己汗血的老板。真是到了义愤填膺那类时节，一同来与这些市侩算一总账，也许可能吧。但这要到什么时节才有这样大举呢？在此时，青年作者中，已就有少数被这压迫死去了，不死者亦忙于二块五或一块五角一千字的工作，日夜孳孳的努力，卑辞和色周旋于市侩间，唯恐居于半施主性质的市侩生气不要。

在他们，是看透了作者的穷，以及时间越久脾气越不适宜于改业作他事的，便互相半宣言的说道：“不承认这社会形态想怎样怎样者，且听着：我是你们的主人，思不利于主人者，那是不行的。他不高兴这待遇，他请便。不过在此我还有一句忠告，你们觉得这办法不满意时，以后那生意就不必作，生意一失我真可以想象你们挨饿的样子呵！若他是一个聪明人，我决定他是不像应当有牢骚的。”

徘徊了，仿佛耳朵边响着这样话，放下不能，努力也不能。一个生活上的落伍者，还希望蓄着力反抗什么，是妄想呵！

今夜无意中，与也平丁玲走进北四川路一个咖啡馆，到了才知道这是上海文豪开的。到此的全是历史上光芒万丈的人物，观光真不可不算是幸事了。几个野鸡模样的侍女，充分的表现着一切肉感的体裁，于是这一般文人灵感就来了，诗也有了，文也有了。在作生意方面，则虽不比卖书赚钱，蚀本的事显然也不会。他日有人作文学史，实在不会忘记这些对艺术发扬尽过大力的人；——至于由本店编印文学史，那当然不消说是不至于遗漏的吧。

到了那类地方，我就把乡巴老气全然裸陈了，人家年青文豪们，全是那么体面，那么风流，与那么潇洒！据说浪漫派的勃兴，是先在行为上表演，才影响到文字学上的，正如革命文学家是革命成功以后来产生的东西一样，中国在这一事上实炫耀着民族的睿智，大可以给人倾倒的。

在我的心上，成天的放下了女人一件东西，恣肆的撒野，放荡的开心，是并不以为自己是对于女子感到可怕的。谁知一到这类地方，我却懔懔栗栗了。这样的女人，也能给以艺术或其他灵感的启发，以及情欲的饱餍，是上海文豪的事吧，决不是初从北京跑来的土气的我所能享受的。有许多地方，我是的确太土了。

自己只能用“落伍”嘲笑自己，还来玩弄这被嘲笑的心情。

八月十五

听一个朋友说，仿佛有这样事，在“革命已成功”的今日，思想向前比思想落后还多灾难的。只要稍稍留心，把晚清及民国缙绅录上人物数数，再来看看今日的局面，便可知这话不错。

什么算思想向前？当然有人回答得出。但是，倘若回答的人是指着自己鼻子说话，话是这么说过了，他的心，却是愿意妥协另一面，“皇家供奉”的事若可作，他便不必冒着多灾多难的向前迈步危险，一转而为中正和平忠实同志了。

向前若说是社会制度崩溃的根原，可悲处不是因向前而难免横祸，却是这向前的力也是假装的烘托而成的，无力的易变的吧。

真的向前也许反而被人指为落后吧，这有例子了。

然而真的前进者，我们仍然见到他悲惨的结果，这迫害倒不是出之于政府，是所谓求作“皇家供奉”而不能的骄装勇士人物，他们可以制这类俨然落后者的死命，因为一面只一个，其另一面却正是那么一群。一群自命为向前的人物，眼尖手快的将那独行者打倒，他们便胜利奏凯了。

天才永远是孤独，孤独的见解多是对的。对与不对是诉诸历史的事。而所谓深夜独行者，他是终不免被人迫害无以为生的吧。一群与一个，在思量的斤两上，天秤向一个的这一面倾，是可能的事。但把作战方法混合到生活事业上，特殊的卓见只助成其多灾多难的机缘而已。

在最近，我们不是又可以听到许多人喊打倒个人主义么？国民党如此，共产党如此，甚至于已经作官的几个无政府党也如此：其实何用多费唇舌。所谓个人，个性的独具，在社会中已就有若干机会被社会庞大的力压下，纵不死也喑哑了。

大群与小群抗则大群成功，小群与个人抗则结局当然可知。如今是凡为一群全可说是胜利了，可幸哉！

八月十六

把这日子记下，我似乎就可以放下这一枝笔了。

利他与自利，都不是无生活力的我所能思索到的。

听到六弟来了，在南京，所以写信去问他，若能来，就来，谈谈话。我们是五年不见面了的，这个人的风采想来也全变了。要保持当然办不到。假使时间不能将人改造，那这个人的脾气的存在是可怕的。他太暴了。正如我太弱了一样。所失在过分，因了这样便免不了在生活中多小灾。

短短的时间，把我变成怎样无用的人，在他的清明正直眸子里是可得着正确反影的。

想起他，明天后天会来吧，就仿佛心中涌着欢喜。但也像很惨。我们大致全老了，老不是可怕东西，但在相互用着中年人心情，来观察这对方的心，且客气得像客，是很可怕的。因此就不由人不追想十年以前的打闹情形来了，仿佛两个仇人，如今却用别的心情来接待这仇人，时间只十年！

十年不是很短的一个过程，不过终太快了。十年来各人在命运中建设了自己事业，各走各的一条路，各因着各的环境不同而欢乐悲哀，人的生活真是一件奇事。

听到炒菜的声音。听到这样声音，就觉得菜是下锅在炒了，一分钟与一点钟在锅里呆，味道会生出怎样不同吧。这正如人了，我不应当想象那生菜的新鲜颜色与风味，时间是我们的火，事业是我们的锅，因为我们已到炒焦的将近了。

许多思想是近于呆子的，越呆也越见出人性。

今天人疲倦到不成样子，全身痛。夜里差不多不睡。

我想些什么，我是不敢追问的。一些危险的又复可怜的思想支配了我，变换的烦恼着各样烦恼，唉，这生活。

我要什么，或者能给别人什么？在这疲倦中是连一句适当简便的答语也找不出的。

八月二十二

笔一停顿下来是整七天。料不到是这么一周我还是为疲倦包围，一事不能作。去者悠然而去，来者亦正倏然而来，这中似乎并无一个我存在。

人是真病了。头痛，身痛，呼吸仿佛也非常吃力。

不能想什么。

这是惨事，人是这样死去了某一部分，而活着的部分也不过代表是与死接近。

这一周，我作了些什么事？没有可以作我自己回答的。我只更看得清楚我自己一点。我应当设法找一点钱转乡下去，这地方实在不是我呆得的地方了。我可以回去作一点别的事，或者成天同几个老朋友打点牌喝点酒过日子。虽说那么也不是生活，但那种生活将救我，给我一些力气，给我一些新的兴奋与憎嫌，于我是有用处的。此时我几几乎连憎嫌这会事也等于零。我能恨别的，我就可以在恨中生出另外一些思索。到恨也不能，这我还算得存在么？

来此一共是二十天，得了《新月》方面五十块钱，《小说月报》二十块，也平处十三块；共八十三块：用完了，几乎是不曾有过这样事似的，钱是只余三块了。还是日里夜里嚷着穷呀困呀的过日子的人，却胡涂的用了这样多钱了。

我是适宜于一钱不名的生活，到那时，才会写出什么的。倘若说伟大作品之类，在过去，或未来，都会有，那么这产生的来源，总不外乎要穷来通吧。

我咀嚼自己胡涂的用钱，便想起母亲说的应当有个妻来管理的事了。不然真不行。不过这时到什么地方去找这样一个人呢？谁愿意作这样一个萎靡男子的妻？说是有，我可不敢相信的。

今天到《新月》饶子离处喝了一杯白兰地酒，竟像是需要酒来压制心上涌着的东西了，我设想若能变成酒徒，倒总不算是坏事。

八月二十三

睡得太少了。

维建到此睡。对于他的事，仿佛说教似的谈了一晚，滔滔的足使自己吃惊的精神，用得真不为少了！但是，说到的，不正如自己的事一样么？自己就从不曾用力气去改正过一次。仅一次，也不曾作过！作事作人，照到所业已了然的方法，向前一步，我不是就可以将我这生活改变过来么？

我是从不作过这样悔过一类事的。我能说，能领会，却只不作。

力的消失成了不可补充的情形，吃饭，睡觉，休息，玩，也不能将我所要的气力讨回。没有力，什么事可作？

打我自己的嘴也是空的吧。

八月二十四

人觉无聊。仍然为烦恼支配到身心。

到万孚处听他谈了若干女人的事。我倒仿佛是一个非常适宜于听这一类故事的人。看别人，或听别人，自己是无分的。然而从这中得到一点难于解说的寂寞；又为这寂寞而愉快，是我此时的心情。

回来，喉部发炎，若是白喉，则不吃药，尽它加重，决不悔。我真不能再顾到家中人了，我愿意死。我明白我是终会为一些什么说不出的压力把脊骨折断死去的。死的意味虽想来也有点儿惨，不过较之于无辜青年被杀头，应当说较高一着吧。

八月二十五

像是白喉，痛着，饭也难多吃，然而不怕。

要死，让它死去得了。我没有活的理由的。

为获得，或牺牲，活下来，是应当的。如今的我可为什么呢？

忍了痛从第一路电车的这一端到那一端，静安寺的钟是九点三十五分，施高塔路的钟是十点卅分。差不多有一点钟消磨在车上了。要会的人却不见。但另外见了一个人。说是在彼不在此，也成吧。

不知怎样回来却伤心，哭了六次。

我有可以哭六十次的理由！我掴我自己的脸，惩罚了自己，于是又来怜悯这被惩罚的无用的我的心。这里总有一个人能明白我这原由吧。

世界上是没有女人要我爱她的，因为这出之于我便似乎是侮辱了女人。我明白怎样不使女人讨嫌我的方法了；明白了这个对我也有益。不让别人有我的影子在心上，则我的丑样子，当少一个人知道了。我还深悔我仍然认识了一些人，其实是不必同这些人道名道姓的。

一个顶荒唐的意见支配了我的头脑，已经有多年了。我总想把生活彻底改造，从前的好歹全放弃不要。我若能这么办，我将去作奴仆，看一个另外的世界。俨然是一样事情也不能作的我，真只有找那具有好脾气的主人一个方法了。这时有什么人要这样人我也愿去的，只莫把机会给我忆起过去——把眼前的一切全从记忆中抹去。——我的新的生活即或怎样给我烦恼劳顿，也总不至于如此时情形吧。

谁知道什么人要这样一个仆人！

八月二十六

到此近一月了，一事不作。懒惰是该死的，但过细的究追这远因近果，可诅的比可怜的地方似乎少一点。为什么我成了今日的我呢？

想到找寻职业的事，人便胡涂的伤起心来了。在没有向谁开口以前，先看看我所熟的大人先生，就全是断定了我不是作事的人的神气，在这些“知己”面前我能说我绝对作得下某事某事么？

作事，倘若说，真是去作，也总可以吧。如今却是作官。我究竟懂得到了多少作官技巧与艺术呢？——作官是天才的话，当然可以相信，因为如今的学者，作官以前是并不曾听说过是学了多久升官秘密的。但这个我也不缺少么？

也想到，朋友中先是在生活中并不曾表现着怎样才干，但一到作官时也就自然而然熟了个中情形处之泰然的。可是总不是我的事吧。

看到了在中央副刊发表的不死日记，就得哭。想不到是来了上海以后的我，心情却与在北京时一样的。我在此，是已不会把妈杀死了，也不听到别人骂我了，也不再来让一个房东女儿宰割我的心了，可是我不仍然是以前的我么？

仿佛告化子的生活，纵厌倦，要放下，也不成。

无意中，翻出了三年前的日记来，才明白我还是三年前的我。在这三年中，能干人，莫不成家立业生儿育女了，盛名与时间俱增，金钱和女人同来，屈指难于计数。许多革命家已作官了，许多……

所谓许多许多，殆全变。十七年当然与十五年不同，贵戚世家新兴阶级成立以外，还有所谓文学家的老牌子，也俱各安富尊荣乐享厥成了。

徒然的牢骚，真应当被青年美貌唇红齿白的革命文学家代取绰号为“该死的”吧，就说是害怕，以后将方向转变似乎是必需的事了。

本篇收入《不死日记》以前未见发表。这是作者以《中年》为篇名的作品之一。

善钟里的生活

八月二十七

穿夹衣，天冷。

决计不发牢骚了。预备稳定，落实，刻苦作人。

到近来，人是真也进步不少了，得着宰平先生的感化，仿佛一切磨难全能泰然坦然。

一个人，坐在桌前作工，预备把《阿丽丝游记》第二卷继续写完，来了一个裁缝。裁缝是来拿工钱的。第一件衣刚缝好，工钱不曾送，就给六弟穿去了，为了免除到了别人家中怕我扒东西起见，所以缝第二件衣。衣缝就，又无送工钱的余钱了，告他过几天来拿。过几天，到如今真又已过四天了。这宁波人并不失约，是好人。那样子还这么和气，虽然是讨账也缺少讨账人的应有凶相蛮相，我不好说话了。

拉开了桌子的小抽屉，五个笔尖与一张朋友的名片而已。望到这些又去望那汉子的瘦脸，我好笑。

“没有吧？”

“他们不送来，真无法！”抱了歉，说着这样的话，记起不准发牢骚的预约，我是全无一点对送钱方面的人加以不快意思的。

“是呵，应当送来了吧。”

“是呵，好像也应当送一点钱来了。但不送。”

成衣师傅眉皱了，望到这汉子真好笑。

“什么时候送来呢？”

“这却不知道了。”

“不过今天我们铺子捐，到日子了，为难之至。”

这大概应当是真话吧。看那汉子受窘的样子，我想起应当作的事了。我要他拿这新衣去当。这样一件新衣，至少当三元是办得到的事了。

“这怎么行？……那不必不必，……过两天总可以得吧？”

我怎么知道过两天就会得钱？用着类乎恩惠一般送来的钱，这至少也应当尽别人兴趣行事吧。虽然不妨告恩人，说，这时窘得很，法非设不可，不然挨饿了。但这是可笑的话。就是真话，也可笑。天下不正是有许多挨饿汉子么？说是我挨饿，就得帮忙，那这恐怕说不去吧。我们在另一时，不是常常听人说过，养鹰的应当让它空肚子，才能嗾饿鹰作事么？把书铺老板杂志编者当成主人，靠文章为活的恰恰是合当居于鹰之类的地位的。挨一点饿文章就作出来了，大致是自然的吧。另一说，挨了饿的文章，会好点，尤其是会贱一点，这于买主方面是有利的事，聪明的主人，当然不会不想到了。

说到钱是过几天可来，我却茫然了。我怎么能把这日子定下？即或是一本书一出版，便全数销尽，钱呢，仍然不能得，为了顾全另一次交易起见，我敢翻脸么？业已被人看透了弱点的我，到这时，也找不出勇气说一定在某一天可以得钱的话了。

我劝他还是把衣拿去当好了。

他不行，说这个近于对不住人。这是客气。其实并无一点对不住人处。

一个裁缝还如此客气，我只有笑了。我把衣递在他手上，推他出了门，砰的把门关上了。

这客气多礼貌汉子，似乎还逗留在门边多久，不能决心照我所说的去作。到后大约是一面记起了今天的捐，才趑趄的走下楼去。

下午连同一张小当票送来的是四块盖有水印的现洋钱，把三块给他，我留下一块新中国的国币，留到晚，这一块钱又把来换了一罐牛肉同一些铜子了。

晚上也平夫妇就在此吃晚饭，菜是那一罐牛肉，若不是他们来此，大致这一块钱还可以留到明天。

到晚上，是天气更冷，仿佛已经深秋了，我的夹衣真非常适宜。穿了夹衣到晒台上去看月，凄清的风带来了秋的味道，是非常合式有趣的。

八月二十九

起来的早，是睡不着的原故。

早起来，跑到晒台上去看，风很大，天气很清，大路上的一些法国梧桐，大的叶子青中发光，像刚被雨水淋过。秋是真来了。转头又看了对面楼房的亭子间一阵。这里是住了一个女人，在窗边，在晒台上，全都可以望到这女人在房中一切情形的。望是望得已熟，且在房东方面还说过笑话了。

猜测出的是这女人大致是一个艺术大学的学生，同到一个作兄弟的在一处住。住到这类地方，所进的学校，总不外乎附近的艺术学校，这真可以说是糟蹋时间同金钱的一件事。听到这一家的主人，成天在钢琴边弹奏顶粗俗的曲子，就觉得这真不但是糟蹋了自己，也同时糟蹋别人的空间了。但弹琴的人呢，从窗边，从帐里，一瞥而过，仿佛是年青。听声音，也非常柔和。因此在这一边免不了有小小影响。

说爱了这人，那是不会吧。虽说一听到在那一边喊人声音时，头是常常不免抬起，心也会跳，但自己是不会便把这苦恼加上的。如今的我真是老人了，胡涂的行为，也就代表年青的行为，已不会再有气力去作了。觉得自己于女人是无分，这意识，可以保障到朋友间无论如何也不会对朋友的妻有危险，这是朋友中也看得出的。不论怎样平常的女人，要求的是如何简单，我也不是可以中意的人吧。我已应当与这些年青人的希望分离，所谓"绮思"，所谓"梦"，不能再拿来当成家常便饭的用了。

明知无所冀于这女人，却有时不免故意走到晒台上去，像看好书那么趣味绵绵的望这女人的房，且望到这女人在房中怎样作事看书，这心情是难说的。全不在心上负疚，大大方方的看这女人在夜深时脱衣上床，这事也有过。老早的起床，预备看这女人起床时模样，而心情，又不过类乎读一本自己欢喜的书，纵见着这女人的发育得正好的身体，有一点心跳，也不比看许多佳书中时更兴奋。

这时是又到这样情形下来了。

女人还仿佛做着好梦，侧面睡。在晒台上的俯瞰，是望到这脸非常明白的。脸在一堆短的黑发中，呈浅红颜色，花花的浅黄色被上有一只光光的白手同时入目，这应当说是美。另外在我意识下保留的，是这时是晨，是新秋。

我呆着。别的生活上的一切责任暂时放下了，为这调合的美的呈现，我来领会我平时不曾领会到的东西。

“若是自己的妻，总不至于如此感到诗意吧。”我是这样想过的。“但若是自己的妻，安知不更觉得美与爱的成分加浓么？”自己也无力对这意见加以反对。

因为天气冷，有风在吹，我担心这出外的手会因此着凉。虽担心，便预备去帮忙，把这只手放进被里去，这欲望是不会在事实的约束下生长的。假使这时另外一个男子来作了这样一件事，自己或者也无所谓嫉妒情绪么？恐怕纵有也不多。

在另一时另一地方，是曾见着一对年青人在灯光下亲嘴，也还能泰然漠然如看戏一样的。不过看到这些与自己无分的行为时，心情当然稍稍又与目下情形不同。那时的感想不会跑到这时的脑上，那么应当是另一事。

这时若把自己掺入，去作我所想作的事，小心小心的去用嘴触那白的额，又用嘴与发，眼，颈，手，……去接触，轻微的行动，不至于把这梦惊走，这当算世界上一件顶美的事。作过了，而我们仍然是这样不相识，在她是全无所知，在我是行同一个荒唐不经的梦，这样似乎更好。事实能到这样，那是不能用分量来形容幸福的吧。

我另外想到这时这女人所作的梦。若说梦境的构成，与日间生活相联，则这时的她，不正是便梦着为一个男子追迫，而这男子的脸便与对面小方窗中的男子瘦脸一样吧。我相信这梦是可能的，因为我的呆处蠢处，仿佛在女人心中已认定了。我的样子可怕可笑成分总比可怜可爱成分为多，这是我已经从女人的眼中看回了的。真是梦到这样时也就可怜得很，我又想，在女人的梦中的我，也会使女人欢喜么？我那里是使人害怕的人？好像无分。这损失当然不算冤屈，对了镜，看我自己的衰惫委靡脸相，的确是很可憎的。

看女人的独住，笑的时候多，就似乎全无“一面是放空了许多男子，一面是辜负了这无人消受的身”的感觉，这应当是有福气的女子。然而年龄是到了，不会蓄着什么悲呀苦呀的东西在心上么？蓄着了，也不说，这也应当是女子通有的情形吧。这女人，即或要男子，自己也仍然没有乐观理由在。自己是太相信自己缺少逗人注意的方便了，纵特意装成让人注意的机会，那也不过多让人有一个呆子印象而已。

……一个早上用到看女人事上去，一个中午写了一篇短文，上半日是这样断送了。

下午，想走动，看看钱，还有四十一个铜子，所以大胆走到华龙路新月书店编辑处去。到了见到孟侃以外，还见到叶公超、彭基相与潘先生。我对穿洋服的人，是常常怀着敬畏的。本来看到这用上等外国材料作成的衣服，又是白领子，又是起花的领带，相貌堂堂不由人不加以尊敬。仿佛羡慕这些人，又仿佛想劝自己去学裁缝；——学裁缝，当然是缝洋服了。这必定可以发财。

四人正在喝酒，于是便成为座上客了，主人说喝一杯吧，也不拒绝。我近来渐渐发现我是能喝酒的人了，也似乎需要这东西。把一杯酒灌到肚中去，把疲倦便惊走了，这是试验过的。不久以前在此喝了一盅白兰地，今日又是一杯橘子酒。把酒喝过又吃一碗饭，吃到后来是只剩我一个人的。中年人，是真应当常常喝一点酒精之类才合乎情调。小小的病疼，同到小小的感想，把酒去淹它，倒非常有效。我将来，也许可以成为一个酒徒吧。

若是真成为了酒徒，把沉湎的样子给人看，是不会如今日把寒村样子给人看时使人更看不上眼的。生涯的萧条，已到尽头了，纵怎样放荡，总不至于比如今更萧条吧。并且不是有人便正利用着荒唐于酒中，反而得到若干年青人可怜的么？从喊叫中，错误中，把这类同情得到，我是不预备收受的，然而这样一来，我的放荡无行，把我人格一变，我可以离开伪绅士更远，也不算是损失吧。

我只要得到机会便喝酒，惰性极重的我，是无论如何可以把这“上瘾”的方便得到的。我或者，将来就用酒醉死，醉死并不是比活着更坏的事！

没有经过人生惨痛的人，是永远不会了解他人的惨痛心情的。所以自己看别人的东西，说是真已怎样怎样了解，这所谓了解，真有限之至。即或在文字，用尽了怎样的力，表现得如何完全，然而一个普通读者同作者心情的距离，简直不是可以说用量度能够说明的辽远！在自己，文字的拙处，是不可晦的事实，想要从这拙的技术中，在读者与自己两者间找出心与心通的机会，那真算是妄想呵。有谁能明白我是怎样能忠于女人与职务，来爱我，或帮忙找到一个小小的职业么？有谁能从我的日记看出我厌世的东方色彩的形成，是经着何种惨淡生活作背景，而与所谓其他大文豪相异的地方么？

说反话，有人以为真，在骂我作帝国主义者的狗了，这天真的地方是使我佩服的。看出了我是有着深的悲痛，匿笑着，齿冷于我的行为，这类聪明人实不少，我将怎么样？还有依稀看出了我的对人生感着的萧条，便用世俗的捧场方法同我要好了，在客气与虚伪中把日子维持下来，我拿这个有什么用处？

我愿意离开一切人，我不是憎恨，是无法。人与人实在有许多机会变成一个，量我太拙了，太愚了，我不能采用其余方法使人多明白我一点，而贪心却终不满意于一切人已知我的程度。远一点，索性漠不相关，也许是好的吧。

酒给了我兴奋，眼睛像有刺，使我想起母亲同妹来了，若是让一个醉鬼样子给这两个人见到，唉，她们将用什么言语表示她们的悲酸？

八月三十

这一月是到此算完结了。今天离开北京也刚有一个月。一月来，人老了许多，俨然也可以说在人的生活上了解了一些别人不能了解的真理。

早上，到外面大路上去看了一阵早景。自己的行为，将不免有被人疑为疯子之类的。若是人小一点，则可以从我行为上猜出我是个孤儿。我到那艺术学校大门外站了一阵，看看进出的男女学生；这些人，也望我。望到这些人，全是穿新衣，像吃酒，又像准备为朋友中谁作傧相，就非常有意思。这些年青人的脑中的我是不出呆子与失业人两者之一的，所以遇到几个衣服特别干净的女人，竟仿佛因了她的衣服把她们的身分加了我一等，而对我作着那大胆无畏的注意。这是很可感谢的，得人这样垂青！即或疑心我是呆子，这也无什么不可。我没有好的衣服，也没有好的相貌，精神却不放在外面，无怪乎得到这些人的趣味了。

站到那类地方，作成乡下人模样，让她们看着笑着，我也随意看她们，这情形是不坏的。这里也没有要这些小姐少爷们知道我姓名与生活的必要。把略近乎土的气分给了别人看到，也许在这些伶俐玲珑的心中还生出一点怜悯。

我不生气的，到了一个汉子走到我身边，作着吓我的神气时，也不生气的。这时无生气理由。像读一本书，其中有莽子，我能对于这莽男子生气么？

他问我，用那略略吓人的威严挟着嘲笑的成分，说，“来这瞧什么？”

感谢天，他还是我的同乡！即或我已猜错了，至少是四川人或湖北人吧。也恐怕只有长江上游的南边人才如此精明。说着主人模样的话的。

这是一个脸上有疙疸的人，问了这句话，见到我惶恐要走的情形，又见到女人方面的笑，他是满面有了光辉，似乎吃过什么百龄机圣药之类，脸上疙疸也不能损他的体面了。我对我这对手加以估量，我敬服这人。

女人是更笑了，大约这次的笑是看我并不如那汉子所猜想的无用。

我稳定的又看看这方面女人，女人是七个。其中两个就长得非常美。她们虽见我望她们，却仗了人多，且断定了我无害于人，也正对我望。这样一来我不免有点羞惭了，我是这样无用这样不足损害于人，为我的土气，真想跑了。

但我又想，这时即或走到这些女人身边去，故意问一点小事，女人是不至于生气吧。我就走过去。

那老乡，却有点不平，拦了我的路。我只笑，怯怯的偏一步又向前。

“这是学校，不认字么？”

“是大学，我从阁下的体面衣服与体面的分头就明白了。……”但这话并不说出口，只想着。我当然不能扫这人的兴。我就装了点痴，昂头看牌子。

女人有一个走过来了，用北京话问“找谁？”

“我看看，白相白相。”

“这不是白相的地方，撒野是不成的。”这疙疸老乡，大致今天真吃了补药，要找寻开心的机会。他总放我不下，还是想戏弄我吓我，一面便逗了女人的欢喜，我真是遇到太聪明要强的硬朗人了。这无法，这是命运。

女人是在议论我，我就让这些人议论，还是徘徊的望各处。身边是站得疙疸老乡，他的脸，有点发红，这真是有趣味的一个脸，怕不是今早上才用格雷士刮脸皂刮过脸吧。

他见到我冷静，要走却为了在女人前的面子不能走，索性拉着我的膀子了。这汉子，全不小心看看我的衣是不是经得起这样用力。把衣扯破难道不用赔么？拉着了我膀子的他，把我的面也牵动了，只好望到这人发愣。我忍耐，极力的制止我的兴奋，看他到底是怎么高明的手段。我也不说话，怕得是话中免不了辣，给了这体面人以羞恼。

“不准在此地玩，你这呆子！”原来也不过如此，说过这样话，就想把我推走。

想起好笑，就笑了。

年青人，如此气盛，如此好管闲事，真给我吃惊不小！所谓生命力，或者就是指这样相近的事吧。一个学艺术的，有这样的涵养，说是不佩服那真不行的。大致这精神健旺的脸相，在他死后十年我总还可以记得到。处到这样的时代，若是请他到我的乡下去，在一个同乡大兵面前，施展他这本领，他的机会是可以即刻得到一顿饱打。也不缺少机会死！当然这不是可以要他相信的事呵！

我就照他意思，走出这校门，还是劝劝他把脾气稍放得温和一点呢？

……我想，还是成就了这汉子吧，我走了。

这一走，我在女人方面的印象，当然是不离乎呆的印象，而这把我推走的汉子呢，得到了一个机会神清气爽。在我原是无所失，在这般神之子，仿佛已得到了些荣耀了，对这一次经验我是并不难过的。

回来，坐在桌边，想起这些女人来了。天知道，这时这几个人口上，不是正还把我议论着!？女人是可念的，有些还美。

人与人的关系，就是这一些事。看到分明时，是全然沉于推敲玩味中，而不加以稍微介怀的。同这些东西生在这一个世界上，是正不必固执了人的情感来在这些东西中找取认识的。侮辱，欺凌，也并不是怎样了不得的损失。一只蚊，是讨厌东西，有毒，能咬人，且可以将病介绍给人，但我们不会对于这东西加以多少责叱的。你骂它，讽刺它，对于它将可以生出何等影响，是可惑疑的事。有些人，说是比蚊更使人憎嫌！那至多也不会在他体积过大一点以外还有可憎嫌的理由吧。就是体积过大，世界原是那么宽，碰头的时候当然也有限，无意中有非碰头不可的时候，那么，看看这东西得失与欢愁，仍然是有趣味的事。

我被人称为呆子，这次数当然不容易记清白了。但耳朵所听到的，是这一次，且旁边有七个女人证明。这若说是不愿意，也不一定的。本来作着俨然可以借口的呆行为，让世上聪明人为给一通俗违反平常现象的绰号，这绰号不为不相称了。

回来了，想到这些眼前事，又不由得不去窗边望望，因为对衖小房中的女人也就是艺术大学生，望得类乎有点痴；望到这女人才起床，整理被单，挂帐子，喊娘姨倒水。这女人，大致是一样在心上也笑着我的乡巴老相了。

过一阵，就听到那女人，同那仿佛是夫又仿佛是弟的男子大笑，笑得很长久，是论一件事而笑的，想必这笑是不外我痴望了她的原故，这是应当好笑的事！

本篇收入《不死日记》以前未见发表。

呆官日记

《呆官日记》为中篇小说单行本，1929 年 1 月由上海远东图书公司初版。为“二百零四号丛书之六”。现据远东图书公司初版编入。

呆官日记

三月初八日——星期六

听人说，记下了日记，将来有许多用处，仿佛还可以卖钱，我定下志愿，从此以后要每天写日记了。我们主人，（应当说朋友啊，他曾叫过我为老弟，平时也喊我的号，很亲热，这的确是一位好朋友！）成天也写日记的，不过日里所作的他不写上，——照我所知的譬如打牌，吵架，生气时用手杖打书记之类，他不写在日记上。——写上的却满是不可信的话。大约因为他是国家大员，又是有学问的人，所以在做文章吧。写日记若认真，照直写，像我不过一匹狗，说狗话，自己看来也不顺眼，这也是事实。然而我当天赌咒，我要“忠实”自己的。一个狗当然不好说谎忠实于某人或某党，骗钱骗饭，但我还有我自己。有些人似乎是因为不要自己，所以本来好好的一个人，却作成某某“走狗”的。我写到此我想笑了，既然人都可以称为狗，我为什么不可称为人呢？假使我那朋友让我穿上体面的衣服，排排场场的到社会上同绅士们应酬，我当然也是绅士！

我并不否认在社会上充绅士是坏的。单是享乐，就是我这样一匹狗，也有充绅士的必须了。

三月初九日——星期日

我说过，我的日记要按日写，我就按日写。

今天晴，天气暖，温度好，真是好春天。

(我心上好快活呀!) 哈哈，这简直是新诗了，我应当涂掉，另外说，我心上快活得很，仿佛吃了仙丹妙药。若是我那主人——唶，我又说主人。我那朋友，若是如此神清气爽，他又必定说是念完《法华经》的结果了，其实我是并不念《法华经》，也不念别的什么经，总之不念不背不读诵，仍然如此舒畅的。

我随我朋友到公园去，玩了一阵，坐了一阵，看了一阵，(我可不喝茶，我试过，味道苦，像药，要不得。) 我见到许多绅士。绅士们，见了面，亲热的握手，和气的点头，快乐的谈话，气概从容不迫，真是可以羡慕的。我若将来也成了绅士，我就也成天去公园。不过茶我决对不喝，我不同人点头握手，我玩我的。公园无肮脏人在场，空气很好，合卫生，大致是真的。

假使真有这一日，不知人家称呼我是狗，还是人!? 我不懂这规矩。我想这总有规矩的。中国卖烟有禁烟条例，卖人口有行市，我们的事也总不缺少规矩的吧。

我想到未来的那一日我就忍不住笑了。

三月初十日——星期一

哈哈，我的气运！你们不相识的，为我贺喜吧。我不单穿了体面衣服，从此是上等人，而且我是国家的官吏了。我说过我不作官的话，是的，我不否认，如我不否认我是无政府主义者一样，我曾经同朋友谈过。但是，我如今才知道作官后仍然可以保持我个人的信仰。只要不放在口上，(放在口上的当然是做官的工具，) 我这官作来并不算与我信仰相违的。

我是拿五级薪的二等科员，在我头上的上司是科长厅长，在我脚下僚属是书记司书生之类。我也如其他科员一样，应当办公事。以后我当然很忙了。我以后必定按照衙门规矩起床上衙门，当然不能像先前浪漫了。我担心的是我对于许多事都不懂，我到衙门会闹出一打笑话。还有那地方，似乎还有女的同事，我真不惯。女人一定怕我咬她害她，不欢喜我。因为样子丑，他们都看得我很远，不与我交言，也总有之。唉，我想起这些来就有点心烦。

但我今天应当是很快活的。

我不明白为什么我就做了官。或者是我为他们主义尽过力？我攻击过“军阀？”（我看到过两个军阀，主人告我指点我看的。）我咬过到衙门来请愿的群众？我实在不明白。不过我想作官大概也用不着许多理由吧。如今革命成了功，建设处处要人材，各部各局设了数不清楚的机关，未必每一个机关中的每一个职员都是有拿薪水的理由的吧，我何必在此事上疑是误会，把心不安。我以后照到别的同事一样，安安分分作下去，看事行事，保可不生问题。

上面的思想是起床以前在床上想的。到起来以后，我走到朋友那里去，问朋友，朋友笑。

他说：“这不知道么？完全是我帮你设的法！”

“是真的吗？”因为朋友平时同人说假话似乎比说真话多。

“难道对你我也说假话？”朋友见我疑心不决，有点生气的样子。

我连忙说我猜是猜想到了，故意来问问的。朋友就打哈哈笑，说照我这样聪明，不应当不明白这事的。我真不知应如何感激他。我许下了一个愿心，等待再有年青人捣乱说我朋友是腐化分子时，愿意印刷一千张传单说我朋友是好人，为他证明。我赌咒要作到这事。

朋友要我放心进衙门去办公，不必害羞，事情作不作不要理，坐到办公厅自己桌上，玩几点钟，我点头。

我就上衙门，我的新衣，我的仪表，我相信在同事中曾起了惊讶。他们对我非常客气，连科长也是一样，像老朋友又像老亲家。毫无拘束的谈笑，以及毫无拘束的玩，我感到作官的方便。我笑我自己不曾上衙门以前的胆怯，这真可笑。我知道，他们是因为知道我是一个要人的朋友，所以特别想同我要好的；那种要好情形，简直是一见面就得拜把子呼哥唤弟。我看看这些年青的同志，（他们喊我是都喊同志的），我觉得心上轻松。一个两个脸嫩嫩的头发溜光，全是眉清目秀齿白唇红，我很欢喜这些同志。这些同志衣服全穿得很入时，打扮得体面标致，如像赴宴一样，我自顾不免多少有点惭愧。虽然我的衣服是新的，材料也好，式样也好，不过我的脸，那么毛胡胡的，简直像不曾刮过一样，真不行。我应当买一把保险刀的，我不能在此事上悭吝，省得人笑话！

三月十一日——星期二

梦到一个地方全是人。似乎开大会模样，有主席台，有纠察队，有大的白布写的黑口号，有散传单的人。我满想挤进去看看是些什么人演说，挤了半天还只到中间。我眼睛平时并不算坏，耳朵也被人夸奖过，这时却看不清这主席是谁，也听不到他说什么。我还用了我的嗅觉，（因为我自己相信得过，若是主席是老头子我嗅得出。）也失败了。问左右的人，他们也摇头。但我从地下捡得一张传单了，看传单知道了是为反对日本出兵的事而起的。一些提案，仿佛由主席念出，就无条件通过了。凡是规矩照例一到了通过一个案子，在下面的一群全应喊"政府万岁""主义万岁"，所以我也叫了两声。到后来，大家游行，高声喊"打倒日本帝国主义"时，有些人喊顺了口，把"日本"喊成"英国"，于是这人就被指挥批颊，说这样不小心，随意乱喊，还成党员吗？那被打的人默默不再作声，这人的服从，使我佩服。

不过我心中就有点奇怪。我还不曾听过英帝国主义打倒的消息。也许我这不大欢喜看报纸的狗，浅见寡闻，所以不知道这么一回事了。我就设法咬一个人的衣，问他道：

"先生，同志，我们口号为什么不同先前了呢？"

那人摇头不懂。我再说：

"同志，我问的是为什么只有日帝国主义该打倒，其他却不过问？"

"英国同我们政府要好了，你不知道么？"

我惭愧了，因为这同志的一说。我连这样一件最近的事情也不知道，真浅薄！

梦的地方不久又变了，我到了一个很生疏的地方，昂了头，看到一块匾，写的四个大字是"天下太平。"大致此时真已到了天下太平的时候了，我欢喜得跳跃。中国统一了，一切旧军阀，全改了名称，由督军省长改为委员主席，警察官改了公安局长，知事改为县长，在名称下全国已经统了一，每一个要人兼的差至少是五种，年青人不满意的全当共产党杀尽，革命当然是可以算成功了。我用我公民一分子的诚心来感谢这些首领的建设。我若是懂得做诗，用古韵凑四言八句，我必定写一篇诗来颂祷这些首领的长寿多福。这些有权有势的人，真是值得敬服，我不是特别谄媚来拥护他们，若有人骂我，我决不承认！

我还梦到……

唉，夜长梦多，一夜真不容易过去！我但愿有些为我欢喜的梦，是真的事实，其余一些我所不欢喜的，就按照梦的成规，把事实恰恰放在相反一面。听到朋友说，梦到抓屎的主可以发横财，可不知我梦到天下太平，这兆头是在什么上面。

我今天忽然想起我的科长是梦中被打耳光的那人了，我看到脸有点肿，他做的文章是在革命月报上发表，曾骂过专一来到中国内地杀中国人的英兵。但我似乎又记得科长只被上司警戒过，并无打耳光的事情。当真的，处此革命政府的情形下，办事员职司上，打是用不着。除非上司是作过旧军阀，懂到打人的趣味，以及打人的效果，决不伸手。

然而我为什么专在此等小事上来记我的日记呢？被打被杀，不要理由，也可以随便的执行，是目下的事实，我能成天来记录这些么？

我应当念一篇革命正义与人格，这文章将来极有用处。

三月十二日——星期三

同事对我真好。我说这个仿佛已有几遍了，但不得不再说一遍。

我以为作科员的成天有事作，谁知做官与作科员是两件事，我如今是正在作官。练习我的懒惰，到了家，则就是我升迁的时候了。事情越大越不必作事，这是在中国作官特别的好处。这有什么办法呢？制度是这么定下，习惯养成于前清，在先不明白伟人的身体气魄健壮的原由，这时可就全体知道了。衙门不是银行商店，也不是酒馆菜馆，当然是应当有许多人闲着，坐到软的椅上，口中衔了烟，享受那谈闲天的福气！

我不惯这生活，我同朋友说过。朋友却笑我，慢慢的自然会习惯，我不大相信。虽不十分相信，但我明白绅士就是这么养成，若我并不反对世界上有绅士，我的生活真是应当在一种长久训练下变成另一个我的。

说到变，我又想起一样事来了。变的事实是有的，如像近来的奉天一样，也容易得很，只须把旗子一换，就把北伐完成统一中国了。不过这也恐怕不是他们首领所料到的事，假若是早就料及，那要换旗子总不是难事。若早知道旗子一换就成功，那打仗的人，当时决不随便放枪放炮，听说炮弹从外国买来，价钱并不少，即说中国人却无价值可言，一粒子弹即是一点国库，不很合算吧。

我说这话，或者有人就要驳我，因为我是一匹狗，人的事那里能随便发表意见。我这日记以后真不可送另外一人见到，不然我便会凭空变成共产党。

天气渐渐热了，山上的草长齐了，公园的花开了，乘星期，我将同我朋友玩一天。今天到公园，见到许多伟人在赋诗，背了手在花阴下走，有些又正用手抹着胡须，作着那“拈断数茎须”的辛苦事业。朋友说这些人是“太平宰相”，还有在那土坪上打太极拳的，朋友说这是“儒将”。太平宰相同儒将，都并不讨人嫌，样子和蔼，身体肥胖，气概雍容，语言清朗，我几几乎不能自已的喊出万岁来。有这些人治理中国，一切人，对于中国前途，不乐观可真不行！可惜我不懂中国旧诗，不然我可以把韵抄下来，和几首诗，同这些伟人唱酬一番，显显我的才情。

三月十三日——星期四

到办公处，听到同志中一人说，从北平，送来一大批灾官，可以去看，像看戏。因为这之间并不缺少那另一时代的伟人。我就去看。看见了。我还同他们说话，问北平情形，知道许多我想知道的事。

灾官样子真可怜。可是，我将来不会到这样情形么？人的事料不到的很多，我不敢太相信看相人说我的话。我看看，在灾官中，相貌好不是没有人，且比较起来，似乎全都是很有福气的相，但眼前却很苦。我遇到一个灾官很聪明清白，他同我说，“自己是享福够了，应当轮到受苦的时候了。在当权时不要冤钱，所以如今就成了仿佛灾民模样的东西。若在先学到目下伟人的机智，能应用许多机会把私蓄增加起来，则此时住在租界上或者还有被绑危险。”

这话大约不是愤语，他说话时神气洋洋如平时，一点不紧张的。他的话说得很对，可是要我同意也只同意一半，因为即或有了钱，果能如目下高等行政官，有权有势，被绑总之不会有吧。听说绑案虽多，绑匪半数出身于军人，所以倒不忘本，认黑白，讲交道，这例子可以从本事件上可以找出的。我们还不曾听过革命伟人被绑过一次的新闻，我希望有这事，梦中也还是并无人告我这样一个消息。至于说，军人的钱，是在枪上，拿得拿不得全要勇气，绑匪不消说是缺少勇气的一种人作的。若绑匪有枪有勇气，那他也可以在另一地方正式挂旗成军了。

至于说，绑票人，间或有与当局伟人是亲家把弟兄的，这话不可乱说乱信。即或不是谣言，也不能说，也不能听。我们并没有见过绑匪头上刻得有字，或身边佩有符号，我们又不曾听伟人提过这事，当然全信不得。至于外国报纸，说绑票案与军饷有关，更属无稽之谈，此时中国各省，全不缺少鸦片烟捐税，譬如四川一省，有田不种烟者，尚当课以懒捐，收税方法既完密异常，且寓禁于征，正大光明，建设开始，禁烟局成立，极力整顿收入，实大有可观，岂有舍此方便，别图不可恃之途迳？外人造谣，真可切齿，明于中国情形的外国人，是决不至于为这谬论谣言煽动的。

呵呵，我今天写了些什么话在纸上了呢？说灾官，说绑票，说禁烟，我的思想全部都不隐不饰写到上面了。让我思索一下，还忘了什么事不做。……我将思索一点钟。……我记起来了，我忘了我自己一件大事。……但我不能将这样事写到这上面，我怕得是将来自己见到这日记红脸。我胡胡涂涂的做了一件只有做梦才如此开心的事，作过了，还有证据证明不是梦，真可以说是糟糕！

事情在别一个同事作来是平平常常，不当成正经事体就会当成游戏事体的，我可不。我只是胡胡涂涂。我非把这胡涂处写明白不可。尽他日红脸，我也将写载详细，才算真实。绅士要虚伪的名，所以时常说谎赌咒，我可以不必学上流人！我的事情……唉，还是不说好。

我休息了，思索了又一点钟，看到底写上不写上。……唉，还是写。

我对我的一个女同事，作了一件呆事!!! 我帮她办了一件公文，把公文办好，送到她面前，作呆事的机会忽然来到。我偎近她了，用舌舔了她的手。

她不生气，用手打我的头，说我太谄。是的，她这样说的，她不生气，她笑，我决不看错。但是她冤了我，虽然当时我并不分辩。我有什么谄的本领呢？难道凡是一匹狗，它的行为就都是谄么？难道这只是狗做的事么？

我不能这样生着无害于事的遐想！我想我可以爱她。女人欢喜的难道不正是因为男人善于买媚一事么？我似乎见到一本书上曾这样解释过女子的心理上的常态过。我又似乎记到是朋友同我说过，朋友说他若是有我的聪明伶俐，绝对可以同他所欢喜的女子要好了。这话我总以为是朋友取笑我的话，实在不大敢信以为真。如今可好了。我可以来在我自己的事件上证明了。这事我暂时总不能同我的朋友说明，我得隐瞒一切人。这是我的私事。在先我以为只有人有私事，狗是不准有私事的，此时我推翻了我的意见了。凡是我的私事，他人无权过问，我赌咒决不能把这秘密告给其他一人。

“凤，我先是仿佛你可爱，如今却因为你对我很好，我当真觉得你十分可爱了。”

唉，我自言自语的说这话，真近于害相思病的呆子了，我还是睡了，省得烦恼。

三月十四日——星期五

一个新的天气带来了新的希望，我起了床，运动了身体，作了八分钟深呼吸，心情愉快。但是忽然风来了，雨来了，从我心上生起的风雨真不容易躲避，我想起了凤的身分与她的友人来了。我怎么也不能忘记我是狗的事实！别的人，妄想总不缺少理由，我可是靠什么理由来希望要她爱我呢？她知道我是狗，难道她会因为我有狗的德性生了赏识，对我便甘心情愿么？一个男人，固然也有专靠放赖，使女人倾心，终于投降的。有一个女人，我还听到是被男人纠缠不过，所以不要身分，随到男人私奔的。可是这全不是我的事。我的前途并不可说乐观！

我想起我是应当在事业上努力的一个狗，所以暂时把苦恼放下，上衙门去办公。办公却遇到女人于大门边，她见我跳跳跃跃走过她身边，对我笑，喊我的小名，我嗅了嗅她的裙角，打了一个嚏，就走过身了。唉，谁也不明白我办事无精神是为什么！连她也不知道我，还说别人吗？

没有人知道自然是我的幸福，不过她不应当不明白。我以为她是假装。大凡一个男子的秘密，最先看出的总是女人。她眼睛看得出我懒于作事的原因，但她的口是为准备接吻用的，自然不说什么废话，也决不会逢人便告。

我心里实在不快活。天气越好我脾气越坏。我又不能同谁去谈心，又不能安心独自坐在桌上办事。我爱她，越看越爱！爱从心上涌起，却不能在她身边去说。且我猜想得出，纵是说，她也可以说全不懂。一个女子对于狗的言语她是很有理由说听不懂而加以拒绝的。一个女人除了自己蓄养的狗，因为知道脾气全无惧心以外，一匹半生不熟的狗，总不能十分亲近。呵，我悲哀！

三月十五日——星期六

这一天我很悲哀。天气，仿佛对我同情，也悲哀起来了。早上落小雨，落到晚，还不晴。天上的云气是有散尽的一时，我心上的悲哀可不知到何时才见开朗。

可是这风若从凤方面吹来，我不敢说这悲哀有多少时候能留在我心上！

人家说，悲哀时，你做首诗吧。我做诗，我倘若真能做诗，她会从诗上知道我心情是怎样一种可怜心情！我待喊，我的天，我的神，你救我，若就蒙了救，得她来援手，那我非买一本新诗指南来学做诗不可。我如今纵喊，是空喊，或者还会被人家骂我发疯，我即或要爱，我不能尽一些人随口喊作疯子!. 要爱的人在这世界上也很多，纵无一个人愿意因此加上一顶愚人的王冠到头上吧。

我想起不少的精致透辟言语，预备同凤去说，一当到她的面前，我所有的话全完了。我的话像冰，在日头面前不得不融解。我的话是铅作的针，遇了水银就化了。我的话是为我自己说，倒并不像为她说的。

我很无聊，十二个，一百二十个，一千二百个，整个的无聊呀！若是天秤是可以称得忧愁分量的东西，我真要借重这东西为我过秤！

三月十六日——星期日

往天，我笑别人，跌在恋爱里时全身的抽缩不安，愁眉苦眼的向人，作贼似的躲躲闪闪。如今我仿佛也到这地步了。

今天天气好了点，我心上的东西还是昨天一样。

昨天，到衙门去，一个同事三等科员，见到了我样子，失了往日的活泼，就问我说，“好朋友，莫非有心事么”，我说，“心事是不会有，但是身体上的确是不很舒服。”他说，“你打拳了么，”我说，“我又不想考武士壮士，又不是革命伟人，打什么拳?”他说，“那不一定，太极拳是国粹，是文化，不一定要论人论职吧。”

话虽对，我仍然不照到他办。我可以读革命真理或入党须知五十遍，比打拳总还有效验点。我不明白打一次拳可以得多少要人拍掌，我不明白比武一趟可以得多少钱，但我很清楚的是我把党纲背读成诵，则遇到升级考试时，我占的便宜总比学会一趟拳腿为有用处。

我当真就去读我应读的书，可是，我自问自己，并无升官发财私心，我敢赌咒！他们说作官不论新旧，发财为第一目的，看看不会发财的灾官，可知这话亦正不缺乏真理。但我一有钱，我就害怕。请想，几千几万，百万千万，虽然是纸钞，是票据，我怎么有法子弄得清楚？钱多了，想用处，（钱当是为了用才要它，可是中国有些人积钱是玩的。）我就想不出。我又不能像其他大人物那么熟习世界金融，我又不能学有些慈善家的太太，懂得国内公债行市以及租界上地皮行市。我假使身边有一千块钱，就真不好办了。也幸好是连一千块的一半也不曾有，不然真是一件麻烦事。

读了一阵书，精神真觉好一点了，也似乎把凤的优美忘掉了，但愿这书有这样神力，能帮助我抵抗一切！别人读这书，就可以应县长考试，我读这书却能忘忧，大约都不是著者当年握笔时所能想到的。

今天是星期，我学一个基督教人，作祷告。我的祷告是在一本革命须知书前做的，我轻轻的说，神，老爷，主子，给我力，给我生气，给我便捷，好让我从恋爱中逃遁如野羊在猎人手中逃遁吧。

三月十七日——星期一

我显然还是在凤的手中，逃遁不了。她看我一眼，我就打战。她一笑，我的心就紧。她说一句话，我就像听法官对我宣布罪名。人家说，有了恋爱的男子对于女人，但思忠实为狗：这话不可信。我已经是狗了，我的忠实，为什么还不为她所垂怜呢？她并没有背了人说爱我的话，倒是多次当到若干同志说很欢喜我，当人面前说，正不啻暴露这隐密让我痛苦。我想对她说，可爱的人，这话留到以后说吧，留到并无一个人在我们跟前时说吧，又不敢向她如此请求。

我气运不大好，才遇到这事。

我对于我的痛苦，只有拿工作来消遣一个办法，所以我向科长说："愿意办三件长的公文，答应当天缴卷。"科长睁了眼，对我发愣，许久许久才说道："同志，你的勤干实在使我佩服，可是这里几天来并无事可办！"他说过后，且笑了，同我握握手，表示对我加以敬重。大约说愿意多办事的人很少有，所以我的话虽不曾实现，在科长心中，也觉着我是特别的忠实同志了。我谢谢他。但我当真愿意他给我办一点事。我的耐心，我的性格，真不是适宜于做官！那么成天坐，吸烟，谈笑话，把某伟人的轶事提出数条来讨论，互相便鼓掌，打哈哈，打酸嗝，打哈欠，这生活我干不来！

见了凤，我就想咬她一口。这思想来的真可怕。但这是当真的，我并不说过假话。也许一匹狗只有这样思想，一个人高超得多，关于吃，是全因为教育的结果，所以不能随便说，也不能随便引起这欲望了。不过我知道的事，却又不尽然。我的朋友，那上等人，他就在一种很暧昧的情形下吃过几个女人了。当到他要动手吃时，就把我逐出门外，说，不准在此呆，不准看，其实我仍然似乎看见了。我眼不见鼻子却嗅得出。他放我进他的房以后，我装老成，不说不笑，只把鼻子闻嗅，那坐在大椅上的女客，就笑，且打我的头。我不愿意这女人的手这时放在我头上，我怕悖时，所以逃出房外。一逃出房外，他们更好笑，只听到主人说，它闻得出哩。谁知道我岂但闻得出，声音我也听得懂！

凤是正仿佛因为预备被人吃，所以长得如此丰艳美好的。我不明白世界上有些人就长得如此好看，使人一见就想吃她，有些人又使人一见就想逃走，是什么道理？女同志真可以说是奇怪东西，至少这衙门的一般男同志将承认我这个话。

我对于凤仿佛非吃不可的神气，大约凤也看得出了。她躲我避我。我很明白。我待说，“我的王，我的主，我这希望原无害于你，信我的诚实，怜悯我，让我同你接吻，同你睡觉吧！”不中用的我又说不出口。

三月十八日——星期二

作了一个梦，梦到别人在吃凤，所谓别人者，就正是我的朋友，我的上司，我的主子，我生气得很，忍不住，就扑上前去。

……梦醒了，我伤心起来了。

我多么蠢！我想起一些事来，更觉得自己是蠢东西了。上一天，同凤散步，凤作着那类乎很欢喜我的表示，岂不是全因为我是她所爱的人的狗，才那么不拘于礼数来与我亲热么？我的朋友，我说过，他原是能吃女客的人，他有那伟人的丰仪，以及伟人的体魄，又有钱，又有势位，在僚属的凤当然有被吃的义务。说不定她是早已被请便的人了。说不定我的梦中所见就是事实。唉，我除了伤心，还有什么可作。朋友把我安置到与凤同科，岂不是要我就便监视到她的道理？她在诸同志中特别对我亲热，岂不是因为知道我是他的心爱的狗么？我真觉得我是受了辱了。我心中不快活。我肚中一肚的气要发作。呵呵，我宁愿跳河淹死我这无用的身体！

我失落了些什么，却说不明白。但实在是从心上失落一种东西了。我想颓废学文人行为，我将在这类生活中找到发气的机会。我不是人，要人的品德有什么用处。如今许多人自己还不要尽作人的必须的责任，我这狗还讲什么道德身分？呵，恋爱，使我高尚的是你，使我堕落的也是你！

虽然烦闷，我仍旧读了一章民生主义。这书是法宝，我不敢生少许轻视心。我很惑疑所谓首领这种人，但我并不惑疑主义。若果照某同志的说法，对首领不十分信仰，就是所谓叛党，那么，一个首领下台，主义也就可以说是完了，承认彼而否认此，话是说不通的。可是一般的同志，同志的一般，全是大学生或与伟人有亲戚故旧关系而来的同事诸公，倒仿佛非常忠实。是忠实或者还是蠢笨，是拥护，或者还是因鸣锣开道摇旗呐喊而稳固了自己地位，这是很可以讨论的一个问题，我弄不清楚了。在我的话上，我有错了的地方，是这一般同志同事，全是聪明人，并不蠢，一个蠢人决不能在一个月或三个月中把党纲背得如此烂熟！还有他们脸貌也莫不十分聪明——我不怕人说我措辞荒谬，几几乎我将说这些人莫不十分聪秀！实在说，单是聪明还不行的。一个标致的人决不是蠢物。一个蠢物决不能说是聪秀！

但是，说来说去，我说了些什么话呢？我简直是瞎话。我简直是狂吠。是的，一匹狗，它除了狂吠为生活必须的事件一种以外，总还有别的在；我也应有别的。我不能但有感想。我不能说他人不对，却疏忽了自己。我不能批评我所不明白的事情。我不能……呵，我要抓出我心上的痛楚，如同从坛中抓出酸菜一样，同样是我作不来的事，但我同样要作。我要时时刻刻来数点我的悲痛，那我就可忘记了世界上另外享福的人。我是我自己的我，所以也不当为别的一切使我过分烦恼激动。就是恋爱，也应如此。我可以从好的方面想。

别人既大致皆有把凤放在怀里的可能，为什么我不去设法？别人既都在我眼中有机会近凤，我干吗不应当将事实给人瞧？

若是方便许我与凤在一块，无第二个人的眼睛存在，无第二个人的口存在，我将跪下，对凤说：好人，请看我，为了恋爱在心上燃烧，灵魂也快烤焦了。我要使你知道，怜悯由你心中出来，如同甘霖从天上来一样。我的恋爱比如黄酱，全是日头所晒出，好人，你是日头，尽管晒。我是“五百斤油”，你是砚，唯你砚石才能磨出我的精华来。我是本街杨正记老板的脚，为了朝山拜佛走成了跛子，好人，我预备走的路总比那杨呆子走的还远。

凤若是能体察我的心，我就幸福了。这幸福是一定可得吧。我想卜一个课了。我想许一个愿，只要神帮忙，使我前途顺利，我愿意在神面前磕头。我即刻走到一个平时极为我们科长信托的卜者处问了一课，运气很好，说的话使人心壮。一个心虚的人，靠了瞎子的诳话，可以提起勇气作许多大事，瞎子在社会上不算是坏人。在中国心虚的人正那么多，迷信的废除真是无道理。

得了好话的我，要实验去了，我去找凤。

呵……血呀，泪呀，心呀，我要怎么来说我的失败后的心情？

三月十九日——星期三

人生是无意思的，任怎么也找不出多大意思。情欲的饥饿是一种病，不然为什么有人能无餍足的取乐，为什么又有人禁食一世。我希望我这病终有一天脱体，我希望到这一天。

我在办公厅遇到凤，我战栗。我斜眼觑她同科长说话，科长目中无人，不把我放在眼里，同凤那种亲密，使我想咬他的脖子。事情更不客气的是科长在我面前同凤亲嘴，这算什么事体？大的侮辱加到我头上了，我估计了一下，看到底是咬死她还是咬死他，到后气质上的弱点使我无声无息的掩门走出。我为我无用可悲，我走出到花园痛哭。

事情简单。别人不把我当人，所以他们在我面前亲嘴拥抱。我无论如何，总不是他们看得起的东西。

“良辰美景奈何天”，想起这好句我就流泪。我要这好风光有何用处。我若不是为另一种我所希望的爱情生活实现，春天对我的意义是悲恸。

我坐在草地上垂泪，用泪眼望天上的白云，生了浮生若梦的感想。我不哭了，不伤心了，我仿佛得了解脱。我要过细的来看看科长的行为，就仍然到办公室去。门不开，我听到有人说话。

“科长，你同我到（死店）去好了。”

“就在这里也不要紧。”

“我们那位同事会来。”

“你怎么怕狗，他能怎么样？”

“它似乎也知道这些事。”

“笑话。狗只知道吃屎，不管它是什么人的狗！”

我幸好并没有晕去。我气得要命。但稍待，我想着“浮生若梦”的话来了，并没有进门，只在门边低低咳嗽一声，就走开了。

我糊里糊涂走出衙门。在街上忽遇见朋友。朋友欢欢喜喜的同我拥抱，我却沉默如一个死人。

朋友摩我的额，正发烧，朋友着了意，以为我或者遭了毒手了，就问我：

“朋友，你吃了什么不高兴？”

我不作声。

他又问：“告给我，谁欺侮了你，衙门中谁打骂了你，可告给我！”

我有什么可告的话？我这算被人欺凌么？我有向朋友诉苦的必要么？我告了他，又有什么方法挽回我这下沉的心？我不理朋友，又想走开，却为他拖着不放。

“告给我，为什么今天这样不愉快呢？是不是有了病，才如此颓唐？是不是想吃点什么好味道呢？”

如此体贴的慰问，教我心中难过之至。我无话可说。我纵说也是枉然。我这朋友能帮助我在社会上得一个地位，能帮助我起居舒服，还能帮助我作一点别的事，如像带我去旅行之类，可是却万万不能使我得到凤的爱。朋友慷慨的义侠的辞色，所给我的印象是徒然白费。我无从领朋友的情，我无从致谢。呵，我的好友，我怎么同你来说呢？我怎么说我对于你好心的感谢呢？我是受了伤的，心上受的伤比许多诗人所说的伤痕还大！我跌在一件恋爱上，虽说是我有我明澈的理知，也不能将自己拔出这深渊。我是大约不久就死的了。我不愿活了。我已经看得分明活的悲惨了。我以为这朋友还有其他大事要办，就仍然挣脱他的手，跑走了。

我走到大街上望一切，又仿佛只是被一切的眼睛所望。热闹的街上飞奔了要人阔人的汽车，旁道上来往的全是仪态闲雅脸颊丰满的绅士，革命已经成功，天下太平了。天下太平，我的心独孤孑无所倚恃，好政府只管建设，个人的悲惨却无从排遣。我愿意与这社会分手。

我不明白我忽然如此悲观如此消极理由，这也不是另外一人所能知道。

三月廿日——星期四

昨天晚上，回到家中，朋友在会客。客是熟人，我就走进会客室去。朋友摩我的头，说我额部发烧如炉子。朋友又说我是病了，我就点头。

我的确病了，一夜不曾睡稳。胡言谵语了半夜，若非朋友早明白我有了病，则或者以为我是疯了预备把我打死也不可知。我的病是在心上，不是一天来的。这不是暴病，不是急疹，不是虎列拉，——我真怕虎，可是这病比其他出名的病还要坏。

我躺在床上不起，我头发着高的热，口渴心烦，手脚无力。我想这或者是可以到死的路了。果这样死去，谁也不明白我为什么！也许朋友可以到衙门去，说我是因公积劳致疾，因而死去，且为我请恤建碑。也许朋友以为我贪嘴吃白食，上了别人的当。也许朋友说我是不知保养所致。无论朋友对我如何细心，他总不会想到我是为恋爱死的。其实这事我自己又何尝想到。为爱或单方面相思，至于病、死，虽是平常事，但要人相信我也无意中做了这傻事，谁能当这种话认真？要男人信我是为相思病倒在床，比要凤信我为她而病还难。

朋友一起床又来看我，说，

“阿大，到医院去看看，住几天，吃点药，不然是恐怕有危险的。”

“我怕什么危险？我这性命有什么价值？”

朋友不听我的话，仿佛虽听到，也只以为是牢骚，仍然要我到医院去。

上午九点半我就到医院的头等病室了。

看到无数头包白帕子的女人，全是年青美好，我闭了眼让她们处理我。脱我的衣，脱我的裤，我不敢把眼睁开。

…………

医生对我很客气，大致是因为我朋友的原故，本来在平常不轻易见到的客气的神气，也倾囊倒筐放出来了。医生究竟是人，不缺少势利的机智。但是若果有力气，我应当打这种东西一顿，我若把他打死，他也有该死的罪。能用了力把世界上每一个医生痛殴一次，那社会上许多人都报仇了。我是清清楚楚在这世界上有五十个被医生治好的人，同时也就有五十个因到医生处受气而病加重的人。

三月廿一——星期五

我的笔，日记本，全被一个年青女看护拿去放到柜子里去了。我向她要她就笑。我疑心她发现了我什么秘密。一个年青的人，为好奇，这事是作来感到兴味的。若果照我猜想不错，那才是要我红脸的事！她对我笑，岂不就是笑我呆呆的跌在恋爱上为可笑么？虽然她正是这么年青，这么生长得好看，也正不缺少机会把一打男子也引到苦恼的海里去，然而她不注意到她自己，还是开心，这种女子是有。

我又不好意思问她，我装成生气神气也不行，我因为心虚，日记上记的全是不大道德的记载，也不敢多问这东西了。

这看护比凤差多了，样子不坏，可是我见了她不心跳。医生说我心跳的次数比平常人快，但这决不是为面前照料我的这人而跳的。他们找不出我的病原，我也不告。我纵说，这是一般年纪青的男子平常的病，但医生样子也不能相信，医生的顽固自信，我是从他那两撇胡子看得出来的，胡子是软东西，尚且如此顽固的朝上翘起，何况其余。

我的习惯是早上写一点日记，中午写一点日记，晚上又写一点日记。如今因为躺在床上发烧，不许动，旧的习惯全毁了。早上不写，过去了。中午恰是一个样子。晚上，——此时，我却又拿起笔来了，为什么原故？这应得感谢医生。我问医生要我的笔记本，他告看护为我取出，看护才照办。当看护把日记本取出，问我这上面记上些什么事情时，我才放心我的秘密尚不为人窥破。她问我，我只得告她，说，这是自己的私事。她笑了。我就问她是不是也有私事，她不答。我心里有点慌，仿佛另外一种病快要来了，难于说明。

日记不写了，我望到这个人，有些地方像我很熟习的一个人，只是勾不起这回忆。

我不能把这日记放下！我来为这个人写一张速写像吧。

一身缟素衣裳，打扮得像新寡的未亡人。这未亡人是脸儿尖尖的。眼睛是黑夜的星。手是葱，嫩、白、肥，还带着一种好的气味。（我是在病中也不至失却鼻子的感觉的！）腰是白绵兽的腰，腿是山羊的腿，头是……耳是……鼻是……口是……

一只狐狸精。一群狐狸精中之一匹特出的。不知为什么，我谈了许多话，到头却睡不着。

三月廿二日——星期六

我的病应当早好。医生说，病是全已脱体了，他告这话给我那朋友，朋友却要我再住三天。

三天也罢，五天也罢，我与其到外面去又生别的一种病，倒不如住在医院里等病来吧。

我实在愿意病加重一点，这有两种利益。第一我可以使那医生缺乏在朋友面前夸口说他高明的机会，第二有人守我。不问医生如何，只要是那第八号的人守着我身边，在医院中病一年也不算寂寞难堪的。医生以为他的药用得对，谁知从进院到此时，送我吃的白丸白片，我一颗也不曾咽下，全偷偷的丢出窗外了。我吃的药对症是对症了，只是另外一种药。在恋爱上中了毒的人，除了用同样的药来解毒，还有其他办法么？虽说如今的仍然说不到是恋爱，也许她不知道我在爱她，比凤同志还更加胡涂，她对我的接近只是一种职务，但我问这个就是蠢事。只要是这样方便，为什么我一定要分出什么道理。人是常常太认真，就太多烦恼了，我应当知足。嗅酒既可以醉人，我何必问这酒是不是为我而预备。纵不是我的，此时在我身边，就够了。凤不是谁能占有的，可是凡同凤接近的都仿佛很愉快，忘了穷，忘了生活卑贱，我既在这女人身边，还说什么。

老实说，我是把爱凤的心移到这身边佩有第八号铜牌的女人身上了。我不说爱她，当然不能说，并且先是自己也不明白的。到为凤而来的病忽然就全体如失，我有一分明白了。到她不在我身边，病就像又在骨里血里窜动，我更明白一分了。

我不希望别的，只愿意住院十年，到那时，她老了，我也老了，人一老就容易处置了。

今天，我同她说道："你们这里可住多少日子？"她答应得妙，说，"医生愿意一个病人一住院就全体霍然，但又愿意头等房间病人住十年院。"我就问道，"那你们意见怎么样？"她说，"看护妇意见是病人好歹来。"她接着还解释看护与医生意见不同的理由，因为医生是要信仰与钱，看护却愿意住院长久的人脾气好一点。脾气好的人在医院中叨光，是她一说我才明白的。大概在平时，头等房间的病人，因为是头等，照例脾气都应极坏！

我脾气不坏，我自己觉得如此，可不知她们看我怎样。我隐隐约约从她一方面明白了的是她愿意我住一个月。住一个月当然是好事！一个月中有人可以在一个陌生妇女腹中养种一小孩，还算短时间么？

我仿佛真爱上这女人了。仿佛是从她方面有一种力吸着我，使我转动不得。这种力，是凤曾对我用过的，如今又来为第八号受这磨难了。不过，为了自尊心的养成，一个看护总不至如一个同志令我倾心！倾心是倾心了，我不大苦恼。在另一时假使还有机会回忆到这事，请想想，为一个看护也害病，那不是丑事么？纵她姿色如何媚艳，我单是想想我住的病室是第几等，也就即刻恢复了我的身分了。

三月二十三日——星期日

放假的日子。天气晴。有太阳照到窗上。开了窗，有花的香味。这是好春天，是有爱情人的春天！

医生今天同医生太太坐车到野外去了。有些看护也出院会情人去了。有些病人也出院了。我身边立着那第八号，我看她的脸嘴，都似乎经过一番特别收拾，这打扮且仿佛是为我而做的。我心上开了一朵花，我心上发痒。

请相信我，我是如何自尊！我的态度同王太子一样，我并不露寒愴相对她作饥饿样子。这更给了我胜利的自觉。她对我的粘恋，是大约知道我是什么人好友，是明白我身分，是懂事。我在心上好笑这小气的人。一个女人每每为一种无裨实际的虚荣献身，女子才真不算是人！

她今天对我似乎疏忽了许多，只坐在那里呆想什么事，我能明白她所想的。她因为对我感到恋爱的情绪，所以沉默了，不好意思说话，也懒于做事了。我当然是能原谅她的。一个年纪只不过二十左右的女人，平时又很少同上等人接近，忽然对一个有身分的人动了心，说不出话也是很自然的道理！就是我，替她想，也说不出什么！

我望她她就躲避，我更确信我猜想不误。不过，我这时是怎么一种情形呢？我是不是像见了凤时那么慌张？是不是更形活泼？都不是。我稳重如绅士，我有稳重理由。越是她感到拘束，我便越显得大方。我自信我于这时比任何时还潇洒出群的。我觉得我应当把话谈到男女上面去，好给机会与这女人，尽她有诉说心中情话的方便。

我看她很是可怜，我也为这情形到说不出话了。她呆站在那里整理一块白布单，摺叠以后又扯开，即刻又摺成原来方形，又即刻扯开。若是我是上几天的我，才不明白她的行为！如今看到这事可在心上笑。这比如读一本极有名的言情小说还好。这比如吃好东西，好到说味道不出。她是那么长得合式，竟像站起卧下全都可以使男子感到在俎在盆吃她时的趣味的。

女人到这种情境中真是可怜！既然爱了，又不好意思说出口，又不能想方设法勾引男子的注意，无从开端，她的眼泪这时是向腹中流的。

想不到我也有这样复仇的一天。想不到昨天损失了的今天就得到赔偿了。

为了趣味的保留，我还是不说话，看她怎样开口。我决定始终坚持我这主张，一个女人的聪明是十个男子敌不过的，我要引导她的聪明出来。我要窘她到哭，我决不先说我爱她或说到关于这类的话！

既然是由她一方面出发，（我可以赌咒是她攻击我才还手成了此时局面的。）我只有尽力防御一个方法！

来了，她用手来摩我的头了，我睁眼，望到这手，可以生吃的手，我却故意把眼闭上不看。她送我温度表含，我只含上，也不理会其余。她把我的脉搏，我明白这是战略之一种，我笑也不笑，让她摆布。我极力制止我念头的升起，我要看她的最后冲锋是什么手段。

多么聪明的女人啊！说的话，双关那意思，是多么切题啊！

她拿了我的腕半天，说："……"

她并不说什么，但比说许多话还强。我这时忍不住了，我睁了眼，望到她的脸。她故意倾身，为我理被角，吹气到我脸上，我心有点摇动。

我说："你今天似乎比往天更美了。"

她笑。她说不出什么，是我能体会到的。在一个情人面前，领受这简单的一句称赞，除了用微笑作酬，还有什么算为聪明回答呢？

我又说道：

“你今天实在比往常不同了一点。”

“当真吗?”

“我想我猜的决不会错。”

“我有事。”

她说她有事，除了有心事，想向我诉说还有什么呢?我不能又把她的机会失去，就要她说。

她不说，只笑。笑得怪。样子又更媚。虽然是笑也不失其端端重重，我看得出她笑中的淫荡！这不是平常笑的章法。决不是！我于是也笑。大约是因为我的笑，使她害臊了，她就走出去了。

出到外面去的她，究竟想些什么?是不是想到用笔写那心上的话预备来交给我呢?是不是在下决心第二次来当面说?

我只有等候她再进房来一个办法。她一来，我就可以从她的神气断定她取的方法是那一种了。在爱情中人都是呆子，在爱情中人又是天才，我近来真是对于这类事发现了不少真理的。我不能为我的“明于见事”加以多少惑疑，在平常，我的观察一切的知力，并不怎样比平常一般人超越多少的，这时却不然了。这时我能清清楚楚看对方人一举一动，我甚至于从这一件事情估计另一件事也不会差误一分。这短时期的非常是怎样可贵！或者一到我能够同她在一块，作着平常人作的那些狎玩事情，两人熟习到身体上一切情形，到那时，我就是真的呆子了。如果我承认在恋爱中人都有天才的话，那结了婚的男女不谥之为呆子胡涂虫是不行的。

我等她来她不来，一个下午过去了。到了夜间，她又来了，问她为什么原故离开我许久，她不说明白。另一个女人告我，说八号的人是出去有事的，我疑心她是以为我不爱她，一个人走到旷野地方去哭的。她回来，眼睛似乎真有点不同平常，我问她她就把话扯到另一事上去，我更加信任我自己猜想不错。有什么要哭的理由呢?什么事使你不满意呢?可怜的人啊！

我对于她的伤心，何常不想帮忙。要爱我，我又不拒绝，我又并不用身分骄傲了谁，我又不故意装着高岸使人有攀仰无从的苦。一切平民的我，是准备了许久，来接受一个人的爱的！我的诚实，天是知道的。我那一时那一句话有禁止一个少女爱我的表示么？我当真有这种存心么？

不过是，我原本虽不讨嫌这女人，可是在看明白她是爱我为我特别收拾她的身体，照料我像丈夫一样时，我不能再从事追讨，我已一变而为以守作攻了。我的战略是成造她多知道一点恋爱的甜苦。这是公平的正义的战略。她纵为我流泪，我也不应当即刻就感动去就她，这才是成就她同我自己！

因为想起一些合乎人情的步骤，所以到夜间，她虽来了，我也不多问她。

我是正在用苦恼磨炼我的情人的。

三月二十四日——星期一

我假若是她，我应当怎么样？就说我同凤，我对凤，除了病，没有方法进攻！我设想到我对凤的一往情深，住院不久，却仿佛凤给我的痛苦反而把我弹得很远，竟违反了爱的定律，简直忘了。在我与第八号的人若也同样如此变动，这是我的悲哀。我不愿她因为我太严峻，就离我他就，另有所倾心。我觉到这事非我略变政策不可，所以就同她特别找话说，表示我并不完全不领会她的好处。这为爱情所困着的人，见我对她一好，又即刻活泼起来了。我看的是分明的，决不错。

但她小心小心不同我提到她的苦处，我怕把这幻象在三言两语中失去，也同样小心小心不说到这事。总之我对于她的友谊，是应维持下来，不让她失望，也不让她因我援引而进一步。我固定我这战略，方便之门不是为爱情而开的。既然在这年青人的心中，有了热情，我只尽力培养这热情，尽其自然生长，我就在这领会中多一玩味人生的机会。

我看一切事都很明白，这样办是神的意旨！

我不能说我不是在痛苦中找到了报偿的。我不能说我不是塞翁失马。我不能说我不是在磨炼一颗少女的心！

如今，我是在乐观中仍然带着忧郁。这性格是无法纠正的。虽然我明白这时应欢欢喜喜接受别人的热情，应装模作样，应自足，应骄傲。可是我并不作我应当作的！我还是忧郁，这是病。这病不是医生在脉搏上可以觉到的，也不是测温表上看得出的。唯有她明白我这病的根，但她这时岂不是正因为我的冷落而悲哀么？她这时不正是恨我无趣么？要她来明白我，也是不行吧。我的病，还只有我自己一人知道！

一种不可救药的痼疾，只有用亲嘴或超乎亲嘴以上的治疗来挽救的。我愿意这个事在事实下有梦里一样方便。昨夜，我梦到的是她含笑的前来，一身白，白的不是衣裳，只是一身白肉。滑得像脂油的是这一身。我吓醒的。若是事实上，也是这样，我必同样也吓得张口结舌。

她来了，从她白的薄衣下我仿佛看出一切。

我把日记藏到枕下去，装睡。

“喂，起来。”

我装才醒，她就笑。她明白我装睡，因为铅笔还用手拈着不放。

喊我起来试温度，我的温度她还要用表测，至于她的温度我却一眼也看得出。她今天不及昨天热度高，这是的的确确的一件事。

是当真生我的气了么？不是。若是生气，那绝对还不同。我不能说一个女人在失望时的神气，也说不出在希望继续中她是如何态度，但要我承认她这时是死了心，我决不轻容易承认的。她此时没有什么难堪，但眉心一缕幽怨，却说明她昨夜的苦恼。女人啊！要爱，在追求中，是应当跋涉千山万水才到！也只有多灾多难才能把这爱的完满趣味加深加强！你不要自馁，向前，更向前，前面是一个光明在等候你。

我是她的光明，我得承认。这女人因为我而在另一种生活中冒过险了，正如我在凤身上冒的险一样。我只要不像凤一般把绝望给人，则我的俘虏永远是俘虏。我望到我这俘虏如忠顺之狗，为我作一切事，我几几乎有许多机会使她猛然觉悟我是也在爱她。幸好我能在另一事上挽救我这不谨饬过失，制止她对我冒失。我不让她克服我的心，但小小的堡垒的争夺，我也不全然放弃！

我的计策是对付爱人的妙计。我不相信有谁比我计虑得更周到更妥善一点。在以前，我恨我自己的蠢笨，是有过的，如今我才看出我的天才！恋爱为什么就使人显得笨拙，为什么又能把人变成不凡，这不是容易解说的事！

女人把我口中的温度表取去，记上簿子后，又走来同我说话。

她说："你好了，又低了一度。"

"不一定低吧，也许心里热。"

她就笑，装不懂。

我又说："冷点好还是热点好？"

"当然低一点好。"

"我不合你意见相同。温度高也有好处，不过为不吃亏起见，放冷一点是对的。"

她仍笑，表示不懂我意思。这个鬼，什么不知道，假装瞒不了我！我见她神色之间很不老实，我怕她忽然会跪到我床边来诉苦，我实在不愿意这事如此结束，为造就她起见，她应得再多无聊一点，再为烦闷一点，所以我忙把政策变更，不再说那巧妙的双关话了，我要她进一杯橘子水。

"你不适宜于太冷的。"

"我以为太热的也不相宜。"这又是我的双关话！

她装不懂说，医生这样告她，"病人吃的东西不能过冷过酸。"

"是啊，病是因为冷来的，如今是怕冷了。可是这时太甜的也不合口味，要慢慢的甜，就不至于厌口败胃！"

女人笑。用笑来作答，不过是表明其为聪慧不凡心思玲珑却又假痴而已。其实我说的话她比我还懂得多一点。在一个情人面前，耳朵是能够听他人心上的音乐的。这时的她假装真假装得像！我待说，朋友，不要装不懂，我看得清清楚楚，你爱我，就勇敢一点，过来接吻吧。若是这样一说，我包这女人会发烧一阵，且即刻来跪在我面前！

…………

我不记了，我把这印象放到心上比放到纸上还不容易毁掉。我是怎样的在我情人面上傲然不群的模样！我的风仪，是如何的征服了一个年青女子！

一辈子不会忘记的，是她为我整理被盖时，故意（我敢赌咒说这是她有心如此）把她的胸压到我胸上。为了爱，我是看到一颗心在一个少女腔子里跳动得如何利害！感谢天给我耐心，虽在这种诱惑下我还保持我这清明，不至于即刻失事。

三月二十五日——星期二

她眼睛像有点肿，不是失眠就是哭泣。可怜的人！若非我靠了神给我的力，要坚持到底，我就可以用一个微笑，来安慰这为我受地狱的火煎熬着灵魂的人了。我背了她独自笑着又叹息，笑我的胜利又为我过去事叹息。这世界究竟是什么世界呢？为什么在此如此倾心在彼又如此冷淡？阴阳消长究竟为什么理由呢？

她对我仿佛冷了一点，我明白这是我太使她伤心了的原故。我应该是稍稍热一点，不使她过分失望才是。在便中，我借看察时间为由，握过了她的手腕，她不逃避，也不言语，但似乎感觉到小小的不安。我这一举把她的灵魂又搅动了。我用这办法提起了她的希望，不让她自馁，事情果然做得很对，她不久就握了我的手腕，为我理衣袖。借理衣袖为由，这女人进攻的勇气真不小！我又有点害怕起来了。我不能尽她迈步前进太速，就以进为退，因为我看出她在我前进中是非退不可的，所以我作了点呆事，对她稍粗鲁了一点，聪明的她果就避开走去了。

今天下午朋友来望我。谈了些笑话。说到凤也念我，我心跳。在朋友面前，不敢多说一句话，怕朋友知道我秘密。朋友一走，我心就有点酸了。假若朋友的话是当真，这在我是酸是甜呢？凤真是念我么？凤的念我是可怜我病——且知道我是为她而病因而觉得我很可怜么？或者她是因为朋友同我很好，在朋友面故意说怜我念我的话讨朋友欢心么？

我这几日来，心上的凤的影子本来已淡到模糊不清了，凤给我痛苦，像在我心上划了一刀，这伤痕也渐渐合口了。如今为朋友一句话又勾起了我无限心思。人事真奇怪，凭一句话就把我灵魂摇动利害到如此！本来已放下了，一句话，又似乎提起，要放也不是即刻可以放下了。

我是仍然爱凤还是让第八号的她来爱我呢！让人爱与爱别人，劳逸自然不可相比拟，然而放下这劳苦，享受我应享受的被爱荣幸，我也是作不到的。凤实在是可爱的，眉、眼、手、声音、气息，全是可爱！她即或不爱我我也要爱她下去，这是神的命令，是良心的驱使，是本分内的责任。我不能因为她不理我就缩手不前，我非尽我最后的力不可。

我决定仍然对凤的忠诚，不怕灾难。不怕的灾难，因朋友一句话真就来了，我想到要凤，却同时想到凤的为人，我痛苦着，到晚，莫名其妙的第八号人来，在我的温度表上发现了惊讶的事。她以为我日里过于劳动了，劝我早睡，不写日记为好。

我说："为什么？"

她说："热增了一度半。"

"当真增加了么？"

"当真的，你自己不觉得么？这热是为……"

她不说，因为她要说的仿佛是太明显使自己难为情。她以为我的温度上升是同她调情而起的，才真是荒唐瞎估！我听她说的话好笑，就分辩说，"发烧理由是很多的，为别的事也有之。"

"不要胡思乱想，人就好。"

哈，她以为我想她！她又仿佛讥讽我不必想凤，单注意眼前的她一点就可以过太平日子！我简直要大声说话了。

我先笑，是冷笑，过后就说，"我才不妄想那虚无缥缈的事！不过我要想的，我也不怕损失。"

她又不懂了，凡是她不懂的时候就不接声下去，这不懂我实在看得她出于假装。我只有让她假装下去。她不要以为我是看不出她是在爱我，还以为我发烧是求她不得才发烧！她不要以为我是可怜东西！我真疑心她会疑到我为她烦恼！

本来在爱我的她，若是错以为我发烧是为要她爱，因为抱歉负疚，作着那赎罪的举动，同我更亲密一点，才真笑话啊！这笑话是真来了。她真放出温柔来了。她为了我的事，走出走进，一个人慌慌忙忙连饭不吃，守到我床边时，摩我的额后，就背着我不言不语。这以背对我的时候，我断定她是在叹气，而这叹气一半是真，一半又是故意要我知道她的关心！

我觉得她很可怜。一切行为均不出我这人意料以外，然而不是胡胡涂涂的排演下去，以为由此可以给我一点快活，冷眼旁观的我真是把她无法！可怜的女人啊！可怜啊！你若是爱上另一个人，以你这样的丰姿，何尝不可以使一个男子颠倒呢？你为什么偏来缠我呢？你何苦来想你所想攀不上的高峰呢？说老实话，我在凤给了我痛苦以后，几天来，是也当真似乎把凤忘掉对你略有动心处了。但朋友一句话就把我拉回到凤的身边去了。你用你的一个礼拜贴身服侍我的殷勤，还敌不上朋友代传凤的一句话，这就是爱情之所以为爱情！爱情是自私的，我并不用解释我这人的度量。我是因为自私，也因为忠于自己的爱，所以我身虽在你旁边，心却飞到凤的裙下去了。

我用着怜悯的眼光，望到这位为我看护的女人。她的焦心还只是为我发烧，她若是明白她是失恋的人，还不知要如何痛苦自挞！世界上许多人就是这样在一个人身上做着无涯好梦，而这人却全不负一点责任，又顾自在另一个人身上也做着无涯好梦的。

她不准我写了，若是她能知道我写的是什么话，她会抢了我这日记丢到火里去。

三月廿六日——星期三

凤，我爱你！

恋爱是一种病，不过今天解释又与往天不同。有些时候病是能使人疲惫的，有时则发狂，力大神王，如虎如豹。

我想出院去，一出院，我就非到衙门去找凤不可。

爱情的战争，是一句话比一枪一刀还有力的。不过一句话可以把人沉到九渊，一句话也可以把人提到三十三天，这与子弹两样。敌人的一颗子弹，可以打穿心子，凤的一句话，却把她的敌人从死中救活。我又在战场上了。我又似乎戎装上场与人对垒了。我将不吝惜我的气力，作成大胆无畏的勇士。在凤面前流血，是光荣的流血！我好笑有些人空口说爱、说血、说泪，其实则泪既无一滴，血也很少机会流，爱亦但空喊。这些无用处的人，真只有在懒惰中用文字骗骗他人，吓吓社会，哄哄自己！我想做的我就去做，决不姑容苟且。我能视死如归的去在战场上抵抗强敌。我将用我的血洗我的爱。凤，你使我气力加多，你是欢喜我为你死去，才如此刻酷的说着“念我”的话！

我想了许多对凤去说的话，每一句话都有致凤死命的可能，只准备这机会。

为了要机会，我对医生说我要出院。医生不行，说还不好，因为热度一加，病又转了。我十分明白这医生的用意。他不是存心破坏，就以为我是要人的朋友，放我出去是损失一笔收入。多坏的东西！他不要我出院，经我一点破，他却无言了，到后却结结巴巴说是等朋友来再说。朋友来了，朋友却说出院不得。医生的诡计，事情推到朋友身上，可恼！说不定这还有第八号女人诡计在内。她当然不愿意我就此出去。我若这时一去，她会急成病人，会吐血，会用眼泪洗面。这是我的坏处么？天明白，这事应当要谁来负责？

想到不能出院其中免不了有妒嫉存在，我心中有点冒火了。我为表明态度，要她知道我是在生着气，不大高兴她的为人卑鄙，就在她面前摔了一个药瓶。摔药瓶时虽装作无心样子，将这东西摔了以后，我却不抱歉，还大笑。

“为什么这样子呢？是有什么不快活么？”

“你知道！”

“我不知道。”她为媚我，就温柔的飞了一眼。

我是决不在这种战略中变更我的地位的。我决不接受这魔力，将心情转一方向。我是爱着凤，决不能再低价的将灵魂拍卖给这女人！

我说：“不知道就算了。”

女人说：“我知道，是医生不许你出院罢了。”

“还有坏人使坏心也不许我出院！”

女人说：“这样人也应看上帝面上原谅他，因为许多人是好心肠不得到好报酬的。”

“我原谅他！是的，我才不原谅他！”

我看得详细，她脸上真变了颜色。我的话说到她心上了。我用言语在她心上打中一拳，这女人有点踉跄。

她是爱我，这可怜的人！她不有我会发狂吧。她若当真到对我希望断绝时，她会自杀吧。一个作看护的人，要自杀，真是如何容易！吃水杨酸，吃汞，吃硫酸，还有吃……一吃就成功，想来多可怕。我不要在此还酿出一条人命吧。凡是想得到的事情都是作得到的事情。我如今是想到这女人会为我自杀，我又想到一向凤说就成功如意！我是救她还是让凤救我呢？墨子的兼爱或耶稣的博爱，若事情是我做得到，我决去作。不过我真能让她爱又能爱凤，各人在希望中维持平安么？

我恨她，又可怜她，实在对不起这个人。对不起也只好算了，人全是这样的。我并不比他人更显出自私了一点。我这怜悯不久也将消失。

凤，你知不知道我爱你呢？别人爱我的，我是把事情看得清清楚楚，你是聪明人，总不会不了解我吧。我不希望别人超乎我想象以外的认识我，但应当知道的，如我的长处好处独到处，这是非明白不成的。即如今天的心情，仿佛是我过于自私了点，纵绝拒了别人的爱，也不是十分罪过。她是看护！我虽不讲究名分这类东西，但是一个看护与一个政府二等科员结成夫妇一对，（浪漫虽是浪漫了），这像话么？

不记这东西了，让我来过细盘问这女人一阵，也是有趣味的事。

三月廿七日——星期四

问的许多话，更证明了这个第八号女人是在爱我的。

这也不是什么可幸的。我为这个也苦，不要她爱，似乎是失落了什么，我不愿。要她爱，我有时又不免有点摇动，将对凤的诚实分去了一半。

若是我一定这样想：“看眼前呀！看眼前，则比如我在医院中就不必办么，也不必对政府施设加以良心的嘲弄或义务的赞美。

（做官的据说是非对政府行为加以相当喝彩不行的！）这比譬是说我不应当在这女人以外去想那还不十分可靠的凤。

我是当真看眼前了。慢慢把凤忘掉，则眼前的人的美也越加见得多了。让这诱惑胜利还是令她惨败呢？

我想了一天。

三月廿八日——星期五

又想了一天！

三月廿九日——星期六

又想了一天！

三月卅日——星期日

她离了院，不知到什么地方去了，一天不见到她。不见到她，心上有点不舒服，我渐渐又有点相信不过自己了。我到底是爱她不爱？爱了她，为什么我不暗示一点消息，好尽这女人向前？我不爱她，为什么她今天不在此我就有点怅惘呢？一个人的脾气真不说易照料！

一个人，知道自己也真不容易！我有本事知道别人，自己是总猜断得不大的确的。我按照习惯，可以算得出时候，可以算得出在什么时候别的朋友作什么事，我又能够在天气阴晴等等事上可以看出我朋友的脾气。我自己却不然。我真是胡涂东西，不可讳，不能装，不容易辩解，我的心是一件怪东西！想到这里，又想到那里，比夏天的云还容易变，这是我的心。

想得胡涂，我又不愿意写下了。

四月一日——星期一

老早的，在睡梦中，有人摩我的头，我含含糊糊，说，“我的爱，为什么昨天不来？我想你却失了眠。”这些话是在我心上讲着的，也不知道究竟有不有声音，可是我醒得清爽一点，睁了眼，望她颜色，却仿佛很感动。

让我来算算，她究竟得了我几分之几。

多危险！若是我再不小心，说着那样的话以后且伸手一抱，不是……赫，危险危险。我应当小心！

我再来想一天，看我的政策是以取何种手段为好。

四月二日——星期二

不能决定也不行了，朋友说我可以出院了。我本来是预备再想一天，谁知今天就得预备出去。这又是天意。

八号的人来了，望我笑，说我可以出院，医生签字了。

她本来极不愿意我出去，今天却这样告我，这情形可疑。

她必定是装成愉快，免使我看出她的心思！女人是善于掩藏的，这女人则更聪明也更能作这件事，我决不至于猜错！

女人的心真深！不过你再深也瞒不过我。我的眼睛就是专门窥察女人的心的，不怕你故意筑了壁垒，遮遮藏藏。

我见机会只此一刻了，不能不要她在我面前招出爱我的口供，就把话说到男女事情上面去。

“昨天出去，是不是看什么朋友呢？”

“是的。”

我装成诚实（本来就诚实的我有意作伪自然更像），我说：

“看朋友，是不是可以说是情人那类人？”

她垂了头，久久才说：“这个话才问得怪。”

“不怪！一个人那里能无好朋友。”

“那你是不少好女人了。”

“不多。但有些是爱我我却不大注意她的。”

“那自然，这种事也平常。”

我不做声，心中想，这事才不平常！本来是说这话的就是本人，才真不平常！我待要戳破她的话中含蓄，想出一句好话。

我想这个女人真会掩饰，话虽说到了本身，还一点不慌张，且俨然还对我嘲弄模样，若非我早明白她是爱我，我可红脸了。

我到后，不想别的，只问她：

"男朋友也欢喜她不？"

她说："感情还好。"

一对鬼！一对鬼故意这样来说，不将葫芦打破，才真是趣事！

她那样子是只在那里等机会，机会一来就会伏在我身上来做那亲嘴的蠢事的。幸好是我这种有把握，有经验的人，不然可真糟糕。若遇到人很蠢，悟不了她这话的深意，那说出也是空的了。

我了解她的地位，我又觉得她聪明又觉得她蠢。把聪明与聪明相反的名词丢开，总之她是不算勇敢人的。若她真有勇气，到了这时就不应当再扭捏，一把将爱人抱住，什么话也不必说了。若我是她我就这样办了，被爱的不拘是她是凤我想来都是无办法的。这正是心心相印的时候！这正是最高的一刹那！我不能说明这情绪的可贵，我觉得总之是极难得的一刹那。即或我是被爱的，也不容易把这极好印象忘掉！

不知为什么，我说了一句不必说的话。我说：

"男朋友是什么一种人物可以见告吗？"

料不到的是她就能说出口。这原因当然是她见我诚实样子，且与我熟了，就说出这友人的一切来。

她说的话我不相信有一句话是真的。有些人说话要打八折，或对折，她的话却无真实成分在。第一她说她的朋友是有了三十五岁的一个医生，岂有此理。我有什么地方像三十五岁的年龄？我在脸上某一部分有同一个外科医生的脸貌相同处？说得这么远，却把这话来故意急我，我才不受骗！

她的话意思当然不外一则不好说出我，二则见我装不了解，她就故意将一个外科医生引到我的记忆上来，使我平空生出一种愤妒。我不能上当。我看得明白，比什么还明白，岂有生气之理。她既不愿意认账，我乐得急她，何必受反间计。

不过，我不得不加一句，说：

"请告我，这医生是你爱他还是他爱你？"

她说："互相都爱。"

"嗨，不会有这种事吧？"

"那我也不明白，不过我感到的是这样而已。"

"我感到的可是你爱他，他并不对你……"

"这也没有关系。"

"没有关系么？这才有关系！"

她笑。我也奇怪，除了到此记上她笑两个字，就无可记载了。她的笑中神气是证明她自信有把握的。她方以为把我捆着了手，缚着了心，动也不能动了，谁知我却应对裕如。

她笑我也笑，两人的意思都在一种笑中领会了。我恨不得大声说，"我并不爱你！"心中倒又仿佛是也爱她，被她看出，一点不错。

说的话很多，我不愿记下。总之是这一类事。她爱我不承认是不行的。她今天说的话是近于报仇说的话，说不定她当真会嫁那么一个外科医生，因为抖气！这时我支配了她的命运。这是事实上的事实。若我说我也爱她，不消说她就是我的妻了。若我始终不承认这爱，那她未尝不可以因为一气就特意去同一个枯燥无味的医生配成一对！

我是不欢喜医生的，她就故意说同医生好，这女子城府深得怕人了。

…………

空的，一切是空的。朋友来接我，同时告我一个好消息，说凤同一个科员恋爱，在一个地方，被所长见到，把职革了。事情真是怪。我一往过去，到今天，还是那么爱凤，且为她病，来医院住了这久，可是为什么这时听到她的事却如此漠不关心。我还预备一出院就去看她，为什么这时倒略无妒嫉。我看透了一切了。我一切也不要了。

唉，岂有此理。鬼物戏弄，昏天黑地，我那能不迷惑。这事也不是我过错。我幸好……

四月二日——星期二

我仍然在这病室床上躺着。我翻看我昨天记得日记，后面一段才真好笑。我完全失了常态。朋友带来的消息，把我整个的希望打成粉末，连悲哀也不知道悲哀了。

凤会同其他一个人好，这话是可以同我说的么？

啊，我为什么生到这世界上，而且还得把这日记继续，将来让人来笑话？我为什么要爱这个女人？我为什么要做这些呆事？

四月三日——星期三

我恨不得一拳打死一个人！别人我打不死，我真愿意打死自己的。打死了我让世界变成什么世界我也不必知道了。

四月四日——星期四

天晴。

我仍然相信爱我的有一个人，我也爱她，却不让她知道！

我今天晚上居然说我愿意同一个看护结婚，虽然不指明是第八号或第九号，但是听这话的是她，当然红脸！

她走了，我的尊严也仿佛被她带走了。

她居然不承认这事，真出我意料之外。她听我说要同看护结婚，还不怎么激动，到后，我不知如何手做出一种表情，这表情把她吓了，她就红着脸走了。

我猜她会来，然而还不来！

她决不会生气。她是害羞躲了，是胜利了，是感到成功的欢喜到别一处告她的朋友去了。

我今天真作了一件冒险的事业！我真在生活上扭转一个方向了。奇怪，我并不觉得与往天不同。委实说我有点悔，悔把这话说出口，永无收回希望。这以后，我应计划的，只是生小孩子这一类事了。以后我真会为生活累死。我从此是一个家长，一个丈夫，一个父亲了！

天啊，我今天作的事究竟是蠢还是聪明？

我从今夜起，便一变而为有责任的人物了。

四月五日——星期五

她害羞，不见我，服侍我的是另外一个人。怪事情。我也不怎样奇怪。她不来大概是避嫌。或者为我的病，她不愿意我太为此事兴奋，把病加增，所以不见我面。其实这是一种错误行为。我不见这个人，我的热只有更增高。我要她来才行！只有她来可以为我退烧。她比医生高明许多！

我这时才记起若是看护为另外一个人，我为想凤而起的病决不会一时就好！

见另外一个女人，我就问，“为什么第八号不来？”答应的，是说“我不知道。”当真这代替人是不知道吧。不过我怎么能够混这日子。我要她来才行！是我的女人，不在我身边，这是道理么？

我向看护长说：“喊第八号来我要见她。”

看护长对我不客气的一冷笑。

我好歹记到这一冷笑，是有坏意思存在。

但是我要这个人来，天保佑，她应当来！

然而我听到有人说闲话了，是我装睡时，那看护长说的。话是不可信，我决不相信。她说第八号将病人的话转禀了院长，被院长骂了一句，说是病人是要人的朋友，说一句把呆话也应当有的事，看护就哭着要辞职。我又听说第八号真是快要嫁给那外科医生了，所以辞职就辞职了。

我为了要安睡，我不愿相信这话。说不定这话就是这有年纪了什么病人也瞧不上眼的看护长，由于嫉妒故意唱隔壁戏的。

我就睡了吧，不相信。一个人听不得许多谎话！有把握的人他不至于找无味的痛苦，我不能说不是这种人！

四月十日——星期三

我说过，我的日记不能缺少一天，但是如今一耽搁下来就是七天八天。这是谁的罪过？我不愿想出这责任者的脸儿。

在一种昏迷中我过了日子是七天八天。我是从死的门边徘徊，又凭了天命到活人的世界上来了。我被我自己的观念谎骗得太苦了。我想到的一切，恰恰是与事实完全相反，我的聪明机智作成了我深入地狱的方便。一种不可当的羞辱恰是用的自信换来的。我的明于见事就证明了我的不幸。我如今是全了然了。

一些无从追悔的事我只有把它忘掉一个办法。

我为什么就把病加剧，为什么就又离了医院，都忘记了，朋友见我情形非常可怜，他的怜悯使我明白时我几乎流泪。天下之大，还是只有朋友一个人是我知己啊！若不是朋友照料我，袒护我，被人当成疯狗用木棒打死，何尝不可以办到。

朋友似乎见到了我的日记内容，至少是他能从我这一个本子上窥看得出我心思，就劝我说，“耐烦点，少找一点苦吃，不当想的莫想，不当写的也莫写，因此一来日子才容易混过。”朋友这话是对的。我也应当听朋友一点劝告。只是什么是当想当写的呢？在事情本身，利害的分类，是能够如我意思弄清楚的么？譬如今天的天气，这样的清明爽朗，我说它是好还是坏呢？有它好我就出门去，出得门来到大街上被溜缰的马吓了一跳，失了魂，这究竟是天气的过错还是我的过错呢？我若是一事不想，就能够太平无事，那我愿意听朋友的话，就一事不想，不单是对那不应当作的不去作，就是应当作的我也不一定要作的。

当我觉悟了我的过失是在仿佛聪明一事上时，我就当面同朋友说：“朋友，我明白了，我了然我的病了，以后决不会再病，决不再麻烦朋友，使对我好的人心上难过。我如今重新作一个快活的人，再不多事了。”

我愿意有人相信我如今居然能放下第八号那女人，放下同事凤，且放下我的可笑的见识。

我新的生活，应当有下面一点誓语：

不发无味的牢骚，

不生无味的感想，

不做无益于生活的事情，

不作无意识的遐想，

我应当遵守这一个规则，至少把这个夏天对付过去。

四月十一日——星期四

我又办公了。

办公不是有趣味的事体，可是我在这里面找出一些生活真理了。从前一些时，觉得这些同事不行，如今却深深佩服了。凡是从前我不感觉到好的，如今无论如何我都把它看得很好了。

我也不勉强说好，以图另一时部长之类见到我这日记时说我忠实。我不是像别个人想从这类事上升官发财的，也不希望从这上面证明我是忠实同志。

科员的事应如何做，我就如何做。应办公，我办公了。应读条文，我背熟了。应拿薪水，我并不临时偷懒。应放假，我并不反对这个规矩。应同三两个朋友打点牌喝点酒，这纵不是不学而能的，我也可以慢慢的来练习！

在职务与责任上我恰如其他科员一样，在权利上我又并不争持，我没有被人说话批评的理由吧。

听同事说，部长上一次演说，说，要信服主义，服从首领，对首领惑疑即是反革命。我才明白近来反革命的数目不少的理由。就照部长说，总不能派我为反革命者吧。我目下对于任何人都不惑疑了。我知道好丑自有公论，惑疑是全然无用处时，就对一切全不徒然惑疑了。我相信我自己的忠实敌得过许多同事，我希望别人也能对我这自信自白不加以稍许惑疑。

要信心，要服从，我并不缺少！可不知道别人怎样。我也有理由明白首领对于一切的信心的权利么？我也能质问或检举别的人的不信不诚么？

若把熟习一切仪式为信诚标准，我的考勤成绩当然敌不过许多人。但我们要求于首领的，就如小和尚对大和尚的崇拜，只是经典背诵如流一件事，还有其他？我实不知。不知道的我不惑疑，我当然不至于将这事同其他同事道及。

…………

这些事不说好了。

四月十二日——星期五

从此以后我不在这日记上发抒我对于党的感想了。事情是可能，我也不再说到我作职员的一切生活。作科员是办事拿钱，在职务上并没有规定每一人都应有感想一条，所以我纵有感想，也只证明我的非分多事，殊无足取。

我又来宣誓，说，以后再不作分外行为。

四月十三日——星期六

好天气！

四月十四日——星期日

好天气！

乘天气好我到野外玩了一天。花香鸟叫表明这春天的怡情悦性。

春天是使人烦恼的天气。虽说并不忘记自己的誓语，但春天真是恼人的春天！

为什么要这生活呢？（此行应涂去，因为是不当疑惑的事情。）

四月十五日——星期一

仍然办公，在公事上发现趣味。

委实说，我不能像其他人，用信仰，或者用希望，把枯燥无味的事务办得热心到底！我愿意辞职了。不是为别的，我也要辞职了。倘若说非说出理由不行，我就说我不愿意这样生活，这就是理由之一种。

晚上我同朋友说我辞职的事，朋友说也好。

朋友是任我意见，欢喜怎样就怎样的。我不知我以后能永远欢喜什么事业，但我总非常明白我实在是不欢喜再做一天科员。加薪，升级，兼差，出使，我全不希望，生活难道就是这些事？一个人，难道除了作这些蠢想头以外就不能作一点别的么？

记起一个朋友谈到外国人在中国欺侮中国人事情，我就想，为甚很少有人感到这样事。其实纵感到又怎样。中国原是这样不长进的中国，不拘从什么国来的一些禽兽是都有欺侮中国人权利的。凡是中国人都有被外国禽兽轻视的义务。至于名人要人，在位时，则不拘在本国外国所见的莫非欢迎崇拜，下野后也仍是可以迁入租界，或跑到占领地托庇于外国人，雇请外国巡捕守门，那里会感到敌意。

我又应当把上面几行涂销，省得将来到租界时被受雇于外国人的中国巡捕检察出来，指为有犯刑章。这些话我说也无用处。我又无知识，空口喊收回租界，抵制一切帝国主义，纵怎样诚心，不为人笑为丧心病狂，就会被官厅拘去说是共产党。这时代原就是这样青红不分的时代，只要上司怎样说就怎样好的时代，我一个人热心有什么用。

以前，我曾奇怪过，以为英帝国主义，不知在什么时候，已经被喊打倒了，那里知道是讲了和，所以就仿佛打倒而协妥了。是的，这个时候是中国应当同其他帝国主义携手的时候，要建设，要和平，要借重外人的经济发展……就是各部各机关薪水一事，岂不是就有理由证明非与外银团携手讲交易不可么？

中国啊！我对你不能有感想！为我幸福起见，我只有说你是在建设中寻求光明。我爱国家，也信服首领。我但愿闭了眼不见我见到而生感想的事情，就可以在另外一些鼓吹得法的广告上对中国前途乐观了。

我写的又是糊涂话，自己读时并不明白是什么意思的。

四月十六日——星期二

我办了一整天公，不发牢骚，不生感想，不悲哀，不饿。

照这样生活下去大致才是下级办事人天职。

四月十七日——星期三

我应当仍然这样写一天日记。

然而为忠实自己起见，下面一点事也非详细记载下不可。

我今天走到一个地方，看见杀人，杀人的事我总不明白的，就走拢去看，闻，嗅。有血腥气。我问一个人，说，为什么要杀这个人，那人说这是该杀的。我无话说了，走开，到另一处。又问一个军人，说，这被杀的是什么人，那军人说是军人，退了伍，不回乡，呆在这地方，因为穷，到方便地方拿了点东西，被人告抢，捉来不打就招，所以杀了他。人一被杀就再也不能多事了。这军人说完叹了一口气。我问他为什么这样大胆，敢叹气。这表示似乎不妥当。

军人说："同志，不是的。我看得出你是好人，所以敢当你面前叹气。我是叹息我自己，为什么不在战场上打死充烈士，如今却为衙门做卫兵。其实革命成了功，天下已经太平了，还要军人有什么用处？我怕得是也免不了被人解散，流落到这里，被人杀！"

"杀死不是省得许多事么？"

军人说："我不愿意我不愿意。我要养活我家里人。我有儿有女，怎么放得心下。"

"你就回乡下去种田好了，这是好办法。"

"我们那里能再去种田？要回去也只有做土匪。"

"那就做土匪好！"

那军人，相信我不过，以为我是疯子，用白眼望我，望了一阵，就走了。

军人的人生观是我猜不透的。他们又怕死，又找死。又愿意回去，又不想回去。他们或者不算得是人。中国实在是并不曾有四万万人，有许多是不准数的。只有像我朋友，同许多上等人才像人。人有人像，官有官体，这是一点不会错的。

我不能把血腥、退伍兵士、叹气，这种种样样联合贯串成一件事。

四月十八日——星期四

“狗，放清楚一点吧，看看你周围是些什么。”梦中有人见告，醒来不忘。

我看过了。心里领会得到。我知道许多事情，这明白并不是如以前明白第八号那女看护一样，的的确确很分明在眼在心，但我不说。照我自誓自警，我再没有对女人瞎估对国事悲愤的勇气了，我忘了一切，一切也应把我忘掉。

我看了一遍我这日记，有些地方竟不像我写的。这日记要记下一年，还不知有许多矛盾在日记上发现。真实的是无趣味的，这像有人说过了，但在别人越无趣味的也许自己更多趣味。我这日记不是为谁来写的，只是为自己的事。自己的一切并不怎样精彩动人，所表曝的虽俨然自己的另一个身，但人家看来是但有笑话与打哈欠两样反应的。有些人为逗人欢喜把日记写下，有些人是想见好谁，有些人是图死后好处，我一样不要。

我不是怎样伟大了不起的，一点不伟大。不过我反对那些轻视了平凡的趣味的人主张。他们夸张自大，觉得是很可怜的。自己虽不知道自己可怜地方，时时刻刻都称心遂意，用心摹拟古名人的言辞，放大别人的敬仰，原谅别人的轻蔑，假装热情心肠，可怜以外无字言可加上去。这类人很多，凡是精神充足、步伐整齐、或肥或瘦都是。我奇怪这些人，天生的厚福。

我不是骂他们。我也要学这些人，才能生存下去！

四月十九日——星期五

我又看了我自己的日记一遍，发现自己心思真奇怪。

说是辞职，官不愿意做，人家答应为我辞职了，过了一天我又仍然上办公室去，而且把分内派定的事务办得很有劲。朋友见我这样当然不说，可是我自己倒想起这个来了。还是莫辞吧。以我这样才干，到什么地方去不行，然而我究竟想到什么地方去呢？我革命去吧，谁个相信得过。还是不辞职！

今天，对于女人的回忆，勾起一点儿不快。我最近知道疗治我自己了，我走出去，玩一阵，吃一阵，按着小官的本分，去到一个同事同志处谈谈闲话，这个同事是能熟习各个要人轶事的，用他的谈锋，医治了我九分不快。一个科员，他不是应当在办公以外，听听上司的故事，来消遣这日子的么？

四月廿日——星期六

星期六了，明天放假，又支薪，同事中人各喜气扬扬。这不是罪过。我一事不作，（无事可作），坐到办公室一张大写字台前，听一个肥身科员唱空城计。他站在一椅子上，身段唱工全如刘鸿声，是好朋友，是风流潇洒人物，因为胖反而更见其逗人欢喜的。他还会唱许多戏。背遗嘱嗓子也如同刘鸿声。这个人，若是去唱戏，台上的成就，真不止一个二等科员的成就！

我为什么不写点别的呢？别人嗓子好与我何干。我这样岂不是羡慕这人。

以后不许说这些废话，不是我自己的事都不管才好。

今天，可记的，是我见到凤。她对我不如我另一时想象的坏，也不如我另一时所想象的好，所以我不得不推翻自己一切，来同她谈一阵话。谈完时，我有点新的快乐与新的悲哀，揉在一处，分拆不开。“女难”或者又到了。

四月廿一日——星期日

坐到家中想。按照下级办事人规矩，出去用了点钱到娱乐事上，并不痛快，也不许可自己把不痛快意识加浓，老早就睡。

四月廿二日——星期一

为一件事承认自己是错了。

另外想作人方法。想自己应英雄时得英雄，譬如假使仍然有一个女人在面前，可以爱，就爱，不怕吃亏，才是人。丢丑，也不为蚀本。爱了人，还有什么顾虑。人是感情动物，为了证实这称谓，有些时候也非无赖一点不行的。

写这些意见在日记上，是看了一本书的结果。书是能帮助我向前，书中的话能推我向前，拉我向前，我只是总不大习惯于向前。我怕看我不看到的事，所以懦得了不得。

吃饭胃口不大好。

写字五张，全无腕力。

四月廿三日——星期三

我心是这样想，这日记，写下来了，目下的兴味，纵不是在我生前有印成一本书事实，但安知道我以后不忽然变计。这时节正有若干不知名书店开张，要书印，安知道不会有人觉得我是科员有借重姓名标榜生意的必要。万一这样事真有一日出现，别人见到我这日记，看得出些什么东西呢？

我的文字并不精彩，无足为法。我不会有大议论，足供人抄引。我不能在党上加以何等批评。我文章又不曾加过多少惊叹符号，想从我日记上作心理统计也不容易。

并且我说的话除了我自己能懂还有谁明白？看文章的人，都讲究结构，起承转合决不可少，我这日记所记下的是些什么体裁？

我这时，真想把我的日记中有些地方应改的就改一下，以免将来糟糕。听说一个有名作者，所有书，能畅销国内，先得注意与政府的冲突，再来注意一般人的趣味。我何必做这种呆事。我希望改业，日记决不改了。

四月廿四日——星期四

办公，天气渐热，坐到本人座位上，闻着另一处送来的花香，又似乎还闻着一点不是花的香味，我茫然的羡慕一种人的生活。

回家有点烦。人不真烦闷，但想象起许多应烦恼的事，就随到来了许多烦恼了。

为什么我不做一件呆事，来供自己苦恼、与追悔、与希望呢？

为什么不作，我是不明白的。假使有机会，我是决定要作的。

四月廿五日——星期五

天雨。望到窗外楼下大街上为薄雨所湿的街，说不出是什么颜色。我心上染上的忧郁颜色是同样说不出的。有一只狗在窗下叫，同胞啊，你为什么这样自苦，天气不好，也不必叫，人对你不好，也不是叫的理由。我不明白你为什么这样愤怒。你无职业，人也不送你职业，就随意诋毁一切人的生活，这算什么用意？这样捣乱你也少益处。你讥讽，或辱骂，人家听来全是讨厌一件事。胆子大用到这事上也是可惜。是英雄，你就把你认为仇人的人咬死吧。你为什么不这样作，但空口喊叫？喊口号，不过是一般把饭吃饱被雇来的人作的事，这事在另外一种意义上也只近乎消遣，你是不适于做这样消遣的。

我想告这意见给那在街上的无家失业的狗：却不说。我怕有误会。这时代，是随时随地都可以发生误会的。为什么我一定让误会落到我头上呢？

有人说我言语与文字，（是我上司说的！）都很琐碎，这事情可笑。我因为在上面说“会有误会”“不愿误会”“一定让误会……”而想起。中国人的琐碎养成，全因为是听话人感觉麻木，头脑迟钝，其来已久。你多话，就是三番五次说，说的人已打哈欠，听的人仍然不懂，或所懂的是另外一事，或只懂正面，也不少。用简劲文法，说含蓄言语，那是要什么民族才够格的事，中国怕还差廿年吧。过十年，中国各处战事也许平息了，军队也许少些了，因为以前为军事运输用而筑的铁路，也许到那时已多有几条了，做官的腐化分子与政治上封建势力也许稍稍改革了，但琐碎还是免不了。干脆与深刻都不合乎中国国情，政治上就是有顶好的例，但是我不说了，站在党的地位上，说来不吉利。

我今天看见一个漂亮人，是新人物，会做新诗而又不缺少写四六文技能“新上任的同事”。据说这个人是新文学家，成家了的人，漂亮当然是必需的。这个人外国话也说得像外国人一样好，文法不错，又能运用典故与俗语，我觉得这人可以佩服。

明天我当同他谈一次，痛痛快快的谈，这个人我知道必于我有益处的。他知道我是谁的熟人，他也不会轻视我。凡是一个漂亮人，他是总能使同他接近的感到满意的，我看出这个新人物是好人！

四月廿六日——星期六

又是等候放假的一天了，日子很快，夏天快来了。夏天真来了。时光啊，慢一点去。我怕热天，蚊子多，睡不好。

今天见不到那个漂亮人。

四月廿七日——星期日

那个新来的人对我很好。我还要写的，是衙门中同事，一切人，对我全都不错。这似乎是因为注意这些，最近我才开始发现的。有人对我好当然不是坏事，不过对我好的多数都是因为我有阔朋友。这在我不好说希奇古怪，除了感谢，没有别的可说，我仿佛是有好多地方对不起这些人的。

我有一个坏的不可告人的想头。这个比想要凤做我的妻好像还不应当。是妄想。是非分野心。是被一个人的言语煽动而起的。……好了，莫说出，为自己留一点地步。

四月廿八日——星期一

坐在家中与坐在办公室是完全两个人。我到办公室只像看戏。我看一切人类的纠纷，如像同僚的谈论吵嘴，上司与勤务兵的等差，那个新人物用钢笔为厅里写的庆吊文字，都像不调和又极其自然。

我今天又见到凤，有点闷。见了她就发闷发愁，那不见她倒好一点。我知道她的事情，她嫁了人，离了衙门，到后司长又为她荐进这里来做事了。这是一件平常的事，看得宽，才少笑话。

我是始终爱她，正如她始终不爱我一样，反而因此存了些空气，空气之中我很多又气又恼的时候，有时又如有所得。在这一点上，我看戏，是如为凤所扮演的感动得利害，以她的长处，攻打我的弱点，把我摇动的如风中之烛，黑暗光明全不是本来的我。

妇人力量是不可解的。

我有时绝对不欢喜她了，就是那她正同她的爱人在一块时节。那种时节我最高的德性，是愤怒与妒嫉揉和而成的成分。我也摹拟过传奇上的英雄，走过去用肘子触那人肘子，挑战过，且似乎我有幸运把他杀死在凤眼前。但是这只说得是摹拟，实际上并没有做这事，衙门自然也不是许可打架的地方。不过另一个时节，我单只见到凤，连摹拟我也不能够了。

她对我客气我也只恨她。我明知道在她意识中以为我身分不及她的爱人。我在她面前似乎矮了一截，这尺寸却又只是她武断而我不承认也不行的。

有福气的人啊，过二十年后，我相信我们地位要转过方向来的。到那时天纵优待你你也得老了吧。时间在你额上刻的纹路必定也不比别的人为少，我看你那时骄傲。你若有记忆，你就会记到这时对我的轻蔑，有神来为我作证报仇。

我莫名其妙，说了大话，又复伤心。二十年后的报复，比起目下一瞥的忽略，是谁叨了光呢？二十年必然的胜利，能敌得过现在的一次会心的微笑么？

不能在生活找出根据的我，还是不必说这些话好。

四月廿九日——星期二

我看看我的日记，就觉得我生活上的矛盾，形成一个呆子的各种条件。一切说过的、记下的、想到的、完全是多余。

若是我能够忘了生活的非实际性，抓眼前，措事实，我才当真算生活过的。

四月卅一日——星期三

一个月又终了。我留下了一些呆处在人的心中，另外留下了些呆处在这日记上面。

希望、感想、悲观与乐观、全是空。

被社会或个人欺侮是已够了。一切在脑中建设的楼台，被事实已推翻完了。总共还不到一百天，上衙门，领薪，说笑话，爱上了凤，进医院又出医院，一切一切，完全成了过去，我还是像上两月的我。

日子，滚你的吧。

五月一日——星期四

从今天起重新来做人。

五月二日——星期五

重新做人，是办公、吃饭、睡觉、加上听伟人训话与做纪念周。

听到又杀人，杀人就去看，看见了，不让自己有感想。我以后若能训练得如此强干，大致就能办大事了。

五月三日——星期六

同到那个新人物谈了半天，他要我送他日记看，我不答应。

五月四日——星期日

我不欢喜星期，这好像是有很好理由的。到了星期就无名义加在身上，我无聊。我如今才明白有些人一失去工作就荒唐的原故了。

五月五日——星期一

我睡在床上想的是起床以后事情，很不合情理。许多人是在做事时还不想那事意义的，这种人才有愉快可言。我相反。我的行为竟有不少像故意反抗一切，而结果却一点不假的被一切征服。

我想到我上衙门做的事，到时并不作。一切的平凡，是正因为平凡引不起人的大兴味，也引不起人的大厌憎，所以衙门才常是有人，开会也有人，醵金为市长贺喜结婚也才有人的。说到市长结婚，我倒想起另一种使人惘然的事来了。凤是同人结了婚的。那在我日记上所指的第八号女人，也是已快结了婚的。日子，滚你的吧，我愿这时一闭眼就是十年二十年，看看二十年后你们的生活！

一个同事拿一红纸全帖来，要各同事写送礼数目，我随意就填了五元。这是没有法子的事，非应酬不行，我当然不在乎此。作上司的结一次婚倒可以希望发一点财。若每一月有十个上司结婚祝寿，那会计处许多人薪水不必领了。中国事情再过十年总仍然是这样不会变。

大约过几日我是有酒吃的。

五月六日——星期二

日子，滚你的吧。

今天又见到凤。朋友说凤“容貌佚丽，言谈淑雅”，批评是并不错误。但这批评者，岂不是细细欣赏过以后所得结论么？想到此时对朋友我有种猜忌。

五月七日——星期三

放假，有人邀约过陶园打牌。打牌本来是中国上等官吏的消遣，如今凡事革新，科员也有这权利了。

遇到我前次认识的新人物。非看日记不行，我不能固持到底，到后就只有献丑了。他看着笑着，看完了说妙极。

我说：“妙从何来？”

他说：“正因为不是故意写来，故生气跃如，如老虎总长文章。讽刺虽只是姓鲁的思想权威所专利，但老兄并不讽刺了谁，一切行为与思想，是自己的事，说别的时则连自己也写在内，所以妙绝。”

“我不相信。”这是我说的。因为无相信理由。

“我要你信，一个办法，是把这个印一本书，找一二党国要人作序题词，把名字取作‘一个忠实革命党之供状’，包可风靡一世。”

说得好，我也还是不相信！裸露自己的丑处，虽为一代风气，因此而成大名的也正有人，但那是什么样一种人物才行。一个司里的二等科员，一个并不“反革命”的同志，一个……这一页履历真是太平凡了。若是用这样一些官衔也可以使人注意，那放从美国回来的博士硕士到什么地方去。

夜来想起“一个忠实革命党之供状”，好笑。想了半天。到后我骂了自己一句“蠢东西”。

蠢东西，想些什么呢？要做，就做，想什么，怕什么。世界上，许多人做的事，想起可以红脸，但是做来也就平平常常，全不引为奇怪，一本书算什么大事！

在过去的事情上负疚，这人就已经是应归入呆子之流了，何况还不做的事就来计算得失。

五月八日——星期四

昨天是国耻日，忘记写上一句话了，其实各处机关团体都并不忘记放假开会，有些地方今天还在印宣言写标语的。

今天在报纸上，读对日绝交新论。文章做得极好。署名ＸＸＸ。无怪乎部长将此人任为科长。新闻栏，又见载有委员行贿私运仇货消息。方以为清党如此周密，杀人已经不少，“贪官污吏应消灭”，似乎许多衙门又都贴有标语，各大小机关上司僚属又多为亲眷，非亲即友，不意仍有此事发生。

一二败类并不能影响人民对党信仰的动摇。在党治下有运土、行贿、买卖官职、假公济私各事发生，负责者也只在本人，不至连及全部。党是好的，个人则始终是坏的。除了人各在额上刻字一个方法以外，谁也不知谁是坏人。可是这个办法是行得去的么？并且额上刻字的事，不是仍然也可以用贿赂方法将文字刻成另一种吗？

翻自己日记，曾于四月十日写得有“不许发生无意思牢骚与无味感想”一条，这一个月以来我当真一点牢骚不发，一点感想不生。我何必多事呢？纵成天我痛哭流泪，说这样不对那样不好，能有什么好效果么？如今人人的耳朵都很少空闲，大人物只有听太太吩咐一种义务，老同志只有听军人恭维方便，武装同志只听命令清党杀人，小同志只听到部长提到关于拥护旧道德的训话：百姓呢？成天听到喊口号，虽身入租界，亦能遥遥领会——我不该有牢骚感想也就十分明白了。

一切现存的制度都是好的制度，一切在位的人都是有道德的人。凡是不好的，不合式的，虚伪的，不久自然会灭亡。

这时节，中国的学生青年，应当怎样我不知道。这个是家长同校长的责任，他们可以管教，少生事，免招凶。至于一般同志，我劝他们乐观一点，把国家前途与个人事业，一半儿信托首领一半儿信托天，比较容易安眠化食消灾，不是呆子都不至于惑疑。惑疑任何事物只适宜于做呆子。

五月九日——星期五

又放假一天，好的。

阴历的五月，癞蛤蟆在劫，据说这一月来，凡属蛤蟆同胞皆多灾难。中国古医方在五行上感生大趣味，五月五将蛤蟆捉来炼药是医方大书而特书的事，因此“逃过初五逃不过十五”成了一句谚语。至于人，则自革命以来，平空但多了若干放假日子，如今则革命成功，放假日子更多一倍。不拘是国庆，是国耻，总之放假是非放假不行了，想不到在中国做人，别的幸福虽不能得到，假期倒是比任何文明国家还多。

我看不出放假的坏处来，即或有许多人都说到过这事不成样子。与其坐到办公室，张着口，把嘴唇下挂，搔头皮默民生主义，倒不如放假。这样日子来时，兴致好的同志，不妨到会场去演说，或看演戏，看焰火，有家事的也可以料理家事，做诗的可以做诗，打牌的可以打牌，不受公务拘束，顿形洒脱。

日子，滚你的吧，今年的今天，我所见到的是我不要见到的世界！(为恐误会起见，我得再写下)，我只不满意有福气的女人，并不是女人以外的什么。因为愿为欢喜她而她却不要我的女人在我跟前老丑，我才诅咒这日子！

五月十日——星期六

又放假，哈。

五月十一日——星期日

同上。

今天无事又把自己日记一翻。两个多月来我差不多是变了六十个模型。日记只要记，所记下的心情就总不相同。人是这样复杂的生活下来，是我在日记上才发现自己而生惊讶的。一个小小办事员，事业只是固定事业，每天做事吃饭睡觉三种轮流而来，三天五天还有完全不同的变化，何怪乎身作青年首领的人要停止青年运动？一个人真真能够用自己的矛攻自己的盾，把自己过去作他人现在，或把他人过去作自己现在，他只有一辈子坐到家中嘲弄自己一事可作，决不至于尚有勇气去人前说教了。

说到此，所以我也不必惭愧了。我瞎估了别人对我的爱恋，又误猜了同事对我要好的理由，还有其他，错到一塌胡涂，真不妨放怀处置一切，能够忘掉的忘掉，不能忘掉的也任便。我从前是苦恼过、悲愤过、发过狂、病过。这是从前。过去了。如今我就是我。心是稳稳当当，不能受任何事支配，也不想支配世界。我是融到社会中，在这融洽上找到新的生存意义的。

我看一切，嗅一切，听一切，吃我所能吃的一切。

大致近来身体好了点。

五月十二日——星期一

同朋友到一个要人处玩了三点钟，是下午。我见到那种阔气生活我过不惯。无怪乎虽有明令不准政务官兼职，或其他官吏兼薪，是办不到的事。若国家命令实行，这些要人家里决不能雇请那么多听差用人。

我以为用许多人服侍一个人，是前清作皇帝宰相的事，是专制时代的情形，料不到如今还可见到这种豪华。仰慕古代的光荣奢侈，以为如今失坠了一切而兴叹息的，请莫这样呆，想法子到要人家中去看看吧。中国何尝穷。许多人脸黄肌瘦，无衣无食，但这是一般不会打算而命运又特别坏的人生涯。在中国，各处各地，固仍然不少阔人。

这有什么办法？有些人，本来是生成作首领的人，具王者威仪，有官相，他不拘何种时代下都是伟人，他不论属于何等政府也仍然是身居要职。又有些人则生成是奴仆，他只在奴仆位置上能够安稳过日子。告给他，说，这是不合民主国原理，他笑。再诚实一点的，因为你这样一说，他也可以把你扭交主人，说你煽惑，是共产党。这的的确确是没有办法的一件事。

我又明白一件事。在往常，奇怪有些女人皮肤白腻与众不同的理由，如今见到这种高门大户，反而奇怪住在这屋里的女人除皮肤以外与我们平常人相同的理由来了。人有多种，不拘中外，总之，这要人，同到要人的妻子儿女，不应算与我们同是人类吧。

朋友家中是不为不阔气的，但比起今天所到要人家里来差得远。

无怪乎……嗨，不说了吧。

五月十三日——星期二

我算我的日记，实在有了若干页。我是在未作文学家以前就先学会清算字数的，如像许多艺术家一样。对此热心总不是罪过。有些人，先学艺术家的服装，留长发，打大领结，穿大裤脚洋服，到后才开始学图画，又再买一本小说法程，来练习艺术家能耐的。比起这样人来我是真多惭愧！我真敢老老实实的把这日记发表么？我真能到后来这样作下，而我却仍然活着来等待他人对我嘲笑，与那广告的夸张么？

我要了解我的人，他当从我生活上明白我怎样可爱可怜，日记准不得帐。然而我若是把趣味一变，不是也有极多神清气爽机会么？

日记只是我思想放荡的凭据，是病的凭据。说是病的凭据不会有人相信。他们相信我思想放荡，说不定有所惩戒或取缔，我无可辨。对他人，有莫名其妙的仇恨，那么，我纵不是坏人，我也招殃。对他人，有信仰，那似乎也不行。现代的制度是单在把人类头脑挤瘪，那里还有放荡机会，许多人是已经把头脑挤瘪，作起事来反而有条有理的。这结果是天真不得，伟大不得，独异不得。虽然仍有“伟人”这名称存在，其实据有这名称的，半多是小鬼。

五月十四日——星期三

今天星期三。

除了日常普通生活，一定的、不变的、再现出来，似乎只有把

“今天是星期三”几个字一写的必要的。许多人是连这几个字也不必写的。星期八或星期九在有些人脑中也不生问题。这倒是有福气的人。

今天除了到办公室坐得太久有点烦恼以外，无别的危险感想。我用“危险感想”字样，是在那同事新人物看过日记说的，我记着这一个字眼。我大概是曾经有过这种感想形诸文字了，心里虽不清楚，看那人的神气倒明白了一半。我又来看看我这日记全部。发现了自己可笑，并不见到别的。我料不到另外一时的我会呆到这步田地。我说了些什么话？我想了些什么？我作过些什么？

五月十五日——星期四

关于我的易变的性情，朋友说，这是我缺少生活中心。这大约是的。那新人物朋友也说过，一个成衣人他是业成衣，就天天上工，我们看到他成天弯腰屈肘坐在桌案边剪裁布匹，以为真不是人的生活，这个人可不知道厌烦，到无工可作时反而无聊。其余的人都是一般。有工作累身，在工作中找得出生存精义。新时代的闲汉子，凡是各样事业都懒得去试，凡是劳动仿佛都不与自己相宜，他们就去写，也居然就被他把写字养成一种习惯，在此等消遣中得到衣食也得到生存意义了。我不能自信也能成为这一类闲汉子之一员。从此等事上来寻到生活中心的，我怕不够格吧。据说，这也要天才。天才是善于模仿之谓。承认了已成的艺术的各种型，能于各样方法中，把自己的话说得令人不明白，或者令人怕，令人笑，令人摇头，这就证明这人有天才了。我是无希望了。我明白我自己总比别人强，所以纵有人因为他的利益，慷慨在我面前或在人面前，说我是天才，我也没有气概承认这件事，而且就来照到他们说的每天来写日记或写别的过日子。

办公又当别论吧。在同样仿佛自己牺牲而“为人”的情形中，做科员的伟大，不是文学家所企及的。中国革命已快成功了，有些人且说得出天下太平的理由来了，并不是预言者造谣时代了，要建设，在建设中要的就只是科员。天才究竟有什么用处。设若做事的都安安分分，不生事，不多多吃，不反对首领，不否认封建势力，不生无凭据的感慨，不随便生病，不缺席纪念周，人人练习太极拳与内功，认得字能做文章的，做一点慰劳前线武装同志或恭颂总司令五旬大寿的庆吊文字，岂不是承平指日可望。国际地位，因了外交家全是做过多时的外交官，很明白招待外宾的礼节，人既威仪堂堂，又能结欢于外人，国际地位岂不能顿即增高。

我应当在做科员职务上竭诚尽忠，且有制止作天才的野心，经此一说也非常分明了。但是把我的中心，就放到科员职务上去吧，这也像是口口口的事。我不能把升级加薪当一种精神生活。我不能取平常人做官的手段。我不会许多应酬。在科员事务上感生大的兴味的，也应同文学家一样，是正不缺少另外一种天才的人才能够，非区区所能。

日子，滚你的吧。

虽然愿意日子滚去，时间却实在一天长一天下来了。节候已到初夏，此后只有更长。

我到底作什么好呢？要恋爱，就去恋爱，不问吃苦享福，能够去干，总不错吧。我要作闲浪子，做天才，我也不妨照到他们所做的事去做做，拜会拜会名人，买一本开明书局出版的书籍，把那书后面的批评单写上自己姓名年岁籍贯，再来为不拘一个名人说上几句好话，小心小心的捧场，或纠正几个错字，寄回去，不久我就可以得一书券，并且在某名人掀髯大笑的情形下，就仿佛可以听到"准予入伙"的言语，一变而成为小卒或裨将了。我要做强盗也不难。我要死也不难。凡是我不曾得到的都可以设法去要，得不得也只看我肯不肯用气力。我既不敢要我所不能得到的一切，陈列在面前的又都觉得不算东西，这怎么行？

我因为……唉，我的心，你到什么地方去了呢？你为什么又想到远处，做那荒唐的梦去了呢？与其那么不切实际的空想，倒不好好做着升级的梦吧。升了官，发了财，许多问题也随之而解决，再也用不着无聊烦恼了。

我应当早睡。

五月十六日——星期五

今天落雨。我想象这世界上许多人在做诗的情形。是呆想。我又想，若我是也有那种把文字分行写出的兴致，不知我是不是要跑到雨中去实验，然后再翻一本字典，把同雨相关的字找出，排成一首诗来。似乎这样做是有人做过的。人家还批评过说这才是诗。这样诗人多时对于国家也无什么危险，反而或者这些歌咏自然的诗人，将来一变而为革命同志时，奉命执笔做出的官家文章，能够格外典雅动人。

我今天笑过这些人了，然而同时自己想起把这日记印行的事。不是诗也要印，这当然是连想成诗人以外一点欲望了。

有人说，你这是什么东西，我就说这是日记。是日记，说得很明白，自然就不会为人用古典的浪漫的，或唯物史观，或趣味，各样牌子来攻击了。不过要攻击，也就请便吧。我不是天才，你这个不能说我。我的个人主义者气质，虽存在，可是我不曾向谁自白说我是名士。我不曾请求收容作小卒，这是另外一个人的故事。我并不说我是第二小说家。我是受过检定的正式同志，说着对于国事乐观的话，也自有我认为很对的理由。我常常揪打我自己，嘲弄我自己，却赞美了一切人，同时又居然过分那么说过政府的好话，这完全出于我的敬意，谓我为故意讨好那是不行的。我不大尊敬女人，也是我自己的事。我不能在我这日记上写得我人格高尚不凡，也不能怪我。自然世界上有那种善于假装的完人，在那些完人中求完全，在我这样人身上求病态的独唱，那是对了。

近来身体不好，很多时候想哭。

五月十七日——星期六

在医生处证实了我的肺病已近第二期。医生就只能做这些事。如今的医生，除了用这种可怕的字眼吓人，为药房介绍交易以外，一点无办法。不过也有些医生还能打拳踢毽子，在国粹展览会上发扬国粹的。中国的名人言行给外国人看的政策是这些事情，此后英国美国的军舰再开到中国来当然近于多事了。只是这医生又是国家上等官吏，也许单是医生时节，这类武艺不至于这样精娴吧。

中国是承平了，武士勇士壮士是考过了，文人也渐渐的有变而为皇家供奉的趋势了，革命先烈或老同志的儿女兄弟诸姑伯叔也都各有封爵安富尊荣了，新中国是就从这类事上建设起来了。我一个人的肺病自然算不得一会事。我的病，虽然据说到了第二期，我是不相信我会在短期间内死去的。

听到医生说到我的身体，我才觉得我脾气近来坏的理由。

我不怕死。

我仿佛有点明白我左肺是有几处有窟窿的地方来了。不过我不必在这日记上说到关于我病的话，免得人家笑我骂我。有病，提到这病，同情我的当然是也有人。然而把这病来作根据，猛烈攻击我为颓废派文人的总还大有其人，因为这时他们已经骂郁达夫，见郁达夫不做声，以为不过瘾，还有余勇可贾，要找罅缝，我何苦要将这病的情形写到这上面。

不过我不写我病却写些什么呢？我既不知五中会议内容，也不明白盗陵案与运土案其中实在情形，我又不理解唯物史观，我又不玩票，能够有什么话可说？恋爱，则所有的好女人这时几乎完全正坐在别的男子的膝上亲嘴，还用得着痴头呆脑的病人来单恋单思么？

我是快要与这世界分手了。一切光，一切热，都要与我无关系了。世界上再有十个思想界权威，或者永远在位，不是我注意的事。明天中国的尼采就出洋，后天的中国拜伦又从罗马做诗回来被孔德学校小学生逼走，老后天又有人说我是天才，要我帮忙，都不管了。

我听到人说，（似乎是那个新人物同事说的，因为只有他明白这些事情，消息不是报纸上找得出的。）有翻译几本书的一个人，发起“作家同盟”，明里是反抗市侩，保障权利，向外宣传，提高文化，暗里则与登基坐朝事情不无牵连，最先加入的为两个新书店老板。照例这同盟当然就成立了。照例加入的全是作家，战线一联，步武整齐，声威俱壮，宣言一出，利益齐来了。但是首先加入的为新书业老板，朋友说事情似乎也有点怪。其实我并不以为怪。

其次我听到新文化运动市侩开会时，有一平时连名字也不曾听到人说过的书店代表，提出“压迫作家”一条。当场主席则不做声。不做声自然是不赞成。其实这一条是多余，不必提出讨论，所以聪明的都不注意此事。那人说这件事也怪，其实我又并不以为怪。

凡此所闻所见，全不算新奇的事情，要我单在这些事上来发生若干感想，忘记自己的第二期肺病，怎么能够？

我寿命长，也许在将来可以见到一点新事情。至于过去的，现在的，我是看得太平常了。我用我的国民资格说话，总比他人用作者的资格对这些情形发议论公平一点。一个国民到这时他愿意活，就只应“乐观厥成”，一个作家何必真对市侩切齿？

幸好我是还无意于闲汉子生活的。

日子，留着吧，为了我想保持我这心平气和态度。

并不对于生存感到趣味的我，仍然照医生说的买了三块钱药吃。病是不会好了，药也不过空吃。我不抱怨一切人。我的命运是不大好，所以在生存赌博上大输，终于把生的幸福失去了。我看走了眼，所以败，这个话意思是说到我对那医院中的看护与我的一段喜剧。因了病我想起医院，但我赌咒不再找医生入医院了。

关于我的病并没有告给我那朋友。我瞒着这个人。这算我的自私。自私只是我一种脾气，我不须任何人的怜恤与好意。一个行将与世界离开的我，要轻快的走路，受不住友谊的负担了。

五月十八日——星期日

在床上，忘了昨天所想到的一切。我觉得我人很健康。身上组织也找不出毛病。医生是与药房合伙，在技术上骗不到钱用，就在药品上找发财机会是一样的。我这疑心总不为过，肺上有病的人头脑始终是清醒的。

不过，病纵没有就是所谓可欣贺的人生么？日子仍然这样连肺病的恐怖也没有的过下去，我算为什么而活着呢？

我愿意把眼闭上，忘了一切，一切也忘了我，因为死亡，得到和平。

五月十九日——星期一

又因节放假。今天天气好。

日子，滚你的吧。你在我面前如蛆蠕动，恐吓不了我，只使我难受。

说过这样话的我，走到街上散步了一阵。凡是在路上遇到的我都不欢喜。遇到女人我更憎恶。我这心是什么一种心，没有明白的。

唉，我是真愿意如何把我的此时情绪写到这日记上，留到将来我以外的人见到这一时代的病！

我相信我是明天后天就要死了。好，世界上享福的人，你享福吧。你说谎话的人，永远在说谎中得到信仰吧。你杀人的人，兴趣维持到老死吧。你女人，再过二十世纪也仍然像今日情形，在男子事业上任男子支配，找到生活的重心吧。

没有死的我，已不是你们世界中的人物了，我凡是诅咒你们的，这时都忏悔过了。

……（不许再写了。）

我将睡下等候死的到来。

五月二十日——星期二

不写什么，我等候死。

五月二十一日——星期三

日子，滚你的吧。

五月二十五日——星期日

我想了五天，想到世界的一切。我俨如旅行到各种地方。用我旅行者的情绪，经验到人生的骨边肉边，见到的似乎比我日记上所写到的为深。可是这也是瞎话。用着我等候死的到来一无牵挂的心情过了五日，身体又恢复了许多，精神一足我又不是往日的我了。

今天我能对我的日记感到过去错误。我决要另外作人。我不要别人好处，别人对我的坏处我决要报复。我无论如何要凤知道我的男性的强烈。不拘她是爱我与否，我也要去爱她。

自己可分析的，是到我每次下决心要放下凤时，那时就觉得凤可爱处实多，到有气力去爱她时，在我印象上她又似乎不值得我这样爱她了。这当然只是我的事情，与人无涉。自己的天秤是出了毛病，常常有错误发生过了，到底是一个有病的我！

过去的我，你同日子一起死了吧。我将在每一个新的日子中找新的意义做新的冒险。

明天是应当仍然在办公室上作科员的天职，再不能借口有病了！

五月二十六日——星期一

一到衙门就见到凤。见到而已。就说是幸运吧。但我不能用这幸运的自足来欺骗自己，我要进一步看。

今天作了一整天事。不知为什么我对于公事有这种兴趣。医生的话在我脑中还有一个地位，我用我的余生牺牲到我的自苦上，比起牺牲到这些大小文件上意义是一个样子。事情全归我做也不辞！

夜间回来看看我这日记，才觉得自己经过的风浪是如何大。有一个时节，一天的我就是两个人，我的心究竟会泊到什么地方有一整天长久么？对于我自信的事业，有整三天还保持着信仰不变过么？大时代的将来，暴风雨的预告，在我心情的摇摆的经纬上，可以看出这影子么？

凡是在我心上有着绝大的纠纷冲突处，为什么一时又隐显不同，各有标的呢？为什么我这两月就是这样一个我呢？

从上衙门到今天，是已经快到三个月了。这日记本大约在月底可以写完了。我单是关于处置这东西就感到无限冲突。

日子，我说，还是滚你的吧。再不然，我又要在生活上问起你对于我的意义来了。你已经告我的是我这一季里命里所得的就是这些这些。我知道的是我不想知道的。我感到需要的并没有一刻得到。在这三个月里，我只多了一种足供我自明是呆子的见识。只多了一种足够魔鬼消遣的奇闻奇事。一个女人、一个看护、一个医生、使我的人生观成为这日记上的所有主人。

今日写上这些是在清清楚楚的情形下。

五月二十七日——星期二

中国久不发生战事，都市上盗匪也就多起来了，理由大概是闲人太多，不招兵，就变匪。我若是能够忘了这些，忘了那些，把思想行为维持到一种消遣上去，就是打牌，也将可以成为一个国手吧。实际上消磨我的就全是一些琐碎感兴。我的生活只算得是“即景”生活。这个性格就是学一般做新诗的人也不大相宜，那里是一个科员的性格呢？

我还是辞职改业好。若是当真我先承认了生活提高事业发展是救我的一个方法，我何妨就到那新人物前去请教，纵做革命诗人不行，也总可以作革命文学家。我只要买一部“文艺政策”一读，唯物史观就懂了，懂了这个还怕人家不承认我么？我为什么不可以把外国文字学好，贩卖一点新思想叨一点光？我为什么不可以把我所知道的革命名词联串一气，来写一点革命诗？我为什么不……

唉，别人是都已成历史上名人了，凭聪明机智，与庸禄呆福，政治与文学名榜都已填好贴示天下，我这病人还生什么野心。

今天是五月二十七了。是的，五月二十七。再有四天这一个月又结束了。在别人，在放假发薪两件事上，是如何诚心的等待！上至厅长下至火夫，用了那与情人约会的焦心，期待这日子来临。我呢，在这样事上也只有看。有人能指示我一条路，我总愿意去试试。我要信仰，要宗教，要活。信仰党，几多人不就是居然活下来了么？几多人不就是因为自己说有信仰就做了官么？我为什么不照到人家走过的路去做？坦坦荡荡的大道，只要走上了这路，就可以由此达彼，如今大家互相称呼的同志同志，不正是这么携手前进么？我的性格只使我在这时代下变成孤独寂寞的人。我不能依傍眼见到的任何希望，得到幸福。国泰民安风调雨顺不是我祈求的事——一个地方行政首领，为了安于其位的原故，他能日夜许愿请求这样日子的来到。一个农夫他愿意天降大福少生一点战事。一个商人他家住南京，必极力拥护这迁都计画，且能说出不是商人知识所能有的好理由。……我求祷、或主张、或期待一些什么？人世间天晴落雨的事也离我目的多远！

一个人，应不应当有一种说不出的欲望潜在，便容易觉到社会一切全不中意？

我是因为在寻找，所以觉得茫茫然不知所归寄，或者是我终生就这样在歧路上徘徊？

我没有责任，也没有权利。做人的责任与权利，是不断的说谎取巧，细心的掩藏了自己劣点，夸张的将伟大人格或优美德性显示给人，我对于这个那里有这种气力。……我实在是有病，过不久我就应当死了。

朋友今天同我谈，说：“我听到医生说，你病很不好，应当自己注意，当吃药也要吃药才是。病总不是好事情，我是不愿意病的。”

我说：“会是这样吧。要病，只有让他，药是不吃！”

“你这主张是不对的。”

我心想，我才计算到我是对一切事全无所谓主张的，为什么朋友这时却说我这主张不对了？那么还说听朋友主张，就吃药吧。

我说：“我愿意吃药。”

“药太多了，不知道什么为好。”朋友是政治上人物，所以政治上的牌号知道清清楚楚，药的好歹可全然外行了。到后他要我再去问问医生。我答应他明天早上去。朋友一去我又悔不该答应他了。

这样无意思的活着，能够死，岂不是很好的一件事么？我有什么理由活到这世界上？无用处到当兵的人，他还可以说是为了伟人打仗而活。乞丐也尚可以说为了慈善人恩惠而不忍死。我为什么？为朋友，我已累够朋友了。为革命，革命则已经成功了。为科员的位置，则想做科员的还有不少人在。为自己，自己有什么趣味要是这样活下？

我若真真能为旁人的快乐着想，我也可以振作精神来更详细完全的描写出一个自己到一本日记簿上，好尽这些人在这东西上面找到那怡情悦性的机会。我也可以得到一种怜悯，一种讥笑或一种从滑稽方面出发的认识。

人欢喜我或憎恨我，全不能使我生活味加浓了。我自己，则连爱憎也渐渐不分，但有空虚存在了。那新人物仿佛很诚心的屡屡对我说，“你有天才。”我在有天才的自信以后，也许活着就有趣味一点吧。但这“天才”有什么地方表示能给人生活的勇气呢？比人高超，难道就可以活下来么？比人聪明，比人可敬可爱，我要谁来夸奖我聪明和我要好呢？美与丑，在我认识有什么用处？一个做官当权的人，他因了他的尊严与地位关系，可以说，这个好，这个不好；这个对，这个不对：就在这武断上毁灭其不惬意的，一面又保护那自己认为好的人，施恩降福。至于我，把这些看得分明也没有多大用处。我为什么一定要用自己意见来批判世界上一切？证明我的存在，是意见还是实体？纵有着所谓主观存在，这主观，假使仍然是看其他一切得来的一种综合，用这综合的结果说我就很可以欢欢喜喜过着每一个新来的日子，这是办得到的么？

日子，滚你的吧。不是你死就是我亡，同时存在只是苦恼。

此时让日子过去，不是想在二十年后看风的见解了。我愿意这女人永远年青，永远能使在她面前的男子颠倒。

五月二十八日——星期三

不想去医生处，然而到后仍然是去了。医生说我身体无害于事。我说我并不是找安慰而来，原是来求指示的。他说一个医生最有效的不愧拿诊疗费的只有一味药，这药就是“安慰病人”。可是我不服这一味药。反而因了这话我很讨厌这个人，所以连药名也不等到明白，我就走了。

一种惰性的习惯使我仍然到衙门来。望到衙门才觉得上司们的生活比科员苦多了。望到衙门口的卫兵，我又才觉到国家要政府的理由了。

我做的只是一个二等科员做的事，把不是一个科员应想到的事却都想到了。我把一个大学教授的事想到了，把一个现代妇女的事想到了，我把……

我想到的是那些，而所做的是这些；——

办公事，写字。

与同事谈伟人轶事。

与一同志批评凤的为人，以及其他女同志为人。

听人说到某委员太肥，互相打哈哈。

我读了一章民权主义，读熟第七页。

我想到病，做的却是同一个同志各喝了半瓶白兰地酒。

信仰能使人坚实，但什么信仰才能使我生活一致？

一个时节，感想太多，认为与生活不甚相宜，不惜尽力抑制，如伏猛虎。另一时，对一切略无反应，空洞之至，也不方便。把这个同一个同事道及，不知道同事从什么地方学来这话，他也说我这是“天才的表现”。我所知道的，天才是一天能唱歌打拳，能做诗，能当代表，能使女人欢喜，能为朋友捧场一种人物，我那里作得这许多事。……

我写上这些干吗？这就是我所要写上让他时来看的东西？这时代，许多人不正是我这样的莫明其妙的烦恼着，度过长久的日子么？一种普遍的病态，也值得详详细细的描绘么？

我这时去自杀可不可以？我要试想想。

五月二十九日——星期四

在办公室想了一天的自杀。

一个人自己高兴死了这总不算罪过。

死了一切都完了。世界上的意义仍然让那些找得出意义的人活着来肯定。悲哀让命中有悲哀的活人承当，欢乐也让那命里合当享受的人接受。我的事情只让一些同我接近过的人知道，让那些不知道我痛苦的人也永远不知道。凡是在生卑视过我的，我给他一个机会记到我可笑的结果；凡是对我好过的，我让他在此后生涯中也有纪念我的方便。

晚上，我同朋友说到这个，我说我想死了，不为别的。正因为不为别的，简直是无所为，所以我死是很相宜的。我死了也不妨碍谁的生活。

朋友先是笑，到后则在笑中劝我不必悲观。

我说我并不是悲观。我又说死了倒好的理由。不外乎说也同时可以使那觉得我挡了他路的人有上前机会。

朋友说：“你的病会好的。一个人应当活着。活着不能享乐，受苦也是一种活的方法。”

“我不是怕受苦才想到死。”

“那么，想活才是事。”

“一个活人能想‘活’得意义出么？”

“胡涂也可以活！”

我望到朋友笑，样子像生气，朋友就说笑话，说，“难道你要咬我么？”我若能咬我所不欢喜的人时，那我也有活着来爱我所爱的人勇气了。

我的性情连朋友也不明白，可想而知我与世界上一切人的膈膜程度。

五月三十日——星期五

虽然想到了死，也仍然还是起来以后就洗脸刷牙整理铺盖，同时仍想到死后一切事情的。生活的牵绊，本来是一个人恋生的理由，但一到这些牵绊烦恼了自己，疲倦了自己，就想到死，以为不如死还平安一点了。然而死以前总仍然记到这些。

人生真是可怜悯的，就为这些牵绊使人向死路上走去又为这些牵绊连死也很难。

上几年，听说北京死了几个烈士，因此几几乎另外还死了许多人，事情是平时靠吃烈士饭的人起了争持，烈士虽长瞑不视，吃烈士的人争端倒大起来了。因为这样要我作烈士来死却是不愿的。我不要人疑心我是殷忧国事而自杀。我明明白白说，国事有了这许多伟人维持，是不会糟的。如今各要人都知道发扬国粹，打拳，踢毽子，画山水画，做古文，深悉党义，我不过一个司里二等科员有什么理由来惑疑？

到衙门去，照例作一切事。因为记到昨晚上同朋友谈话的教训，我不曾同谁说到我想自杀的话。也许当真过两天我又仿佛承认活下是很有理由活下了。我自己的事永远不是我能明白的。我能估计明天的天气阴晴，却无从测算得出明天自己的性情。只有一件突然而来的变故能把我志愿肯定，也只有一件突然而来的变故使我成为英雄。

不过，说来我自己也不相信，为什么我今天会同凤谈这样多闲话。我谈到厌世。她不笑，倒背了我嘘了一口气，仿佛可怜我。

我是又有点摇动了。我决不承认这摇动，然而我实在曾有意无意说了一些要她了解的话。她也说过“并不比旁人更不了解”我的话。这究竟是我的误会还是转机？

翻开我日记，则我自己的过去失败处显然在目。

我想，自己申斥自己，要死的人，你何苦再来做这些傻事？自己既不是英雄，因为缠缚得来的好教训已很可观，为什么本来掷掉了的如今又来拾回？

我不应当这样呆。

但我无论如何要到公园去。我知道她一定在那里，我还有话同她说。就是死，也死到这女人跟前为好。我明白我自己，一件事情想多了就不能做，凡是做的事全不能有打量的余裕。我就去。

见到了，谈得好。

我是死还是活？

朋友因为并不忘记我的病，方才来说，要我告假到乡下去住。到乡下，不见到许多不愿见的事，自然病是好一点的。但到了乡下，则愿见的人也无从见了。新的情形一生便有所得失存在，我是在得失计较中又似乎有点生气了。

这一个月快完了，我的生活平板的忧郁，或者将因日子的推迁，得到另外一种命运。

五月三十一日——星期六

今天，此时，我是快完结了。请看护告我什么时间，她说还不到十二点，但我想应当相差不远了。我需要的日子到了。我当先比这日子走一步路。

我绝对不用止痛的药针。我不要饮料或其他药针到喉中去。一个大的荫蔽快把我盖上了，我感谢在世时给我所见所闻所嗅所触的一切。我问到看护，才明白我是被部长的车压坏。部长因为到另一个地方去吃酒，所以车子走得稍快，把我撞着了，事后这部长因为送我到这里来，酒也喝不成了。我抱歉之至。啊，这是我扫了他的兴，罪过。

为什么我妨碍了别人的事？

这一次，只这一次，以后大概不会了。

我头有点发昏。我记到别人说过，人快死时他可以见到他所爱的来到身边。让我向各处看。并没有一个我要见的人。

看护来了。她站在我身边。她是爱我的吧。因为责任，她便变成爱我的一人了。也因为她的权利，她就做出爱我的行为，帮助我，照料我，这时还帮我去倒一杯水来。我谢谢你。我是要去了。我是要到另一个世界去了。我如今没有责任，也不需要权利，所以一个幻象不有。

谢谢你，我写完这一张纸，再来喝一口水。

我并不痛苦。

想不到是这样我就完了。譬如这灯，她决想不到一振即熄。

这事是连我自己也不大相信的。或者这是梦，这是……

日子，生命，滚你的吧。

男子须知

《男子须知》1929年2月由上海红黑出版处初版。为红黑丛书之二。

原目:《男子须知》、《除夕》。

《男子须知》,上海商务印书馆曾以《押寨夫人》为书名于1927年出版,此版未查到。现据上海红黑出版处初版编入。

男子须知

一　第一信

此信用大八行信笺，笺端印有“边防保卫司令部用笺”九字。封套是淡黄色棉料纸做就的，长约八寸，宽四寸余。除同样印有“边防保卫司令部函”八字外，上写着“即递里耶南街庆记布庄转宋伯娘福启”，背面还有“限三月二十一日烧夜饭火以前送到赏钱两吊”字样。信内是这样写着：

宋伯娘大鉴：启者今无别事：你侄男拖队伍落草为寇，原非出于本意，这是你老人家所知。你侄男道义存心爱国，要杀贪官污吏，赶打洋鬼子，恢复全国损败了的一切地盘财物，也是像读书明礼的老伯妈以及一般长辈所知而深谅的。无如命不如人，为鬼戏弄，一时不得如意，故而权处穷谷深山，同弟兄们相互劳慰，忍苦忍痛，以待将来。但看近两月来，旧票羊仔放回之多，无条件送他们归家安心睡觉，可以想见你侄男之用意……

你侄男平素为人，老人家是深知道。少少儿看到长大，身上几块瘢疤，几根汗毛，老人家想来也数得清！今年五月十七满二十四岁了，什么事都莫成就，对老人家很觉得惭愧。学问及不得从省城读书转来的小羊仔，只有一副打得十个以上大汉的臂膊。但说到相貌，也不是什么歪鼻塌眼，总还成个人形！如今在山上，虽不是什么长久事业，将来一有机会，总会建功立业的，这不是你侄男夸口的地方。

大妹妹今年二十岁了，听说还没有看定一个人家。

当到这兵荒马乱的年程，实在是值得老人家耽心的事。老人家现在家下人口就少，铺面上生意还得靠到几个舅舅，万一有了三病两疼，不是连一个可靠的亲人都没有吗？驻耶的军队，又是时时刻刻在变动，一个二十来岁的大姑娘，陪到一个五六十岁上年纪的老太太身边过活，总不是稳妥的事！

你侄男比大妹妹恰好长四岁，正想找一个照料点细小家事的屋里人，依我看大妹妹人正合式，大概还不致辱没大妹妹。其实说是照料家事，什么事也不有，要大妹妹来，也不过好一同享福罢了。

这事本来想特别请一个会说话一点的“红叶”，来同老人家面谈。恰巧陆师爷上旬上秀山买烟去了，赵参谋又不便进城，沈师爷是不认得老人家，故此你侄男特意写这封信来同老人家商量。

凡事请老人家把利害比较一下，用不着我来多说。

我拟在端午节以前迎接大妹妹上山寨来。太迟不好，太早了我又预备不来。若初三四上山，乘你侄男满二十四岁那天就完婚，也不必选日子，生日那天，看来是顶好。侄男对于一切礼节布置，任什么总对得住老人家，对得住大妹妹。侄男是知道大妹妹性情的，虽然是山上，不成个地方，起居用物，你侄男总能使大妹妹极其舒服，同她在家中一个样子。

大妹妹是娇生惯养长大的，到山上来，会以为不惯吧，那是老人家很可以放心的事！这里什么东西都预备得有：花露水，法国巴黎皂，送饭下肚的鸡肉罐头，牛肉，鱼，火腿，都多得不奈何。大妹妹会弹琴，这里就有几架。留声机，还是外国来的，有好多片子，声音好听到极点。大穿衣镜，里耶地方是买不出的，大到比柜子还大呢。其余一切一切，——总之，只要大妹妹要，开声口，纵山上一时没有，你侄男终会设法找得，决不会使大妹妹失望！

我说的话并不是敢在伯妈面前夸口，一切是真情实意。并且赵参谋太太，军需太太，陆师爷姨太太——就是住小河街的烟馆张家二小姐，她也认得大妹妹。——她们都住在此间。想玩就玩。打牌也有人。寂寞是不会有的事。丫头，老妈子，要多少有多少，若不喜欢生人，和大妹妹身边的小丫头送来也好。

弟兄们的规矩，比驻到街上的省军好多了，他们知道服从，懂礼节，也多半是些街上人，他们佩服你侄男懂军事学，他们都是你侄男的死勇。他们对大妹妹的尊敬，是用不到嘱咐，会比你侄男还要加倍尊敬的。大妹妹是我的妻就是他们的皇后，是他们的菩萨。

你侄男得再说：凡事请老人家把来比较一下利害，用不着你侄男来多说。你侄男虽说立过誓，当天当神赌咒，无论如何决不因事来惊动街房邻里，但到不得已时，弟兄们下山，也是不可免避的事！

这得看老人家意思如何。老人家不答应时，弟兄们自然有不怕麻烦的一天。

你侄男的希望，是到时由老人家雇四个小工，把大妹妹一轿子送到山脚来，你侄男自会遣派几个弟兄迎接大妹妹上山。也不必大锣大鼓，惊动街邻，两方省事，大家安宁。若定要你侄男带起弟兄，灯笼火把的冲进街来，同几个半死不活的守备队为难，骇得鸡飞狗走，父老们通宵不能安枕，那时也只能怪老人家的处事无把握。

谨此恭叩福安，并候复示！

小侄石道义行礼

三月二十日于山寨大营

送信的并不如小说上所说的喽啰神气。什么青布包头，什么夜行衣，什么腰插单刀，也许那都成了过去某一个时代的事了。这人同平常乡下人一样，头上戴了个斗篷，把眉毛以上的部分隐去了。蓝布衣，蓝布裤，上衣比下衣颜色略深一点，这种衣衫，杂在九个乡下人中去拣选，拣选那顶道地的乡下人时，总脱不了他！然而论伶精，他实在是一个山猴儿。别看他那脚上一对极忠厚的水草鞋，及腰边那一枝短罗汉竹的旱烟管，你就信他是一个上街头买棉纱粉条的小卖人！他很闲适的到庆记布庄去买了三尺多大官青布，在数钱的当儿，顺便把那封信取出，送到柜上去。

“喔，三老板，看这个！”

三老板过来，封面那一行官衔把他愣住了。他望到这信复望到这送信的喽啰，神气怪。声音很细的问：

“打那儿来，这——”

其实他心中清楚。他明白这种信是借粮借饷来的，因为这是里耶的习惯。然而信的内容，这次却确非三老板所料及。

“念给大太太听吧，这个，”喽啰把信翻过来，指给另一行字，“过渡时，问划船的，说刚打午炮，不会烧火煮夜饭吧。请把个收条，我想赶转到三洞桥去歇，好明早上山回信。”

“喝杯酒暖暖吧，”三老板回过头去“怎么不拿——”正立在三老板身后想听听消息的一个学徒，给三老板一吆喝，打了个擶，忙立定身子。

“不必，三老板不必！送个收条，趁早，走到——南街上我也还有点事。”

三老板把收条并两张玉记油号的票子摺成一贴送到喽啰身边时，同时学徒也端过一杯茶放到柜上了。

“老哥，事情是怎么?”三老板把那一贴薄纸递过去，极亲昵的低声探询那喽啰。

他数点着钱票同收据，折成更小一束，插到麂皮抱肚里去，若不曾听到三老板的问话。

“是要款子——?”三老板又补了一句。

“不，不，你念给大太太听时自知道。要你们二十八以前回山上一个信呢。……好，好，”他把斗篷戴上，“谢谢三老板的烟茶，我走了。”

来人当真很匆忙（但并不慌张）的走去了。三老板把信拿进后屋去后，柜上那个有四季花的茶杯里的茶还在出烟。

看信的是庆记布庄的管事，大妹的三舅舅，他把信念给宋伯娘听。那时大妹妹并不在旁边，她到南街吃别一个女人的戴花新酒去了。

二　第二信

接到这信的宋伯娘是有点慌张的。但这个宋伯娘并不胡涂。利害虽比较了下，比较的结果，还是女儿可贵。依她意思，对这信置之不理。然而三老板是晓事的人，男子汉见事也多，知道这是不能用“不理”去结束的事，当时就把大老板也找来，开三头会议。商议的结果，是极委宛的复一封信，措词再三斟酌，拼钱不是，把两千块钱的数目写上去，求宽宥，且加上“若果照来信所说办，只见得两方都不利”的话。然而这话实在是无证据，不过除了这样一说，要找出更其有力的话时，在但会划算盘的三老板手笔下，也不是很容易吧。

信由三老板执笔，写成后，托从八蛮山脚下进城的乡下人带了去，一切一切，还不让大妹妹知道。

道义侄儿英鉴：——

二十一那天得到你一个信，舅舅念我听，你意思我通晓得了。你大妹妹有那么大一个人了，我年来又总是病缠身子，也愿意帮她早早找一处合式人家的。

你既喜欢你大妹妹，就把来送给你，我有什么不愿意？但你说是要送上山来，这就太使我为难了！

山上那里是你大妹妹住的地方呢？这不但不是你大妹妹住的，也不是你长久住的！山上不是人住的地方，（阿弥陀佛，我并不是说你现在住到那里，就不是人！）现刻大妹妹就多病瘦弱，要她上山，就是要她速死。

况且，我们是孤儿寡母不中用的人，靠到三两亲戚帮忙，守着你伯伯遗下这点薄薄产业，平时不有事，还时常被不三不四的滥族歪戚来欺侮，借重那些披老虎皮的军队来捐来刮。果真像你所说的话，把你大妹妹一轿子送上山去，事情一张扬，怕他们官兵不深更半夜抄你伯妈的家吗？可怜你伯伯，从小时候受了许多苦，由学徒弟担布担子飘乡起，挨了多少风雪，费了多少心血，积下这一点薄薄产业，不能给自己受用，不能给儿孙受用，还来由你大妹妹的事丢掉！老人家地下还有知觉，心中总也会不安吧。

这都莫说了；我们的铺子，同我这条老命，即或都不要了。但你大妹妹父亲的故土要不要？他们官兵，什么事做不出，他晓得这事，他不会用刨挖你伯伯的坟山暴尸露骨来恐吓人吗？倘若是他们同你当真这样翻脸起来，为你大妹妹一人的原故，把手边守着这点先人血汗一齐丢掉，还得使睡在地下安息了的老骨头暴露，让猪狗来拖，我这病到快完事了的人，一天三不知，油尽灯熄，到地下会到你伯伯，要我拿什么脸来对他？

你纵不怕官兵，我是舍不得你伯伯的故土的。照你的话，宋家的一切是完了，就是你所喜欢的大妹妹，也未必活得下去。

许多事得你照料到，即如前次抢场那一次，街上搅乱得什么样子，宅下却连一匹鸡毛也不失，我们娘女都时常求菩萨保佑你的。大概你也还记得大妹妹的父亲在生时，对你的一些好处。如今你大妹妹的爹不在了，将来的许多事，还都要你看顾！

你年纪有那么大了，本来是应得找个屋里人，将来养儿育女，也好多有点人口。不然，你大哥又才去世，你又是这样跑四方的人，剩下个嫂嫂，躲到乡下去，抱起你大哥灵牌子守节，总不是事！我是平素就喜欢你为人，有作有为，胆子大，聪明强干，大妹妹的父亲在时，也就时常说到你是一个将来的英雄的。你大妹妹虽说读了两句书，从小见面的，想来也是不会不愿意帮助你建功立业！不过你现今走得是这样一条路，就说是暂时，且不出于本心，万一有一天事情不顺手，落到军队手上，他们能原谅你是不出于本心的暂时落草，就让你无事吗？你能把事业放下了，（大丈夫应得建功立业，从大路上走去这是你知道的。）只要你喜欢你大妹妹，大妹妹总还是你的。以后什么事也不要做，守着你大妹妹，在我身边，我是能养得活你的，只要你愿意。

或者，山上实在是寂寞，找不出个人来体贴，我这里拿两千块钱去，请人到别县去买到个好一点的小妇，将来招安后，再慢慢商量也不迟！若是要用钱，我就教人告知龙潭庄上拨付。

这信是我在你大妹妹的三舅旁边口讲，要他代写的。你看到别人欺侮我孤儿寡母，都要来打抱不平，我把这事情照你所说的利害，实在也比较一下了，我说这些话也不尽是为我着想，我这老骨头活到世上也活厌了，要死也很死得了。我的话实在不为你相信时，横顺人是在里耶的，你要来惊动街房，我也没有法子。

在观音堂住的杨秃子死了，外面人都说是你们绑去撕票的。都是同街长大的几个人，何必多作这种孽，什么地方不可以积阴功增福气？

阿弥陀佛愿菩萨保佑你！

宋刘氏敛衽

三月二十四日

此信于二十五早上收到。

三　第三信

“人来！”大王在参谋处叫人。

“嗻，”一个小喽啰在窗下应着，气派并不比一个大军官的兵弁两样。

山砦的一切，还没有说过，想来大家都愿意知道。这是一个旧庙，在不知几何年就成了无香火的庙了。化缘建庙的人，当时即让他会算，要算到这庙将来会做一个大本营，而且神面前那一张案桌，就是特为他日大王审羊仔奸细用的案桌，怕也不近情理吧。如今是这样：正中一间，三清打坐的地方，就是大王爷同军法判案的地方，案桌上比为菩萨预备时洁净多了，上面不伦不类用一床花绒毡子盖上，绒毡上放签筒，笔架，案桌移出来了一点，好另外摆一把大王坐的“虎皮金交椅”。这正殿很大，所以就用簟子夹成了三间，左边为参谋处，右边为秘书处，大王则住与正殿对面的一个大戏台上。这三处重要地方，都用白竹连纸裱糊得极其干净，白天很明亮，办事方便，夜间这三处都有一盏大洋汽灯，也不寂寞。参谋处比秘书处多了一架钟，秘书处比参谋处却多了一幅大山水中堂：两处相同的是壁上都有四支盒子枪。要说及大王卧室时，那简直是一间——简直是一间……是一间什么？我说不出！顶会做梦的人，恐怕也梦不到这么一间房来吧。房是一个戏台，南方庙中的戏台，都是一个样子，见过别的庙中戏台的，大概也就想得到这个戏台的式样。不过这戏台经大王这一装置，我们认不出它是戏台了。四四方方，每一方各有一口大皮箱，箱就搁到楼板上，像把箱子当成茶几似的，一个箱子上摆了一架大座钟，一个箱子上摆了一个大珠砂红的磁瓶，瓶中插了一把前清分别品级的孔雀尾，瓶口边还露出一个短刀或剑的鞘尖子。其他两个箱子上都不空，近他床那一个箱子上，还有几本书，一本黑色皮面的官话新约。大王的床在中间，占了戏台全面积之三分一，床是漆金雕空花的大梨木合欢床，没有蚊帐，没有棉被，床上重重叠叠堆了十多条花绒毯子。两枝京七响的小手枪，两枝盒子炮，各悬挂于床架上的一角。戏台圆锥形顶上吊起那盏洋汽灯，像佛爷头上那大鹏金翅鸟样，正覆罩在床上。我还忘记说一进房那门帘了，那是一幅值钱的东西。红缎织金，九条龙在上面像要活了的样子。这样顶阔气的门帘，挂到这地方未免可惜，但除了这地方，谁也不配悬挂那么一幅门帘！

这庙一共是二十多间房子，师爷副官的奶奶太太住的剩下来，就都是弟兄伙所有了。至于羊仔的栖身处，那是去此间还有半里路远的另一个灵官殿居住……

大王一个人在参谋处翻了一会羊仔名册，想起什么事了，把弁兵叫进后。

“把第二十三号沙村住的纪小伙子喊来，——听真着了么？”

“回司令，听真着了！”

“那快去！”

“嗻，”喽啰出去了。

不一刻，带进一个瘦怯怯的少年。

“回司令，二十三号票来了。”

大王出来时，瘦少年不知所措的脚腿想屈弯下去。

“不，不，不，不要害怕。你今天可以转去了，我放你回去，家中的款子不必送来了!”

“吥，转去吗?”少年的眼圈红了。“我一连去了几封信，都是催我妈快一点，说是山中正要款子有用，不知他们怎么，总不……”

“朋友，莫那么软巴巴的吧，二十岁的男子汉呀!”喽啰带笑的揶揄。“你不听听司令刚说的话?今天转去了，不要你钱!”

少年误会了“转去”两个字，以为是转老家去的意思，更伤心了。

“听我说!”大王略略发怒了，但气旋平了下来。“你看你，哭是哭得了的?我是同你来说正经话!我看你家中一时实在是找不出款来，我们山上近来也不要什么款，所以我想放你回去，就便帮我办桩事情。庆记布庄你是熟吗?”

“那是表婶娘；——司令是不是说宋老板娘?”

“对了，表婶娘，那我们还是亲戚咧。你下山去，你帮我去说，告给她，回信我收到了。我的意思还是上一次信上的意思。我这里现放到好几万块钱，还正愁无使用处，我要她两千块钱做什么?她说得那些话太说得好听了，以为把那类话诉到我面前，我就把心收下，那是她错了!我同她好商好量她不依，定要惹得我气来，一把火烧她个净净干干，我不是不能做的。我同她好说，就是正因为宋老板以前对我的一些好处。但我也总算对得住她家了。就是这次我要做的事，也并不是想害她全家破败。若说我存心是想害她，我口皮动一下，她产业早就完了。现在你转去，就专为我当面报她个信，请她决定一下，日子快要到了，我已遣人下汉口去办应用东西去了。……你记得到我所说的吗?”

“记得!记得!报她司令的意思还是第一次信上所说的意思，不要她那几个钱，只要她——只要她——”

“要她答应那事，”大王笑时，更其和蔼可亲。

“是，只要她答应那事，照所定的日子，司令这方面也不愿同她多谈，说得是本情话，其所以先礼后兵的意思都是为得当年宋老板对司令有些好处——”

“并且是有点亲戚关系，”大王又在旁边添了一句。

“是，并且还有。有点亲戚关系，所以才同表婶娘来好商好量。若表婶娘不懂到司令这方面的好处，不体贴司令，那时司令会发怒，发怒的结果，是带领弟兄们……”少年一口气把大王所嘱咐的使命背完了。

“对了，就是这样；你赶快走——王勇，你拿那枝小令引他出司令部，再要个弟兄送他出关隘，说是这人是我要他下山有事的，——听到了吗？”

“听到了。”一声短劲的回答，小喽啰拉着还想叩一个头的怯少年走了。

第三封信就用怯少年口上传语，意思简单，归拢来是：大妹妹得如他所指定的期内上山，若不遵他所行办理，里耶全地方因此要吃一点亏，不单是庆记布庄。

四　第四信

怯少年纪小伙子下山后四天，这位年青大王，另外又写了封信送宋伯娘，信中的话，就是嘱咐怯少年口传的一件事，不过附带中把上次那个杨秃子的事也说了点，关于杨秃子这个人他信上说：

……至于上月黄坳杨秃子事，那是因为弟兄们恨他平日无恶不作，为人且是刻薄，吃印子钱，太混账了。有一次你侄男遣派弟兄，下山缝制军服，为他所见，（认得是山上弟兄的人当然很多，但你侄男对本街人总算对得住，他们也从来不相拖扯。）你侄男平日与秃子一无冤、二无仇、谁知鬼弄了他，他竟即刻走到省军营中报告。这个事情末了，是那两个被捉去的弟兄，受严刑拷打，把脚杆扳断，悬了半天的半边猪，再才牵去到场头上把脑壳砍下来示众。

有别个弟兄亲眼所见，我们被砍的弟兄，首级砍了，还为他们省军开腔破腹，取了胆去。若非杨秃子讨好省军，走去报告，弟兄们那能受此等惨苦？此外他还屡番屡次，到省军营中攻讦你侄男，想害你侄男的命。虽说任他去怎么设计挖坑，你侄男是不怕。但这狗养的我同他有什么深仇？不是当到老人家面前敢放肆，说句不好听的话，我又不同到他妈相好过！……侥幸你侄男元宵夜里，到三门滩去“请客”，有事归来，于渡口碰到了这野杂种，才把他吊上山去。

弟兄们异口同声的说：“也不要他银钱，也不要他谷米，也不要他妻女，——我们所要的是他的命！”他自己正像送到我们手边来了，再放他过去，就是我们的罪过！

的的确确，要寻他是寻不到的，如今正是他自己碰到你侄男处来。如今再不送他一点应得的苦吃，他在别一个时候，别一个地方，会有许多夸张！这夸张就是对你侄男他日见面时的下不去。不好好的整治他一番，他时他会拿你侄男来当成前次那两个进城缝衣的弟兄一样：砍了脑壳不算数，还得取出胆来给他堂客治心气痛的病。你侄男的胆难道是为堂客们治心气痛的东西？

依其他火性的弟兄们主张，捉他上山第二天，就要拿他来照省军处治我们弟兄的法子办了。还是你侄男不答应，说要审问他一次。到后审问他时，他哭哭啼啼，只是一味磕头。说是平素就非常钦佩司令为人，还正恨无处进行到手下来做一个小司书，好侍候司令，见一点识面，学习点公文，把楷字也钞好，那里还敢同司令来做对头呢。至于从前事情，那是他全不知情，连梦也不梦见。说是因为他的告密，致令弟兄们受刑就义，这必是别一个同他有仇的人诬冤他，而且诬冤他的总不出两个人以外：一个是同庆记布庄隔壁住家的蒋锡匠，因为蒋锡匠曾偷过他家的鸡，被发觉过。另一个是住白石滩的船夫，这人也同到他不对。……

还一边磕头，一边诉说怎样怎样的可怜，家中才得小孩，内人又缺奶，这次到渡口去，就是告给得小孩子的事于岳丈，好使他放心。并向岳丈借点钱转家去，为他太太买一支鸡吃，补一补空虚。到后为个弟兄把从他身边搜索出的一卷票子同三张借据掷到他面前，他始不分辩了。然而头还在磕。看那三张字据，明写着“立借字人渡口周大，今因缺钱使用，凭中廖表嫂，借到黄村杨秃子先生名下铜元……”一些字，另一张是吴乡约出名，另一张是吴乡约家舅子出名，一总都写得是他做借主。

“这是谁的东西？”问他他不敢说，鼻涕眼泪不知忌惮的只顾流。到末了，且说出极无廉耻的话，愿意把屋里人收拾收拾，送上山来赎罪，且每月帮助白米十石，盐三十斤，只求全一条活命回家去，好让他自新。

你侄男同诸弟兄见他那副软弱无耻的样子，砍了他虽不难，但问弟兄们，谁都不愿用英雄的刀去砍这样一个不值价的狗！所以如他希望放了他转去，不期望临出营门时，有个火夫心里不平，以为这样，轻松放他过去太便宜他了；一马刀去就砍了他一只左手。

这东西就像故意似的倒到地下晕死过去了。弟兄们以为他当死去，才拖到白狼岩边丢下岩去，谁知这匹狗不晕死也不跌死，于醒转来后居然还奔到家里才落气！这狗养的本来是该千刀万刀剁碎拿去喂山上老鸹吃，才合乎他应得的报应的，算是他祖宗有德，能奔到家里也罢了。昨天你侄男派了两弟兄进城来探听城里的消息，据弟兄说，这次招安的事，不能接洽妥贴，就是说到因为秃子近来死去的事。他的妻竟已告到了营中，说是你侄男害了他，且请省军将你侄男招安以后再设法诱住法办，以图报仇。这婊子女人果真是这样做事狠心，不知死活的要来同你侄男作对，我有天是要做一个样子给她看的。招安成功不成功，你侄男一点儿都不着急，弟兄们也正同是一个意思。山上有得是油盐米酒猪牛，倘若是省军高兴，定要来到山脚下挑战，热热闹闹一番，你侄男是不必同他们客气的。喜欢理他们，要弟兄搁起劈山炮轰他几下，同他敲几枪；不喜欢他们时，关了砦门睡觉。让他们在山下愿意围几个月就围几个月。三个月也好，两个月也好，把派捐得的粮食吃尽，他们自会打起旗子吹起号转原防去！你侄男这里见样东西都有了预备，不怕他们法宝多！

五　第五信

大妹妹禀承母亲的意旨，写信给驻里耶军营中的书记官太太，这位太太是她的同学。三月二十一日所吃的喜酒，就是这位太太出阁做书记官太太以前之一日，如今算来，又是半个多月了。信很简单。大妹妹用她平素最天真乐观的笔调，写出亲昵的诙谐的话，信如下：

四姐：

我答应你的话，今天可应念了！我说我妈会念着你请你来我家吃饭的：果不其然呀，她早上要我写信邀你。

客并不多，除了你以外只有我：因为这是妈说的。这次算是她老人家请客，所以她把我也请到里头了——到另一次作为我请你时，我把我妈也做成一个客！客既这样少，所以也不特别办什么菜。前次有人送来一个金华腿，我们就蒸火腿吃。此外有你我所极喜欢吃的干红鳜鱼，同菌油豆腐，酸辣子（小米的）。有我所不喜欢但你偏高兴的黑豆腐乳。不少了，再添一点，就是四盘四碗，待新嫁娘也不算麻絮吧。早来一点，我们可以午时吃各人自己手包的水饺子。我妈还说有话要问你，我想，总不出“姐夫相貌脸嘴怎么样?”老人家是极关心侄女们姑爷这些事的。

我看到我三舅舅从外面进来，那一脸鬃鬃胡胡，就想到你——你一吃了早饭就快来巴，我想到细看看你的嘴巴，是不是当真印得有姐夫的胡子印记……

还要看的都在前一行的中了，愿一切快活！

你的妹妹宋。四月七日晨

妈妈的意思，是想从书记官太太谈话中，得到些近来山上同省军议和招安的消息。这一点，写信的大妹妹却不知道，可知关于山上要她做押寨夫人的事，还在睡里梦里！

●麻絮作吝啬简陋解[1]

六　第六信

守备队的副兵送来，从铺上取了个收据回去了。这信封面写呈宋小姐字样。此是请了客以后的初九日。

> 妹妹：我第一句话要说的是为我谢伯妈。前天太快活了，不知不觉酒也逾了量。回去循生说我脸灼热，不久就睡了。伯妈是请我一次了，妹妹你的主人是那一天才能做？我得时时刻刻厚起脸来问你，免得善忘的妹妹忘记。若是妹妹当真要做一次主人，我请求做主人的总莫把菌油豆腐同火腿忘掉！换别样菜我是不领情的，饺子也得同前天一样。
>
> 你报伯妈，她老人家所想知道的事，我拿去问循生，你姐夫说招安是一定了，但条件来得太苛，省军还要听常德军部消息才能定准。如果是两方拿诚心来商量，你姐夫说总不至再复决裂的。近来营部还有开拔消息，也就是好于招安后要山中人移驻到里耶来的原故。……
>
> 请伯妈安心。循生今天到部里去办事，若有更可靠的信息时，再当函告。
>
> ……不久，我将为妹妹贺喜了！
>
> …………　　　　　　你的四姐　九日

信后为妹妹贺喜的话，使大妹有点疑惑了。

……招安不成，第一吃亏的是应说全市的人。第二是守备队。第三，第三就是算落到自己家里。但招安以后，又有什么对我可以贺喜的地方？布铺的损失，未必因招安不成而更大。贺喜些什么？

贺……？

贺喜的事，大妹凭她处女的感觉，猜到一半了，她猜来必是自己的婚姻。凡是一个十六岁以上的女孩儿，你如其对她说贺喜的话时，她会像是一种本能，一想就想到是自己婚事上去的。想到了这事而且脸会为这话灼红，那是免不了的事。

大妹一个人研究着这“贺喜”两个字的意义，全身的重量都压在心上，脸上也觉着在烧了。

极漠茫的，在眼前幻着许多各样不同的面模来。第一个，他曾在四姐的喜事日，看过的那个蚕业专门毕业的农会长，长长的瘦瘦的身个儿来在面前动着了。第二个，守备队那位副官，云南毕业的军官生，时常骑匹马到大街上乱冲，一个痞子样的油滑脸庞。第三个，亨记油号的少老板，雅里学校的学生。……还有，三舅舅的儿子，曾做过诗赞美过自己，苍白的小脸，同时也在眼前晃摇。

从婚事上出发，她又想出许多与自己像是切近过，或爱慕过的男子来，万没有料到那个山上的大王是她的未婚夫。

自己搜索是没有能得何等结果的，到后只好把来信读给母亲听了。到最后，母亲叹了口气，又勉强似的笑了一回。

大妹妹觉得母亲正用了一种极有意思的眼光在觑着她，大妹妹躲避着母亲的眼光，最后取的手段是把头低下去望自己的脚。

母亲太不原谅人了，将大妹脸灼成两朵山茶花后还在觑！

“妈这是什么意思呢？”话轻到自己亦没有听真着的地步。意思是问母亲觑她的原故，也是四姐来信中贺喜两字的用处。

“说什么？”母亲是明看到大妹的口动。

大妹又缩住了。

略停，大妹又想着个假道的法子来了，说：

“妈，我想此间招安以后，沿河下行必不再怕什么了。节后下长沙去补点功课，我好秋季到北京去考女子高师学校。”

“又不要当教员，到外面去找钱来养我，远远的去做什么？”

“你不是答应过我，河道清平以后，就把家搬到汉口去住吗？”

“知道那时河道才能清平？”

“四姐的信，不是才说到招安的事？山上的人既全是可以招安，河道如何不会清平?”

“招了安我们就尤其不能搬走了。”

“怎么招安以后我们倒不能搬走?”这句话大妹并没话出口。

果真是大妹能再进一步，所欲知的事就陈列在面前了。但大妹此话说后所产生的恐惧或惊喜，权衡了一下，怕此时的母亲同自己都载不住，所以不再开口，把一句已在口边的话咽下了。刚来的四姐那封信，还在大妹手上。

“妈，四姐要我们再请她吃饭，是什么日子?”

“就是明天吧。她欢喜火腿，叫厨房王师傅把明天应吃的留下，剩下那半个都拿去送她。菌油也帮她送一罐去。并告她等到有好菌子时我另为她制新鲜的。”

“我想自己去邀她。”

母亲如知道大妹亲自要去邀请四姐的用意那样，且觉得如果大妹是要明了这事，由四姐说出，比自己也要好多了，故说:

“好吧。你自己去，必定要她来，我还有事请她。……”

“……”大妹有点意见想申述。

“你有什么话要说，可以同她说。等她来时，她也会告你许多所想知道的话。”

“我没有什么话可说，我看妈意思像心里有——”大妹低低的说。

“心里不快么?不是。不是。妈精神非常子好。找四姐来，她会同你说我要说的话。你们姐姐妹妹可以到另一个地方——书房也好，你自己房中也好——你们可以好好谈一回……”

“妈，你怎么?”大妹见到母亲眼边红湿了，心极其难过。

“没有。没有。妹你今天就去吧，要你四姐今天来……这时就去也好，免得她又出门到别处去。”

“好，”大妹一出房门，就不能再止着想泻出的眼泪了。

七　第七信

四月十六，山上有人到城，送来一信，并一小个拜帖匣子。送信的已不是先前第一次寄信那个喽啰了，这人长袍短褂，一个斯文样子。年纪二十多岁，白白面庞，戴顶极其好看的博士帽。脸上除了嘴巴边留了一小撮胡子外，还于鼻梁上挂了副眼镜。手上一枝小方竹手杖，包有铜头，打着地剥剥的响。后面一个小孩，提了一个小皮包，又拿着一根长长的牙骨烟管。……这是个一切都表示地位尊贵的上等人，三老板一见他进铺，以为守备队的秘书，或别处来此什么委员，上门做生意来了，忙立起来。那人一个极和气的微笑，对着三老板：

“阁下想来是三老板了！”同时把信陈列柜台上，另于信旁置了一张小名片。

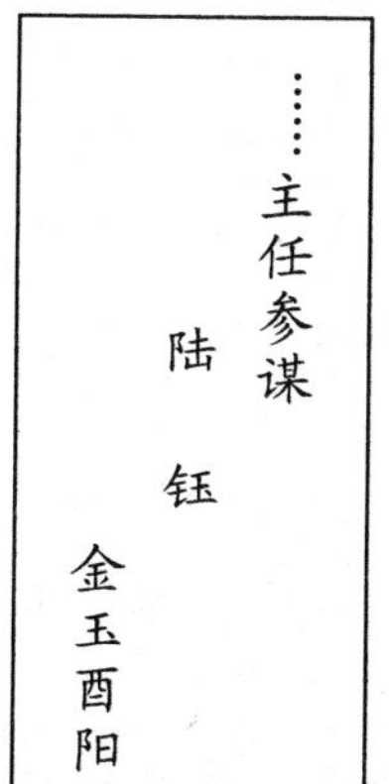

……主任参谋

陆　钰

金玉酉阳

“哦，陆参谋！请，请，请，请到客厅坐……”

隔个柜台，那来人伸出一只手来，三老板也懂得是要行外国礼握手了，忙也伸过一只手来，相互捏了一会。

那人并不忙着进客厅，把手腕搂着，对布庄柜台上那个大钟的时间旋转拨动手上的表时，三老板偷瞧了一下，表是金色崭新的。

…………

姓陆的，虽会听到三老板在谦虚中自己把“草字问珊”提出，但他竟很客气的把三老板称为亲长了。

“请亲长这边凡事预备一下。”那是姓陆的同三老板告别鞠躬时一再说过有几次的话。

那日宋伯娘没有在家。来人受过吩咐，若宋伯娘不能出面，则三老板亦可以，所以就把大王所嘱预备同宋老太所谈的一概与三老板说了，那个拜帖匣中聘礼也都点交件数留下。

夜间在宋伯娘的房中，三老板念山上陆参谋捎来的书信。大妹虽说早已知道此点，但因为对此终有点羞涩，在未念信以前就走开到自己房中去了。

信中口辞变了从前的称呼，开首第一句已把“宋伯妈”三字的空处代上“岳母大人”了。信如下：

岳母大人尊鉴：敬禀者：前数函知均达览，复示诲以自新之道，且允于招安之后，将大妹妹于归，备主中馈，尤臻爱怜，实增感激！

近来因岳母大人同大妹故，以是婿将对省方提出之条件已特别减至无可再缩的地步，且容纳省方派员将部队枪枝检验之律令。果无临时发生变化，谅招编事已不成问题矣。

编收以后，婿之部伍将全队移住耶市，守备队下拔移驻于花垣，让出防地归婿负责。

沿河一带治安，亦由婿部担任，以后有劫船情事，由婿察缉，察缉无从，则应由婿部赔偿。此条虽将婿责加重，但为地方安宁，婿固当有所牺牲也。

此后支队部，（改为清乡第十支队司令）婿意拟设于天王庙，地势好点，亦可备万一别种事情发生时，退守方便。……十八至二十，三天中，婿所部全队，即可开进耶市大街，到时再来谒见大人。

大妹喜事，婿拟照先时所约定之日举行。岳母方面，亦不必多事花费，婿知道岳母极爱热闹，到时此间有许多兵士，固能帮助一切也。

前派陆参谋来同省中代表接洽一切，并嘱其将此函并些须聘礼饰物呈达于长者。所有未尽之意，统由陆参谋面呈，此人系婿至友，亦由学校出身，祈大人略加以颜色，婿实幸甚！谨此恭叩福安。

小婿道义谨禀

附聘礼饰物单如左

赤金钏镯一对

赤金戒四枚（二枚嵌小宝石）

赤金丝大珍珠耳环一对

赤金簪押发各一件

赤金颈链一件

赤金颈链一件（有宝石坠子）
净圆珍珠颈链一件
金打簧手表一枚
白金结婚戒一枚
白金结婚心形胸饰一枚
白金镶钻石扣针一枚
上等法国香水两瓶（瓶旁悬小纸签标明每瓶价值，一值二十四元，一值六十元。）
法国香粉二盒（标明值三十元）

此即大王在另一函中，曾经提过，说是派人往湖北去办的。那位老太，听着三老板把信同聘礼单念完，看看桌上那一堆各在一个小盒子里的东西，忽然放声大哭了。

这时的泪，不是觉得委曲了女儿，也不是觉得委曲了自己：或是对不住大妹的父亲。她是像把一件重的石头，压在心上，骤然取去，忽然想到过去的惶恐同将来的欢喜，心里载不住这两种不同的压力，不知不觉从眼眶中挤出泪了。

哭了不久，这老太就走到大妹的房中去送大妹看信。

既不怕抄家，也不怕谁来刨挖大妹父亲的坟山，在这位老太太看来，真是没有什么理由来说不愿意将大妹嫁给一个大王的话了！何况大王如今又已成了正果，所以老太太把信掷到大妹妹面前时，眼中已无些子泪痕。

八　大妹妹的婚事

热闹，阔绰，出了里耶人经验以外。一切布置的煊赫，也出了宋伯娘在期待中所能猜想的以外。迎亲那日，八个黄色呢制服的人，斜斜佩着红绿绸子，骑在马上，各扛着一面绸国旗，都是副官之类。……

一对喇叭，后面一队兵士；一对喇叭，后面一队兵士……

几乎近于是迎接“抚台”那样，一直从天王庙支队司令部起，到宋家门前止，新的灰线布制服上佩着一朵红纸花的，是昨日的喽啰（今日的兵士）。军队是这样接接连连。满地红的小爆仗，也是那么接接连连，毫不休息。喇叭是爹爹哒哒吹着各样喜庆的曲子，当花轿过路时。……亲事一接此后天下太平了。

由宋宅杀了两个猪六个羊去犒赏兵士还不够，到后还加了两只肥猪才分得开堂[②]，即此一端，参预此番喜事的人多已可知了。

大王是彪壮、年青、有钱，里耶市中人尽他们所能夸赞的话拿去应用还总觉得不够，到后只好把类于妒嫉的羡慕落到那宋家母女身上。

九　第八信

结了婚约有两个月，大妹有给驻花垣守备队营中书记官太太的一封信。

四姐：我不知要同你说些什么话。关于我的事。这时想来可笑极了。在以前，我刚知道他要强迫我妈行他所欲行的事时，我想着一切的前途，将葬送到一个满烧着魔鬼的火的窟中，伤心几乎想实行自杀了。

四姐你是知道的，一个女人，为一点比这小许多的事也会以死做牺牲的。但我当时还想着我妈，我妈已是这么可怜的人，若是我先死，岂不是把悲哀都推给她身上了吗？我想走，当时我就想走，到后又把这希望用自己良心去平衡，恐怕即能走脱，他也会把我妈捉去，所以后来走也不想走了。……日子一天一天过去，拚我死命，等那宣告我刑罚的可咒的五月初五来到，我身不由己的为母亲原故跌进一个坟坑里。在期待中，想死不能时，我也是同一般为许多力量压着不能挣扎的女人一样；背着母亲，在自己的房中去低声的哭，已不知有过多少次了。我那时悬想他，一个杀人放火无事不做的大王，必是比书上所形容那类恶人还可怕！必是黑脸或青脸，眼睛绯红，比庙中什么判官还可怕！真是除了哭没有法子。眼泪是女人的无尽宝藏，再多流一点也不会干，所以我在五月五日以前，是只知道终日以泪洗面的。……过去的都是做梦样子过去：雷霆是当日的雷霆，风雨也是当日的风雨，不必同四姐说了；我只告你近来的情形。近来要我说我又不知怎么来说起。我不是怕羞，在四姐跟前，原是不应当再说到害羞的事的。我真不知要得怎样的来说一个同我先时所拟想的地狱极相反的一种生活！你不要笑！我自己觉得是很幸福的人，我是极老实的同你说，我生活是太幸福了。幸福不是别的，是他——我学你说，是你妹夫。你妹夫以前是大王，每日做些事，是撒旦派下来的工作，手上终日染着血，吃别人的血与肉，把自己的头用手提着，随时有送给另一个人的恐惧绕在心中。但他比我所猜的恶处离远了。他不是青脸同黑脸，他没有庙中判官那么凶恶。他样子同我三舅舅的儿子一个面貌，我说他是很标致，你不会疑我是夸张。……

他什么事都能体贴，用极温柔驯善的颜色，侍奉我，听我所说，为我去办一切的事。（他对外是一只虎，谁都怕他；又聪明有学识。谁都爱敬他。）他在我面前却只是一匹羊，知媚它的主人是它的职务。他对我的忠实，超越了我理想中情人的忠实。……

前几天，我们俩到他以前占据的山砦看望一次，住了两天。那里还有一连人把守。四姐，你猜那里像个什么样子呢？比唱戏还可笑，比唱戏还奇怪。

一切一切，你看了不会怕，不会战抖，只有笑！不伦不类的一切一切，你看从七侠五义一类小说上所写的人物景致，到这里都可见到了。我问你妹夫以前是怎么来生活，他告我，有时手上抱着两枝枪打盹。我们那天就到他那间奇奇怪怪的房中睡了一晚。第二天，又到各处去看，又走了半天。

…………

一个女人所应得到的男子的爱，我已得到了，我还得了一些别的人不能得到的爱。若是这时是四姐面前，我真要抱住你用哭叫来表示我生命的快适了！

四姐呵，同姐夫说说，转里耶来住两天吧，我可以要他派几个人来接，我妈还会为你办菌油豆腐吃！

我妈近来也很好，你不要挂念！

你妹同你妹夫照来张相赠你，快制一个木框，好悬挂在墙上，表示你还不忘记你妹妹。你妹妹是无一时能忘记你的，就是他，这时也在我写信桌子的旁边，要我替他问你同姐夫的好。

你的妹　七月十日

十　结束

大妹，近来就是这样，同一个年青、彪壮、有钱、聪明、温柔，会体贴她的大王生活着，相互在华贵的生活中，光荣的生活中，过着恋的生活，一切如春天，正像她自己信上所说样：雷霆是当日的雷霆，风雨是当日的风雨，都不必再去说了。过去的耽心，疑虑，眼泪，都找到比损失更多许多倍数的代价了。至于那些里耶人呢，凡是在那年五月五日对宋家母女有过妒嫉的心的，无用的妒嫉，还是依然存在。

一九二六年于西山

本篇曾以《在别一个国度里——关于八蛮山落草的大王娶讨太太与宋家来往的一束信件》为篇名发表于1926年4月24日，5月1日，5月8日，5月15日，《现代评论》第3卷，第72~75期。署名从文。

①此句为作者原注。

②开堂，周到。

除　夕

从衙的南头，向左数，第七号，就是那地方。本来门牌号数是不明白的。这里的一切，是属于世界的一部分，平时有人，有言语与行动，有吃，喝，辱骂及纷扰，一切一切全不是与另一世界有怎样分别的。不过这地方，与善于演说的革命家是离得很远了。与所谓诗人也离得很远了。与从市侩方面培植出来的批评家也离得很远了。与文学艺术则离得更远，远到正统文学家头脑想象以外。这里所有的，是丑陋，平凡，苦恼，灰尘，至于臭。

许多人，围在一个床边，床是黑木的，小的，旧的，床板上面用厚草垫铺上，草垫上加一床棉褥，褥上睡了一个男子。男子是快要死的人了。这时的男子，一个满是乱发的头，枕在一捆报纸模样的物件上面，眼睛无光，脸色净白，鼻孔上翻，口略张，胸部发着微喘。

房子中是一盏十六枝电灯当中悬挂，房中人虽多，全沉默，无言语，各人沉在一种思虑中，喑哑了。虽然人俱无言语，两人目光相遇时，各人的心上意见，是已在这样情形下交换了。他们一共是六人，同围在病人床边，其中有两个是女子，一个年约二十五岁，一个年纪较幼，不到十六岁，年长的是病人的妻，年幼的则是病人的妹。

病人的妻，见病人头略侧，赶忙把茶杯拿在手里，伏身送到病人脸边去。杯中东西是一种淡红色的药水，病人似乎神态还清，知道女人送药来，把眼便睁开，脸上做出一种感谢的表情。他要说一句，但用了力，像也说不出，又把眼闭上，药是不曾吃，又已昏昏沉沉睡了。

过一会，年幼的女人，坐到近窗处一张旧藤椅上去了，吁着气，用手掠头上的短发，在这天真的赤子心上，对人生还似乎极其茫然，她并不忘记今夜是除夕！

病人是显然绝望了，在生死的边界上徘徊，或者还可以活回来，或者就此死去，无一个人敢断定在一小时以后病人的情形。

远远的，可以听到爆竹声音：像打仗时枪声，断断续续，同时较近地方则有人掷骰呐喊的声音，有锣鼓笙箫的声音，可以听得出。这时大致已快天明了，论时间，除夕应已过去，当为新正一月一日了。从各处传来的爆仗声音，则可以想象到一切一切地方，这时候欢喜的空气如何浓厚，一切一切人，是怎样度过了这除夕，眼看着黑夜逃遁，迎接那第一天的新的光明。

似乎是因为听到鸡叫，那女子，又起身到窗边，把一扇窗开了，开了窗以后，外面的声音就更清楚了。且同时有煤气硝磺气在空气中混合，吹进房里。女人似乎又觉到从外吹来的风太冷，不适宜于病人，即刻又轻轻把窗关上，走到病人这一边来了。

"四嫂，你过去休息休息，不要紧，大概……"

所谓四嫂者，就是喂病人药的女人，这时正低了头坐在床边，用手捏病人的手。听到劝她休息，却不作声，只把头抬起，对这年轻女人勉强的笑了一笑。接着就问："五妹，天亮了么？"

"快了。大约是有六点钟了。……白生，请你到楼下裁缝铺去看看钟，有几点。"

"好，我去。"

白生，男子中顶年轻的一人，病人的戚属，应了一声，就下楼梯，将一个身子消灭在楼梯口边。看钟的人未回以前，房中人是每个人皆在时间上起了新的注意，因为忙了半夜，各人的心全在病人每一个微弱呼吸上，这时也仿佛才记起除夕已过新年是开始了，把病人暂时抛开，来对新正的空气呼吸一阵似的。不久白生上楼来了，先时橐橐橐在楼梯上响，到后从黑暗处爬出了，这汉子，平时女人似的尖锐声音，这时只把它压紧在喉中，轻轻的说是才五点。时间才五点，至少还有一点半钟天始能发白，这些人，就有被"才五点”三字所暗示，打起哈欠的来了。于是那个坐在病床边的女人，幽幽的说出请他们去睡睡的话，又旋转身来向白生，请他到后面房里去取南瓜子给大家剥。

“不要的，不要的，”一个穿中山服的男子忙止住了白生。他把双眉蹙成一条线，望到床上的病人，已经有过两点钟了，直到这时才说话。

女人先是急昏了，客来时也忘了请客坐，这时才记起客了，就又赶忙自己起身来，把白生正坐着的一张小凳子，搬过床边来让客，稍稍迟让一下，客人是坐下了。

女人又喊白生拿茶，白生因为找茶杯把抽屉开得作大声，年轻一点的女人就抢到去做事。

客人坐下了以后，说：“他总还可以清醒，我看不怕的。”

“半夜来全是这样，比昨天坏多了，只怕是无望了。”

“医生？”

“因为钱已……”

“……”客人用齿咬自己的下唇，说不出什么话，只把眼睛看病人。

到这时，病人又将身动了，客忙站起伏近病人。

“明士，明士，你清楚不？”

听到客人的声音，病人似乎稍稍注意了，头略动，叹了一声悠长的气。

“我是万里，来看你。……你痛苦吗？你还认识我吗？……你说，能不能说话呢？”客人阴沉沉的望病人，喊着，把自己名字告给病人，病人把头又略动，喉中作微声，像是在说话，但始终却无声音出口。这时女人又把杯中的药水，送到病人嘴边了，病人口微动，女人就将胶皮管塞进病人口里去，把药水慢慢倒下。稍过了一阵，病人又叹气了，接着眼睛睁开了，滞呆的望四方，望到了一些围在床前左右的人，又望到自己的女人，最后便转到了客人的脸上，不动了。

“你是万里吗？”

“是的。明士，你这时清白一点了，你吃亏吗？”

“吃亏吗？我快死了，我不能再在这世界上呆多久了，天使我……”说了又仿佛苦笑，但脸上的筋肉，对于这表情也不相宜了，在这时病人只鼻中微有笑声，他接着，摇头，忽然又把眼用力一闭，表明苦楚在这个可怜人身上，在死去以前，是还不断抽打着这病身的。

女人把手去摸病人的额，额上全是汗，病人觉到了，才像知道身旁还有她在，又幽幽的说道：

“谢谢你，谢谢你，为什么你不去睡？”他又望众人。“为什么你们都在此？”

女人含了泪，像做母亲的声音，说：“天气早，还不到睡的时候。”

“睡了吧，睡了吧，都去睡好了。白生，白生，你陪我，让姑姑去睡。我人是清白了，我也要睡一会。”

女人见病人忽然清醒多了，又见到另外两个男客已倦得要不得，身子在那里摇，不大好意思要这些人熬，所以也帮到病人说，“睡好了，睡好了，白生，你照灯，引宋先生伍先生过后楼去睡。”

“不要紧，不要紧，我们不倦。”说这样话的汉子中之一个，话一说完就打了一个哈欠，表明人虽客气睡眠可不答应他了。

另一个正想说话，却不说，也一个哈欠打住了。

那穿中山装的年青客人，望到这情形，也就说：“真请便，休息休息去！人既清醒转来，无妨于事了，天气还早，不如到床上去靠一下。”

“不要——”说到两个字，却又为哈欠所扼着喉头了，这人索性不说了，极力咳嗽，似乎这样振作可以把困乏赶走。

两个女人同名叫万里的客人都不由得不笑了。那年青一点的女人，就嗾白生拿蜡烛，这两个男子见白生在门口等候，只得随了白生到后房去了。

房中到剩四个人时，病人似乎更清楚了一点。

病人像出奇今夜的情形，不明白大家来此理由。

“为什么要他们来熬夜，耽搁他们睡眠呢？他们有事，忙，我不要他们！”

女人不好说是因为病已近于无望，所以这些同事才来此相守，就说是还只来不多久。

病人又望那年青一点的女人，说："五妹，你为什么又从工厂回来？"

女人说："今天是礼拜。"这话自然是谎病人，因为病人胡涂，且极容易生气，说是礼拜则不做工也无妨了。

病人就望到他的妹，像在这女人脸上找一样东西。大概是被他找到了，略带了怨声。又似乎是自言自语："是礼拜也应读书，你不读书怎么了。我要你念那本书念过了没有？"

"念过了！"

"多少呢？"

"念完了，我的笔记也写好了，等明天我取给你看。"

"应当努力！"

"我是总想把我的法文学……"

女人的谎话还不说毕，在最近一个邻家院子里，忽然燃起了爆仗，哔哔剥剥响起来了。声音的骤来，使病人一惊，病人在不断的响声中闭了目想了一会，才从记忆上找回过去的日子，觉悟今天是除夕了，从除夕上又才记起一件事来，于是他把那穿中山服的男子瞅着了。他想用手去拉那男子，使头就近床边来好说话，手却伸不出。女人见到情形以为是病人要想翻一个身，就忙为病人将身上的棉被提起，伸手去扶病人的肩。

"不要你！不要你！万里……万里……你来，近一点，我问你。……今晚难道是除夕吗？"

客人不作声，脸上颜色略变，意思是不知如何答应病人，正在这时节，邻院一个子母炮又咚的响了。

"今天是除夕！五妹，告我，是不是呢？"

那年幼女人，就点头。然而望到客人的颜色，则又马上明白自己做了错事，悔也悔不及了。

病人又向客人问："万里，是不是呢？"

客人也只好点头，说："是的，是除夕。"

"除夕！你忘了我们说那个……"

客人不作声。

“怎么？万里，你忘记了吗？”病人忽然眼睛有光辉了，说话声音也清朗许多了。

客人到此，目击到病人的兴奋，却沉默安详的答道：“明士，我没有忘记。凡是要办的，我已一切照我们的决议办过了！”

“当真么？”

“我在其他时节并不曾谎过朋友。”

“我的天！你真是人！告我怎么办的！”

客人头略回，不让女人见到他的脸，说：“事情是成功了。天意帮助了我们，使我们计划做得非常顺手。”

病人听到此，见到客人的样子，明白了客人所说的不是谎语了，忽然挣起身来，把客人的头项抱定，发狂的乱吻。女人忙去解除客人这灾难，且同客人把病人放倒原来位置后，又给了病人一杯水。

病人虽然倒下了，还是仍然战战栗栗地，强要坐起来，问客人所作的事详细情形。客人则仍然冷静如常，且见到病人如此精神奋兴，反而将眉更聚拢了一点，略无欢喜模样。病人把水喝过，稍停顿，人较镇定了。客人就望病人微笑，病人也笑。

“告我，是不是真成了功！我要明白这件事，告我！”

客人沉重的说：“是的，妥当了。成功了。希望的已实现了。”说这话他望到楼顶椽皮，重重的放了一口气。他将刚才属于胜利的事告给病人了，他却保留了另一件因胜利而来的牺牲。

…………

病人非知道详细情形不行，于是这客人，便把三四点钟以前作的事完完全全说了。他说到如何的照固定计划做他的事，他说在所有的计划进行中一切应得报应的人所得的报应，他说到毁灭的经过。病人是因为得到这类消息，正如同给医生打了若干针以后，忽然全身活泼，俨如顷刻霍然了。

听完了客人报告的病人，脸上透着被心火灼红的颜色，微笑的说：

“万里，你真是勇敢人物！我承认你是英雄。我承认你……”

客人不答，把唇咬着，借故身到窗边，又把窗开了。开了窗，又关上，他望到两个女人笑。两个女人听到这事的经过，不知说些什么话为好，所以全无言语。

“万里，你做的事真空前！我看你一点不慌张，我佩服你。你还是到上海躲躲去，那里租界上无妨。不过这样一来我看你又结婚不成了。党事把你的婚阻了这样久，这真是不应该的。依我劝，就到上海同雷卿合住，不要那形式了。为什么这样不行？你一切都解放，只这件事不行。为什么定要结婚呢？别人说结婚是入坟墓，有了爱，何必要结婚。你不早同她住这是你错了，很不应该。你听我的话，不天亮就走，我明天要五妹告雷卿到上海去。（各处炮声入耳）听，像打枪！这些该死的人，都在祝贺这新年！明天早上他们的惊讶将把他们的欢喜讨回。……万里，你送这里的新年礼物太好了。你……”

在附近，子母炮先是作微低声音将小炮冲上半空，旋即在空中爆裂了，大的声音将空气荡动，说话的病人也不说话了。

女人见病人反常的清明，以为过于兴奋说话太多也不相宜，故在一杯水中放了一点安眠药，强病人把药服下，数分钟后病人熟睡了。

病人是安静了，后房客人则但有鼾声了，一种事啮着了名叫万里的客人的心，客人矜持不语，神情惨然，年长的女人猜量必定还有别的原故，轻轻的问：“万里，有牺牲的么？”客人就点头。于是女人又问：“多少呢？”答说：“一个。”

那年青一点的女人说：“是谁？”

客人苦笑不答。他仿佛不知道这个人名字，且仿佛自己纵知道说来女人也不会知道，所以不说了。

女人明白牺牲的是同志了，说：“是同你一处去的？”

“……”客人轻轻吹起哨子来了。

五妹用脚为客人吹的革命歌按拍，但过了一会又忽然问道。“万里先生，是谁牺牲了呢？”

客人又勉强的笑，且故意从桌上拈了一瓣为病人预备的橘子，葬到口里去，橘子吃完了，又拈一瓣放到口里，说：“橘子酸，不很好。”

年长一点的女人，明白这牺牲者必与客人极有关系了，所以不好再追问了，即刻就把话谈到橘子上去了。他们来讨论美国橘每年在中国所卖的钱数目，又说到广东橘与福州橘的种类。客人不久又走到窗边去开窗，望到天上的大星已渐疏，知道去天亮不远了，同女人说要走，乘早要到青桥去一趟。青桥是客人的爱人雷卿所住的地方，女人以为客人是去他的朋友处告别，就说：

“万里，你上海去了，就要雷卿到我这里来吧。这里是不为人注意的。明士病到这样子，别人是决不能疑心的。去就快去，说我们欢迎她来过年。”

“……”客人想说什么并不曾说出口。

五妹与雷卿，是平时极其相得的。就说：“无论如何要她来，因为还有事情同她说。”这年青人实在不明白夜里的事与雷卿有多少关系，她的事情不出乎请雷卿告给她打袜子与温习法文两件事。她再三的嘱咐万里先生，说是非要雷卿来此不行。

客人望到这小女孩天真无滓的脸孔，惨然的笑，点点头，承认照到她希望做，就下了楼梯。女人把他送出大门，虽然一切处之镇定，到最后，同女人点头，告女人好好照料病人时，这汉子，显出狼狈的神气，踉踉跄跄去了。

在全城炮仗声中，黑夜终于逃遁，新正是来了。随了日光而来的消息，是城中三个警官皆于昨夜被人暗杀了，当场将一女凶手捉获，此女人旋即跳落河浜中淹死了。女人名字是雷卿，在光明公厂做职员，是经一工人认识出来的。

本篇收入《男子须知》以前未见发表。

十四夜间及其他

《十四夜间及其他》1929 年 3 月由上海光华书局初版。

原目：《或人的家庭》（小说）、《刽子手》（戏剧）、《十四夜间》（小说）、《支吾》（戏剧）。

现据光华书局初版编入。

本篇只收录小说。

或人的家庭

美美近来肝气旺，发气了，绝对不吃饭。

“你莫发气吧，我的好人。”瘦个子的少白，又在尽那新式丈夫的义务了。

“那把头发向后梳，新式样子，穿花绸衣裳的，那才是你的好人哪。”美美索性说，且在语气上加了消讪的成分。

“你真——”

美美的话是刺进少白心里去，少白说半句话就不能再接下去了。

谁家两口子不常常吵点小架？纵不是“常常”，“间或”难道都不么？然而美美同少白，则是间或也不的。同住以来是三年，一次都总不。一同来受穷，只把亲嘴当点心，在这种情况中，两人都能让对方，凡事都是让，一点不见其龃龉。纵有一个因为别的一件事情自己烦恼了自己，另一个，便过来亲嘴，为了恐怕身边人不安，那一个，烦恼着的也就立时愉快了。然而凡事都要变，天气同人并不是两样，近来天气变得特别热，不到五月就可穿夏布，据说道是海流的关系，美美是因了这时代的潮流，男人嗜好转了个方向，也变成容易生气的人了。一个发气一个来赔礼，这风潮，自然很少机会来扩张，但是那个赔礼的人因为赔礼疲倦以后？

少白便是因为赔小心已感到疲倦了的一个人。

倘若是我们信或人那段话，“人的感情是有弹性的东西，当容让到再不能容让时，弹性一失就完了。”我们可以承认这并不是少白的错处。不过遇事便赔小心养得美美越容易生气，少白的不对地方仍然还是有。我不是说少白凡事得放辣一点。我是说，对一个爱人，有些地方柔顺是好的，有些地方若除了装腔作势就会有许多毛病随了自己的容让而产生。这话不一定可以算真理，但这话是经验，虽然并不见之于爱的技术类书中。

为什么要遇事赔小心？这就是因了你处处表示你弱点（这是女人方面在同你割不来以后猜想的）。你在求一个女人爱你的时节，你可以采行比赔小心还更来得恳切的一些特别章法，那无妨于事。但一个爱了你的女人，你就得变更战略了。你不专私点，调皮点，还只处处想从殷勤中讨爱人的好，你就准失败。一个未为人爱的女人所嗜好的是忠顺，一个已成了别人爱人的女人按照她的天性，你得把对付旧式太太的方法来对付她才是事。你不这样办，一定是失败，无疑了。她是她，你是你，那个时节你是她的仆，到以后，局面转过来，她是你的奴；她需要管束，你不按理论做去，她将以为你庸懦，假如正当此时有一个新的第三人侵入你们感情内，你的太太却要你吃苦。这是你自己的错，怪不得别人。我们还可以得一个相反的证明，就是太太有外遇的人，多数倒是有好丈夫的女子。一个人，应不应让太太有外遇，那是另外的问题，我们不放在这上头来讨论，我只说，其所以有，是多数由于丈夫对妻用的手段是仍然用一个对付情人的手段，错误的结果而已。

然而我说到题上来，少白的爱人美美是就如我所说那类女人，因了少白采用的手段错误致使她容易催动肝火么？不，全不的。是另外原故，这原故，如美美所说，为的是近来少白心中另有“好人”在。两个人，恋爱固然把身子除开，全是两方面以心来拥抱，那自然不成，不过倘若心已向别的方向飞去后，单只互相搂着身体算是恋爱？也不成。美美看得出，少白就是所谓后面的一种。即或用手箍到太太的腰心里也不在乎此。美美痛苦到难堪。先是闷到心里头，少白不说什么时还好，一到少白在口上故意敷衍她时就非发气不可了。更使她动火的就是少白，口上还是偏偏不承认。错处在少白，这是公平的派法。

“你爱别人，你就去大胆的爱，这不算坏事，为什么又学怯汉子行为，故意来在我面前做鬼？”

怯汉子，一点不错，少白就是。但在美美嚷破以后他还是不承认，只说是女人吃醋。我们有时讨论到人类的本领，我想怯汉子的最大本领怕就是支吾了。美美为此没办法，也只好拿出女人所有的本领来，一遇说不出时就只哭。这一来，实在热闹了许多，比起年前白天两人只是关起房门来默默亲嘴，空气真要不同许多了。

今天不知怎样两人就又把话引到这焦点上来，看看摆饭了，忽然起了风，天变了，——天倒不落雨，人却抖气卧在床上了。

“美，算了吧，我错了。”此是在美美说了她不是好人少白心中另有好人的话以后。约有三分钟。

这三分钟两人就只沉默着，坚持捱下来，美美也不哭，也不动，心中划算这时的少白的心飘落在谁个身上。其实是错了。少白的心在另一个抖气的时候，是不是还想到太太可不敢保险，但此时，却是没有一秒不在太太身旁左右的。他有些计划，是回家以前的计划。他要想法使太太高兴，好提一个议，在吃饭时把这意思说出来，征求太太的同意。这计划的第一步是请太太容纳他意见。第二步，则是把一串绿色颈珠给太太作夏天的礼物，这礼物，因此一来结果不敢拿出来，藏在身上待机会去了。

各自收兵回营不是容易事，还是老爷使出最后一着棋，做一点怪样子来在太太面前认个错，譬如作揖下跪之类择其一，横顺这不是给别人欣赏专为太太而发的行为，算不得是丑，最后是，用嘴去把太太颊上的泪舔干净，就算和平解决了。

“美，你莫又哭，身子现到不好!”少白又故意逗一句，然而太太倒不哭。太太哭，则就可以按部就班如法炮制了，不哭时，可无法。

太太先是用手蒙到脸，此时就不再蒙了，手取开后望到少白说：“我才不哭啦。女人哭，给男人好更瞧不起。我还有几多事要笑，嘻嘻，——”笑，是冷的，有意的，这笑就表示比哭还伤心。少白也陪到冷笑。两人又把目光放在一块支持约有一分钟，还是少白打败仗，逃走了。我说的逃走，是目光。少白走到写字桌边去，借故看窗边的天，天上一些云，白白的，像羊样，一旁吃草一旁缓缓的走着，少白沉沉的放了一口气。

“美，我说我们实际上都老了，以后莫再闹孩子气了吧。”

“哼。”

“当真，我们应恢复以前样子才是事。”

先前少白要她哭，倒无泪，这时想到“以前”可难再忍了。

“莫说以前吧，”她哽咽着低声说，“以前我年青，如今像你所说我老了——你倒不，至少还是三十岁以内。三十岁的男子就是正逗人爱的当儿。”

“你看你说的话多酸，我是说我老了，你还年青标致得同一个十八岁女子似的，谁个不说你漂亮？”

“是吗？漂亮而不时髦，也就不。”接着美美就念少白所写的文章中一段，“你有一个太太同时髦宣战时，你将得到比没有太太以上的苦恼。”少白想用手掩耳，但即时又明白这方法不对，仍然听。太太见到这情形更要说。不再堕泪了气得笑。“是的，因为我不时髦，不愿把发向后梳，就使你苦恼，不是么？”

“我有什么苦恼？你高兴，莫遇事发气，我像做神仙。”少白想讲和，话语越来越好听。

算是和议开端有了眉目了，少白就坐近床边来，所谓进一步者是。

他把手去摩她的下巴，她用手去抵拒，但不太过分，终于少白的手就在她的脸上了。

“你有些地方是吃醋吃得过火了一点。”

“那你为什么总在我面前称赞那些时髦人？”

“你难道不算时髦么？只要你把——”

“头我偏不向后梳。”

“我又不说头，我是说你像——”

“我像，我像你那些学生，你那些朋友——？”

“是你的朋友，又不是我的。”

“名义上，不但她，你也是我的，但我看得清清楚楚的有一个人心是常在别人身边的。”

少白不再辩，是事实。“但你比谁都还美，”他说，这一句，就只这一句。

不怕是新式的也罢，是旧式的也罢，当到你同太太开和平会议时，你无意有意把那称赞她美的字眼提出去，会生出大效力，一定的。这是一件顶好的法宝。一个女人无论何时都仍然愿意有人说她美。有时你转达一个人话语，到你太太面前时，你得小心，说是这人对她美丽极羡企，你太太会对这人特别感到好处，因此以后就又同她要好，也未可知的。她的聪明纵明知这不过是一瓢甜米汤，事实未必是如此，但这类话语用得若恰当其时，在一个女人心上是受用，比你送她一件东西还高兴，不信谁都可以试试看。

少白原是明白这个诀窍的，不过什么是恰当其时就难说，如今见到太太仍然中在这一句话上，回心转意了，就又加了些作料。美美是当真脸上有了笑容了。乘便那一串绿色假珠子颈串就由少白代为挂在美美脖子上，白白的长长的一个颈脖配上一件翠绿色颈饰，衣是无领浅黄色当真是“美——美。”

“美，你起来看看镜子里的你。”

就起来。少白代为拿镜子。镜子中，照出一个年青的女人的脸孔，另外是少白的脸；嘴巴上，一些隔了五天不曾刮过的地方，有一些黑色的细的胡子长出了。

太太这时愿意颊上有一件柔的东西压迫她一下，横了眼去睇少白。少白这时不注意到此。少白看了侧面美美的影子，有一点儿感动的，但这感动是为了美美脖子上头挂了绿色珠串以后俨然另外那一人的结果！

美美横横的一瞬，意思是说爱人你就亲我一下吧，过一会儿如美美的意，在少白察觉了美美以后美美便为少白抱着了。紧紧的，如捆一束柴，是美美的腰在少白长的臂膊弯子里时候。

没有一丝怒气了，也没有一丝痛苦了，落在少白臂弯子里的美美，这时流了泪——是每一对爱人因了小事争持和解以后快乐的流泪。少白则并不。少白若有泪，定当另外有一个原由。

少白呢？心想到，这样的事是平常，太平常了。有那一天，终会有另外一个女人，也是穿无领黄衣，脖子长长的，白白的，头发却向后梳去，红着脸在他的搂抱下同他吃那爱情的点心。

呆一会，简直是呆了好一会，就是说少白把他眼前的爱人，当成另一个还没有成功的女人搂着享福好一会以后，少白肚中委曲到无从再委曲的样子了，两人就在灯下来吃早已冷冰了的晚饭。

“少白，我们明天就去欧美同学会改过头发的式样。”

“是这样，我的幸福就全了。”

美美想：“一个太太当真似乎是为陪男人到外面出风头的，不时髦，就不行。”

少白想：“是这样，就只差身材这个比那个略高一点的不同。”

话题回到珠子颈串后，美美问：“这是几块钱？”

“六块半，”实则只六块，半块的数目，是少白计算明天把发改成法国式的消费的。

这幕剧，到后来，末尾自然是接吻，但接吻，我们从电影上看厌了，不说吧。

六月二十写于北京城

本篇发表于1927年7月1日《晨报副刊》第1988号。署名璇若。

十四夜间

十四有月亮，谢他天。没有月，省得人间许多事。没有月，至少子高也没有勇气做这在人以为平常在他却算非凡的事情。

子高住在铜钱巷，出巷就是北河沿，吃了晚饭就去河沿走慢步，是近日的事。天气热，河沟里的水已干，一些风，吹来微臭的空气。子高在河沿，一旁嗅着臭气一旁低头走，随意看着坐车过路的车上人，头上是白白的月。淡淡的悲哀，在肚中消化食的当儿，让其在心上滋长，他不去制止。向南走到骑河楼，就回头，一会儿，又到汉花园的桥上了。

一对从身边擦过去的白衣裙女人，人是过去了，路上就只留下一些香。这些香，又像竟为子高留下的一样，因为路上此时是无别个人。

子高就回头。回头时，一对白的影子走进铜钱巷去了。

“是个娼妇吧？”他心想。

其实，是个娼妇，或者不，在子高，又有什么法子来分别这两种人的人格呢？在子高心中，总而言之是女人：女人就是拿来陪到男人睡，或者玩，说好一点便是爱。一种要钱的，便算娼；另一种，钱是要，但不一定直接拿，便算是比娼不同一类的人。前者有毛病，使人笑话的地方，也只不过为了她甘脆而已。或者，为了她把关系全部维系在金钱与性欲上面而已。不愿意，但要钱来生活，不得不运用着某一类女人天赋的长处，去卖与人作乐，这是娼所造的罪。但是比娼高一等的时髦小妇人，就不会为了虚荣或别的诱引献身于男子的么？一个男子他能想想他将一个女子的爱取得时所采的手段，他会承认女人无须去分出等项，只是一类的东西：她们是要活，是要精致的享用，又无力去平空攫得钱，就把性欲装饰到爱情上来换取，娼妓是如此，一般妇人也全是如此，过去既这样，此时自己也就不会觉到这是不正当的活法了。娼的意义，若是单在性欲近乎太显然直接贸易所生的罪恶上，成立一般人对之卑视的观念，这观念，在另一时期，会无形失去，可能的。目下的一般妇女，所谓时髦的，受过良好教育的，在经济方面，撒赖于男子身上，十人之中可以找出有九个，另一个，则是可以得母家遗产。这类女子可耻的地方，实在就比娼妓要更多，要女子想起这是羞耻几乎是决不可能的事，也许以后永久也就没有一个女人会将这种羞耻观念提起吧。

“娼是可耻的营生，但一个平常女人，其可耻的事情并不比娼妇为少，”这是子高常想及的事。但是，此时，子高却以为自己也是可耻的。女人在天赋上就有许多美处尽男人受用，天下女人又是那么多，自己不能去爱人，就是用少许的钱做一两件关于人的买卖也是办不到，懦弱到这样，就只单在一些永不会见到梦里以意为温柔，不是可耻吗？

“就学一个流氓跟着这对女人走走吧，是娼妇则跟到她到家，做一个傻事，难道这就不算爱情么？”然而女人已经去远了，待到子高追进铜钱巷时已不能知女人去处了。依稀若有些余香，在巷口徘徊，子高又回头向骑河楼走去。

月亮更白了，还有好几粒星子。风，是有的，不大也不冷。

这样的天气，不知公园僻静处，就有多少对情人在那儿偎着脸庞说那心跳的话啊！

“初夏，盛夏，秋，秋天过去，河沿树木不拘是槐是柳叶子就全得落去，冬天于是便到了。冬天一到，于是这年便算完事了。……”

如今是初夏，这年已经就去了一半，且是一半好天气，子高是在全无作为的空想中度过了。

“来了么？”子高见到伙计探头望，就笑笑的问。

伙计今天样子也忽神秘许多了，只微笑。微笑这东西，有时是当得说十句以上的话的。

“来了么?”

仍然是微笑。

他忽然觉得对伙计不大好意思起来了。害羞的是今天自己的行为，只好仍然低头看石涛的画。

“吴先生，要开水吧?”

“好吧，你就换一壶。”

谁知伙计原只还是带来一把壶！伙计就走进来换了一壶水，水换了，要说什么似的不即走。伙计望各处，眼睛大大方方四处溜。伙计望到子高的铁床，枕头套子才换过。床上一些书，平时凌乱到不成样子，此时也全不见了。若果伙计自信鼻子不算有毛病，今天房中就比平时香了点。回头看书架，书架也像才整理一道。报纸全都摺成方形放在一块儿。桌子上，那个煨牛奶的酒精炉子同小铅锅已经躲藏不见了。

“吴先生，今天是特别收拾了一下，待客呀!”伙计想到这样话，可不说。

子高见到伙计鬼灵精样子，眼睛各处溜，心里不受用。他也想到一句话，他就想到催伙计一句；再说一句第一遍的话。

伙计又望到子高微笑着，意思是要走。一只脚刚踹到门外，第二只脚就为子高的话停住在房中了。

“那人还不来么?”这里添了那人两个字，伙计觉悟了。

“快来了，别急，这是张姓伙计去叫的。吴先生，你也——”

话不必说完，用意全知道。伙计对于子高的行为，有觉好笑的理由，伙计代寓中先生，叫女人来陪到睡，夜间来，到天亮又送回去，这是平常事。但是为子高当这差事，就忍不了要笑了。子高这样子，那里像个叫私货来陪睡觉的人?陪到女人睡，或是女人陪到睡，一个男子对于女人应当做些什么事，伙计就总疑心子高至多只听人说过。伙计对子高，真不大放心。子高是不是也会像别一个先生们，对于来此的女人，照例要做一些儿女事?这成为问题!

子高心想这是自己太像孩子了，伙计对此就会有点嘲笑吧。自己最好的举动，便是此时实应学一个大人，于此事，尤其应得装得老成点，内行点，把一个干练模样做给伙计看，以后也才好做二次生意不为人笑话。但是平素行为已经给了伙计轻而易与的经验，这时就再俨乎其然正经老成也不成。

这伙计，真是一个鬼，终于不怕唐突问了子高一句话：

“吴先生，接过亲了吧？”

哈，这是一个好机会！这是一个足以把自己尿脬身分吹得胀一点的机会，子高就学到坏说句谎，说，“早已接过两年了。”其实是鬼话，但伙计给这么一下可把先时在心成为问题的事情全给推翻了。

伙计去了后，子高想着刚才的话独自笑，一个二十多岁的男子，不期今夜来做这种事，自觉可怜的笑了。

呆一会，人还是不来。

子高出到院中去，院子比房凉快点，有小小的风。“月圆人亦圆，”子高想起这么一句诗，找不到出处。又像只是自己触景得这五个字，前人并无说过的，但这五字不论是陶潜，是李白，是打油诗的单句，可极恰今夜。

月是在天的中央，时间是还不到十点，已略偏到西边了。十四的月算不全圆，人可先圆了。

“如此的圆也不算得圆，同十四的月亮一样吧。”

听到河沿一个小小唢呐的呜呜喇喇声，又是一面鼓，助着拍样的敲打，子高知道这是几个瞎子唱戏的。听唢呐，像是停在河沿一个地方吹了一阵后，鼓声敲着疏疏的拍子，又渐远去了。子高仰头望，初初只能看见一颗星。明河还不明，院中瓜架下垂的须叶，同在一种稀微凉风中打秋千，影子映到地上也不定。这算风清月白之夜吧。

“若来，”子高想，“就一同坐在这小小院子中，在月下，随便谈着话，从这中难道就找不出情人的趣味么？”

共一个生生的女人在一块儿谈着话，从这谈话中，可以得到一种类乎情人相晤的味道。子高相信只要女人莫太俗，原是可以的。其实纵俗又何妨，在月下，就做点俗事，不是同样有着可以咀嚼的回味么？

不过，若来，第一句说什么话，这倒有点为难了。总不能都不说话。问贵姓是不大好吧。顶好是就不必知道彼此的姓名；不问她，自己也莫让这小婊子知道，这又不是要留姓名的故事，无端的来去，无端的聚成一起又分开，在生活中各人留下一点影子保留在心上就已够了，纵有这一夜，就算作是做梦，匆匆不及来打听身世，也许更有意思吧。一来就坐下，不说话。是好。默默的，坐下一点钟，两点钟，像熟人，无说话必要，都找不出一句话可说，那更好。不过果真能够各人来在这极短极难得的一夜来说一整夜的话，且在这白白月光下，来抱着，亲着嘴，学子高所不曾作过的事，得一些新的经验，总不算坏事！

子高想着眼前就有新鲜事，自己今天真是也来演剧了。

望她来，她不来，子高觉着有点急。

外面渐冷了。仍然转房中，在灯下头筹画自己的行为与态度，比看榜的秀才还不安。

“吴先生，”在窗下，张伙计的声音特别轻。听到叫，使子高一惊。这“昆仑”打了一个知会后，就把门扯开，推一个人进房来。

用不着红脸，在灯光下又不比白天。但子高，望到这雏儿颊边飞了霞，自己的脸也就听到发烧了。

“怎么样？”伙计不敢再进房，就在窗下问。

“你去吧。”子高接着想起自己做主人的礼节时，便极力模拟大方说“请坐。”

人是坐下了，怯怯的，小鼠在人面前样子的蜷缩。又似乎是在想把身子极力的缩小，少占一点地，便少为人望到。如子高所预计，这是一幕全哑剧，全无话可说。若是女子是老角，子高这时受窘一定了。如今攻守已变了方向，子高恰恰站在窘别人之列。不说话，就更是窘人之事。终于想起来客坐下以后第二道阵势。

“吃一杯茶吧，”就倒一杯茶。

如所请，吃。不，先不吃，呆一会儿才慢慢伸手拿杯放到嘴边去。

淡蓝细麻纱夹衣，青的绸类裙，青的鞋，青的袜。子高是腼腆，望人也只敢从肩以下望去的，怕是眼睛碰在一块免不了红脸。

女人喝了茶，似乎想起此来功课了，旋脸对子高。她看他详细的看他，虽然怯怯的神气还在，想说一句话，说不出，就举手理发。发是剪得很短的，全像不很老实前后左右蓬起许多绺。子高虽不望别人，可知别人在望他，就有点忙乱，有点不自然，越欲镇定越不成，莽莽撞撞也就望过去，女人见子高抬头，让目光接触了一下，便又望别处去了。子高把发望了又脸部，脸部又颈项，从肩顺下到腰透过薄薄夹衫到体肢上检察，腰以下的臀，腿，脚，全像看一个石的雕像样细致望尽了。

这么算是一个顶长的时间。

女人不说话又喝一口茶，喝了茶，过细去望茶杯的云纹。

子高又从下看上，忽然觉得心中有点躁，坐在对面五尺远近的年青女人，他觉像他妹子了。一眼望去女人的年龄，总不会到二十吧。妹子是十五，纵小也不会差许多了。

这样嫖客遇到这样私娼那是无法的。

女人还是感到此来的任务，仍然是先立起身来拢近子高的身边。她把右手搭到子高肩上去，左手向前围。

心中跳着不同平常的速度的子高，仰起他的头，她不避他了。当到两人第二次眼光碰到一块时，子高眼中含了泪。勉强笑，她也笑。她侧了头去偎傍，脸就荡着子高的面庞。各人都感觉到别的脸部的烧热，子高的颈脖，有些细头发在刷，发了痒，手就不知不觉向着那女人的腰下环成一根带子了。

子高采取了最近不久到平安电影场见到一个悲剧主人公对他情妇的举动，口同女人第一次胶合了。

一方面，一个天真未泯的秘密卖淫人；一方面，一个未经情爱的怯小子，两人互相换了灵魂的一半。

这又应算是一个顶长的时间。

到后，子高哭了。“哎，我的妹！”

女人取出条手巾，为他擦着脸上的眼泪。继着是用口，在那曾经为泪所湿的地方反复接吻。

“我这人，是不值价的男人，谁个女人都用不着我的爱的。”

“你不高兴我吗?”她轻轻的说，说了脸又偎到子高的颊边。

“我有什么不高兴你这样的好人呢?你使我伤心,”他不再说了。女人眼中也有泪。

他觉得，这时有个比处女还洁白的灵魂就在他身边，他把握着了。她呢，她遇到一个情人了。他是她的医生，在往日，她的职业使她将身体送人去作践，感情带了伤，这时的他就是来察她的伤处的一个人。

是平常的事，世界上，就是北京城一个地方，这种事情随时随地就不知有许多!但是，子高一点可不平常的。虽然不是神秘，终究同平常是相反。本应她凡事由他，事实却是他凡事由她，她凡事作了主，把子高处置到一个温柔梦里去，让月儿西沉了。

于北京东城中一区治下

本篇发表于1927年4月10日《小说月报》第18卷，第4号。署名焕乎。